U0107426

余蕭客文集

文選音義

[清] 余蕭客 著

曹守平 曹 煒 點校

國家社科基金重大項目"乾嘉學派——吴派研究"
（17ZDA303）的階段性成果
蘇州大學人文社科優秀學術著作出版基金資助

前　言

　　《文選》由南朝梁武帝太子蕭統組織文人共同編選而成，是中國現存的編選最早的一部詩文總集。蕭統死後諡昭明，故《文選》又稱《昭明文選》。《文選》研究到了清代，在文字、音韻、校勘和輯佚等方面均有所發展。在此學術環境之中，湧現出大量以注釋、校勘《文選》爲主的選學著作。余蕭客是清代中期選學音義研究影響深遠的學人，著有《文選音義》和《文選紀聞》兩部關於《文選》的作品，其中《文選音義》是余蕭客選學研究的早期之作，内容涵蓋了字音、詞義的詮釋，名物、典故、神話傳說的考釋，天文、地理知識的疏解等等。其中考釋名物又可細分爲釋人、釋物、釋地名、釋建築、釋鳥獸蟲魚、釋植物、釋山川河海、釋禮儀典制、釋官職、釋諱號等小類。《文選音義》的注音方法主要爲直音法，余蕭客在直音法的基礎上又衍生出多字直音法，被訓釋字從兩個到多達十八個。多字直音法中的"二音"到"十八音"，僅爲兩個字到十八個字各字的直音，並非一個多音字的多個讀音。《文選音義》比較注重字的聲調問題，輯録了"某字，二音、三音、四音、五音"這一形式的諸多釋例。《文選音義》依照《文選》的篇章順序和格式分類進行編排，全書體例清晰，排列有序，簡要精覈，重點突出。其中的辭條主要輯録前人訓釋《文選》中疑難字、生僻字的成果。余蕭客在選取辭條時，没有采用隨文釋義的方法，而是摘録單個的字、詞、短語或篇目進行訓釋。

《四庫全書總目提要》對《文選音義》的評價爲"罅漏叢生，如出二手"。《提要》詳細列舉了《文選音義》之"八失"，集中在校勘上的失誤，而未涉及《文選音義》音韻訓詁方面，没有全面地對《文選音義》進行客觀評價。余蕭客從音韻訓詁入手治選學，開啓了全新的學術視角。在余蕭客之前，清代的選學研究主要集中在詩賦辭藻的評點方面，尚無音韻、訓詁、校勘等方面的系統研究，他的這一開創之功在清代選學史上是不容忽視的。

余蕭客（1729—1777），字仲林，號古農，江蘇長洲（今蘇州）人。據其弟子江藩《漢學師承記》中記載："先生狀貌奇偉，頂有二肉角，疏眉大眼，口侈多髯，如軹革家懸鬼谷子像，故同社中戲呼爲鬼谷子。"余蕭客幼時，其母教以《文選》，十五歲時期望能直接研讀漢唐注疏，爲得見或抄寫古籍異書，不辭舟車勞頓奔走數十里。余蕭客師從吳派考據學家惠棟，惠棟家學淵源、博通經史，在當時負有盛名，受人敬重。因此余蕭客不僅在學術上承襲了惠棟的學說和觀點，同時也因爲惠棟的社會關係結識了不少名流文士。乾隆三十八年（1773）詔開四庫館，余蕭客因博覽群書、勤於著述、校讎功底深厚，曾被推薦去四庫館充校讎之任，但因他未考取功名，因此無緣窺見各類府藏秘册。余蕭客中年患眼疾，身體虧損，後返鄉執教終老，其事迹及交遊均少見記載。

余蕭客一生癡愛古籍，輯録不停、筆耕不輟，著有《爾雅釋》若干卷、《注雅別鈔》八卷、《文選音義》八卷、《文選紀聞》三十卷、《古經解鉤沉》三十卷、《選音樓詩拾》若干卷、《蘇黄滄海集》若干卷，以及短暫參與纂修《畿輔水利志》。目前僅有《文選音義》八卷、《古經解鉤沉》三十卷、《文選紀聞》三十卷三部著作存世，其餘皆已亡佚。

《文選音義》有乾隆二十三年（1758）靜勝堂刻本，藏於中國國家圖書館、天津圖書館、東京大學東洋文化研究所、柏克萊加州大學東亞圖書館、美國國會圖書館、芝加哥大學圖書館等處。另有光緒二十一年（1895）上海鴻寶齋書局石印本，藏於日本東洋文庫。本次點校以《四庫全書存目叢書》影印乾隆二十三年靜勝堂刻本爲底本。因筆者水平有限，書中錯訛必然不少，敬請讀者批評指正、不吝賜教。

沈德潛序

詩人之作，盛於唐，而其源自《騷》《雅》而下，輒推蕭梁《文選》爲第一。其書雖不專比興，然取材於《選》，效法於唐，昔人已有定論。少陵亦曰“續兒誦《文選》”，放翁曰“《文選》爛，秀才半”。蓋自唐永隆進士設科用詩賦，迄宋熙寧、紹聖以前不改。當時文人簡練揣摩，其體則旁羅大小，其事則錯綜古今。可以博物多識，歷試而不惑者，莫近於《文選》。今天子右文稽古，參取唐宋經義詞賦舊法，鄉會用五言排律一首。然則《選》學雖不至若宋初之尊若六經，要使業詩者執象而求，不可不以杜、陸兩家之言爲標準矣。布衣余仲林，年三十，幼有異稟。家甚貧而書卷不啻以千計。皆奔走數十里，或扁舟，或徒步，聞一異書，必借抄，或得觀乃已。性淡於榮利，鍵戶讀古二十年矣。所居非南山之南，北山之北。而人間寂寂，不聞有斯人名字。今歲七月，以所著《文選音義》八卷，介予門人玉罏蔣生問序於余。余未暇讀其書也，一再觀其序，則自曹憲以前，李善以後，所謂熟精《文選》理者，其論皆未嘗及此。雖謂選學復興，源流當自此序入可也。至於爲音，倣陸德明而有餘，其義補李崇賢所未及。世所挾爲誇多鬥靡之具，皆棄置不復道。蓋以辟塵犀自衛，而球琳重錦，充牣其中，誠足爲昭明之功臣，李注之益友。義門先生手評，素推博洽，今入此書僅居十之三四，不覺前賢畏後生，於仲林《音義》書益信。仲林名蕭客，吳縣人，寒素後門之士，其詩澹雅不多作，有作輒工。蓋非獨有得於《文選》者。吾老矣，未嘗與仲林交一面，而玉瓏與往還爲密，予蓋聞其詳於玉瓏云。

乾隆戊寅秋七月長洲沈德潛題

自　叙

　　《文選》自陳隋後，注則有公孫羅、李善、李邕、吕延濟、劉良、吕向、張銑、李周翰；音則有蕭該、許淹；音義則有公孫羅、僧道淹、曹憲、李邕注。《新書·本傳》言與善注兩行，《郡齋讀書志》言善注成，邕更加以義。今釋事加義者兩存焉，則似今善注中解釋文義即邕所加。曹憲《音義》，不見于《通志·藝文略》。公孫《注》，蕭、許《音》及道淹、公孫《音義》，不見于《通考·經籍考》，則不傳已久。

　　其吕延濟以下五人，爲開元中工部侍郎吕延祚所招，共注《文選》，即《五臣注》。陳直齋《書録解題》曰："《五臣注》三十卷。後人并李善元注合爲一書，名《六臣注》。"然則六臣之名，趙宋已見，而直齋已不能定其爲何人所合矣。今考五臣注，空據本文，每條加十許字，映帶作轉，其所發明，往往本文自明，無待辭費。至於顛倒事實，乖錯文義，予嘗摘其第一卷誤，辯正于《注雅别抄》，已二三十則。其爲俚儒荒陋，不足繼起李善。不但如《東坡題跋》《容齋隨筆》所言，今六臣本割五臣之羔袖，飾李善之狐裘，遂使侍郎越次，崇賢降階，襲舊爲六，知其不爲定論。又其書首載善注，或零斷無文句，或割以益五臣，多則覆舉注文，少則妄删所引。其詳贍有體，亦不及汲古閣本。蓋今所傳又爲後人謝亂，非直齋所見六臣之舊矣。然汲古閣本獨存善注，而總題六臣，又誤入"向曰""銑曰"注十數條。蓋未考六臣、五臣之別，漫承舊刻謝雜，未必汲古主人有意欺世，及以所刻數條五臣注爲善也。

前輩何侍讀義門先生當士大夫，尚韓愈文章，不尚《文選》，學而獨加賞好，博考衆本，以汲古爲善。晚年評定，多所折衷，士論服其該洽。然諸書散見，與《文選》出入者，尚多可采。輒不自料，據何爲本，益以所聞，摘字爲音，作《音義》八卷。先盡善注本音，次及六臣舊刻所補，二書未備，乃復旁及。其字一從汲古，諸本異同，參注其下，叶韻則從沈重改音，古音則從入韻，偶見音叶無考則從闕疑。《五臣注》可備一説，及可補善注闕者，百無一二。今每卷擇稍可數條，列于音後，并注昭明李善序表，冠篇以遵陸元朗《經典釋文音注》、孔安國《尚書序》、杜預《春秋經傳集解序》之舊，別舊訓之朱紫，備一家之瞽説。未敢謂《善注》功臣。然較正數十處，補遺數百事，未嘗稍亂李氏舊章。知其説者或不致以吕向、張銑同類見譏，則五臣餘波不能來及，實所望于將來君子。

乾隆二十三年七月既望　吳郡余蕭客書

目　録

文選音義卷一

吳郡　余蕭客（仲林）輯著
同郡　金旦評（又劭）、朱燦華（和中）參定

文選序 舊有五臣注。

昭明太子 《梁書》："昭明太子統，字德施，高祖長子。母丁貴嬪。天監元年，立爲皇太子。生而聰叡，三歲受《孝經》《論語》，五歲遍讀五經，悉能諷誦。七年，貴嬪有疾，太子衣不解帶。及薨，步從喪，還宮至殯，水漿不入口。高祖遣中書舍人顧協宣旨，乃進數合。自是至葬，日進麥粥一升。體素壯，腰帶十圍，至是減削過半。中大通三年三月，寢疾，恐詒高祖憂，敕參問，輒自力手書啓。四月乙巳薨，年三十一。高祖幸東宮，臨哭，詔歛以袞冕，謚曰昭明。五月，葬安寧陵。所著文集二十卷，又撰古今典誥文言，爲正序十卷；五言詩之善者，爲《文章英華》二十卷，《文選》三十卷。"《南史》："昭明太子，以齊中興元年九月生于襄陽。武帝既年登强仕，方有冢嗣。時徐元瑜降，續又蕭穎胄暴卒，時人謂之三慶。少日而建鄴平，識者知天命所集。太子美姿容，善舉止，讀書數行并下，過目皆憶。每遊宴賦詩，至十數韻，或作劇韻，皆屬思便成，無所點易。自加元服，帝便使省萬幾。内外百司奏事，謬妄皆即辯析，令改正，未嘗彈糾一人。性寬和容衆，引納才學之士，賞愛無倦。于時，東宮有書幾三萬卷，名才并集。文學之盛，晉宋以來未之有也。每霖雨積雪，遣左右行視

貧困及流離道路，以米密加賑賜。又出主衣絹帛，年常作襦絝各三千領，以施寒者，不令人知。開東宮，雖燕居內殿，坐起恒向西南面，臺宿被召，當入危坐達旦。中大通三年三月，游後池，乘雕文舸，摘芙蓉，姬人蕩舟，没溺而得出。因動股，恐貽帝憂，以寢疾聞，四月薨。朝野恍愕，都下男女奔走宮門，號泣滿路。四方甿庶及疆徼之人，聞喪哀慟。"陸龜蒙《小名録》："昭明太子，小字維摩。"

椎輪：呂向曰："椎輪，古棧車。大輅、玉輅。"陸機《羽扇賦》："玉輅基于椎輪。"

積水曾微增冰之凜：《荀子》："冰生于水而寒于水。"

騷人：何焯曰："騷人之作亦謂之賦。"[1]《漢志》："《屈原賦》二十五篇。"

降將：李周翰曰："退傅，謂韋孟傅楚元王孫；降將謂李陵。"

五言：鍾嶸《詩品》："逮漢李陵，始著五言之句。"[2]

三字：向曰："《文始》：'三字起夏侯湛，九言出高貴鄉公。'"何曰："《三百篇》四言爲多，雜以二三五六七八。"《詩疏》[3]云："其外更不見九字、十字者。"摯虞《流外論》[4]云："《詩》有九言者，'泂酌彼行潦挹彼注兹'是也。"遍檢諸本皆云"《泂酌》三章，章五句"，則以爲二句也。顏延之云："《詩》體本無九言者，將由聲度闡緩，不協金石。仲治之言，未可據也。準以此論，則雜言之體亦當自八而止。"

---

[1] （清）何焯《義門讀書記》中無此注釋。《漢書·藝文志》："傳曰：'不歌而誦謂之賦，登高能賦可以爲大夫。'"

[2] "五言之句"應爲"五言之目"。

[3] 爲《毛詩注疏》的省稱。

[4] 應爲摯虞《文章流別論》。

案：向注《文始》謂任昉《文章始》，六臣本誤作《文》。三字、九言向注并指通體，故不與毛《詩疏》同。然漢高祖唐山夫人《安世房中歌》已通體三字。

讚：《文心雕龍》：“至相如屬筆，始讚《荆軻》。”

誥、表奏、誓：任昉《文章緣起》：“誥，漢司隷從事馮衍作。表，淮南王安《諫伐閩表》。奏，枚乘奏書《諫吳王濞》。誓，漢蔡邕作《艱誓》。”

檄：《文心雕龍》：“暨乎戰國，始稱爲檄。”張儀《檄楚》：“書以尺二。”

八字：吕延濟曰：“三言爲漢武《秋風辭》，八字謂魏文帝《樂府詩》。”何曰：“宋謝莊《明堂樂歌》：‘《青帝》，三言，依木數；《白帝》，九言，依金數；其地《赤帝》，七言，依火數；《黄帝》，五言，依土數；《黑帝》，六言，依水數。’此但舉多少懸絕以包之。”①

碑：劉熙《釋名》：“碑，被也。本王莽時所設也。施其轆轤，以繩被其上，以引棺也。臣子追述君父之功，美以書其上，後人因焉。無故建於道陌之頭、顯見之處，名其文，就謂之碑也。”

碣：李賢《後漢書注》：“方者謂之碑，圓者謂之碣。”

監：舊音“緘”。張銑曰：“監，監國；撫，撫軍也。”六臣本音及汲古閣本音不在善注中者，稱舊音、舊注音。

縹：《集韻》音“剽”。向曰：“縹，青白色；緗，淺黃色。帙，書衣。”

緗、帙：舊音“相、衫”。

---

① （清）何焯《義門讀書記》中無此注釋。

端：銑曰：“舌端。”

狙：詛。服虔《漢書音訓》：“七預反。”郭璞《山海經音》音“苴”。

稷下：翰曰：“狙丘、稷下皆齊地之丘山也。田巴置館於稷下，以延游談之士。”案：稷下，齊稷城門，見曹子建《與楊德祖書》李善注。

食其：舊音“異基”。劉良曰：“酈食其。”

曲逆：銑曰：“陳平封曲逆侯。”

比：舊音“避”。

上《文選注》表：舊有俞犀月注。

李善　《舊唐書》：“揚州江都人，方雅清勁。明慶中，累補太子内率府録事參軍、崇賢館直學士，兼沛王侍讀。注《文選》六十卷，表上之。賜絹百二十匹，詔藏于秘閣。除潞王府記室參軍，轉秘書郎。乾封中，出爲經城令，坐與賀蘭敏之周密，配流姚州。後遇赦得還，以教授爲業，弟子多自遠而至。又撰《漢書辨惑》三十卷。載初元年卒。”①《新唐書·李邕傳》：“父善，有雅行，淹貫古今，不能屬辭，故人號‘書

---

① （五代十國）劉昫《舊唐書》（卷一百九十六）：“李善者，揚州江都人。方雅清勁，有士君子之風。明慶中，累補太子内率府録事參軍、崇賢館直學士，兼沛王侍讀。嘗注解《文選》，分爲六十卷，表上之。賜絹一百二十匹，詔藏於秘閣。除潞王府記室參軍，轉秘書郎。乾封中，出爲經城令。坐與賀蘭敏之周密，配流姚州。後遇赦得還，以教授爲業，諸生多自遠方而至。又撰《漢書辨惑》三十卷。載初元年卒。”【校】“方雅清勁”後脱“有士君子之風”一句。“注《文選》六十卷”應爲“嘗注解《文選》，分爲六十卷”，脱“嘗”字、“解”字、“分爲”二字。“百二十匹”應爲“一百二十匹”，脱“一”字。

籠'。"何曰："李善《文選》學本於其師曹憲。憲，江都人，隋秘書學士，嘗注《廣雅》，以《昭明文選》授同郡魏模、公孫羅、江夏、李善，於是其學大興。見《唐書·儒林列傳》。"①

八埏：延。俞曰："《淮南子》：'九州之外有八埏。'"

峙：《廣韻》音"時"。

葛天：《路史》注："葛音蓋。"俞曰："《吕氏春秋》：'葛天氏之樂，三人操牛尾，投足以歌八闋。'"

掞："閃"去聲。

叢雲：俞曰："《尚書大傳》：'舜將禪禹，於是俊乂百工，相和而歌《卿雲》。帝唱之，八伯咸進，稽首而和。帝乃載歌。于是八風循道，卿雲蔟蔟。'"

步驟：俞曰："《史記》注：'三皇步，五帝驟；三王馳，五霸鶩。'"②

躔：廛。

球：孔安國《尚書傳》："玉磬。"

鏧帨：鏧音"槃"。《法言》："今之學也，非獨爲之華藻也，又從而繡其鏧帨。"

正始：《魏志》："齊王芳即位，改元正始。"《衛玠别傳》："玠至武昌見王敦，敦顧謂僚屬曰：'昔王輔嗣吐金聲于中朝，此子今復玉振於江表，微言之緒，絶而復續，不悟永嘉之中，復聞正始之音。'"

氣質：沈約《宋書》："子建仲宣以氣質爲體。"

建安：《後漢·獻帝紀》："興平三年正月改元建安。"

---

① （清）何焯《義門讀書記》中無此注釋。

② 《六臣注文選》中無此注釋。

長離： 何曰：“潘岳《贈陸機》詩：‘婉婉長離，凌江而翔。’”①

圭陰： 俞曰：“《周禮·大司徒》：‘以土圭之法測土深，正日景，以求地中。’② 注云：‘土圭長尺五寸，夏至日立八尺之表，其景正與土圭等，謂之地中。’”何曰：“圭陰謂士衡入洛。”

化龍： 《晉陽秋》：“太安中童謠曰：‘五馬浮渡江，一馬化爲龍。’永嘉大亂，唯琅琊、西陽、汝南、南頓、彭城五王獲濟，至是中宗登祚。”③

煽： 扇。

肅成： 王沈《魏書》：“文帝初在東宮，集諸儒於肅城門内，講論大義，侃侃無倦。”

嶠： 轎。郭璞《爾雅音》音“驕”。

盈尺： 俞曰：“《韓詩外傳》：‘良玉度尺，雖有十仞之土，不能掩其光。’”

汾河： 見孔文舉《薦禰衡表》善注。何曰：“用張安世事，以汾河代河東。”

筴： 策。徐邈《莊子音》音“頰”。李頤《莊子注》：“竹簡也。古以寫書，長二尺四寸。”

崇山： 見任彦昇《爲蕭楊州作薦士表》善注。俞曰：“‘崇山’

---

① （清）何焯《義門讀書記》中無此注釋。
② 《六臣注文選》（卷三）：“《周禮》曰：‘土圭之法測土深，正日影，以求地中。’”【校】文中“《周禮·大司徒》”應爲“《周禮》”。“正日景”應爲“正日影”。
③ （晉）孫盛《晉陽秋》：“太安中童謠曰：‘五馬浮渡江，一馬化爲龍。’永嘉大亂，王室淪覆，唯琅邪、西陽、汝南、南頓、彭城五王獲濟，至是中宗登祚。”【校】“永嘉大亂”後脱“王室淪覆”四字。

亦'嵩山'義。"

十舍：《淮南子》："夫騏驥千里，一日而通。駕馬十舍，旬亦至之。"

享帛：俞曰："《典論》里語云'家有敝帚，享之千金'。"

緘石：見應璩《百一詩》善注。

顯慶：《舊唐書》："高宗紀永徽七年正月改元爲顯慶。"

日：六臣本"十七日"。

文選　《雪浪齋日記》："昔人有言'《文選》爛，秀才半'。正爲《文選》中事多可作本領爾。"何曰："《塵史》：'宋景文母夢朱衣人攜《文選》二部與之，遂生景文，故小字選哥。'"①

卷一：何曰："宋本各卷無目錄，亦各本不同，有訛字。"②

《兩都賦》題注　諸稱注并汲古本注。

和帝：案：《後漢書·班固傳》"自爲郎後漸見親近，乃上《兩都賦》，及肅宗雅好文章，固愈得幸"，則《兩都賦》"明帝世所上"注"和帝"誤。

北地人：范《書》作"扶風安陵人"。

序

金馬：銑曰："金馬門，漢時有賢良，并待詔於此。"張瑩

---

① （清）何焯《義門讀書記》中無此注釋。（北宋）王得臣《塵史》："鄉人傳元憲母夢朱衣人界一大珠，受而懷之，既寤，猶覺暖。已而，生元憲。後又夢前朱衣人攜《文選》一部與之，遂生景文，故小字選哥。"【校】文中"二部"應爲"一部"。

② （清）何焯《義門讀書記》中無此注釋。

《漢南紀》：① 武帝時，善相馬者鑄作銅馬法獻之，有詔立馬於魯班門外，則更名曰金馬門。"

石渠： 銑曰："閣名，蕭何所造。"《三輔故事》："石渠閣，在未央大殿之北，礱石爲渠以導水，中藏蕭何所得秦世圖籍。"

仲舒： 何曰："《漢書·藝文志》獨不載《仲舒賦》。"

抒： 紓，上聲。

抑： 五臣有"國家之遺美"五字。諸引善本、五臣本異同並從六臣本舊注，此句注在"抑"字下，後同。

千有餘篇： 何曰："七十八家，一千零四篇。"②

睠： 同"眷"。

雒： 李涪《刊誤》："漢以火德有天下，後漢都洛陽，字旁有水，以水尅火，故就隹。今洛字，有水有隹。"

注

尊者所都連舉朝廷： 何曰："宋本作'尊者都舉口朝廷'。"③

西都

攄： 樗。

長安：《漢書音義》："長安，本秦之鄉名，高祖都焉。"

函谷：《西征記》："關城路在谷中，深險如函，故以爲名。"

嶧： 肴。

山： 叶"酸"。

---

① 應爲《後漢南記》的省稱，文中"紀"字應爲"記"。
② （清）何焯《義門讀書記》中無此注釋。
③ 同上注。

隴首：《後漢注》："山名，在今秦州。"

衆流：《後漢書》無此二句。

汧：舊音"牽"。司馬彪《續漢書》："右扶風汧縣有吴嶽山，本名汧，汧水出。"

西：先。

隩：奥。

畿："畿"叶去聲，"視"叶平聲，皆可。

河圖：《河圖》："帝劉季，日角戴勝，斗胸，龍股，長七尺八寸。"

晞、瑱、眴、櫺：《後漢注》："希、田、眩、零"四音。

睋、鄠、棼橑、爓、虡、茵、珉、徼：舊"俄、户、汾老、艷、巨、因、旻、叫"九音。

灞：何曰："《水經注》：'霸水，古曰滋水。秦穆霸世，更名。然則不當加水。'"

龍首：《三秦記》："龍首山，六十里，頭入渭水，尾達樊川。"

麗：禮。

門：《韻補》叶"眠"。

分：《字典》叶音近"偏"。

豪舉、提封、能階：《後漢》"舉"作"俊"，"提"作"隄"，"能"作"敢"。

陵：《字典》叶"隆"。

紱：弗。

七相：《後漢注》："七相謂：丞相車千秋，長陵人；黄霸、王商，並杜陵人；韋賢、平當、魏相、王嘉，並平陵人。五公謂：田蚡爲太尉，長陵人；張安世爲大司馬，朱博爲司空，並杜陵人；平晏爲司徒，韋賢爲大司馬，並平陵人。"

公：叶“袞”，平聲。

五都：《漢書音義》謂：“洛陽、邯鄲、臨淄、宛、成都也。”

國也、至于三：何曰：“《後漢》無‘也’字、‘于’字。”

逴躒：善注：“逴音卓。”《廣韻》：“逴音綽，躒音洛。”六臣作“卓犖”。

有：《韻補》叶“羽軌切”。

九嵕：嵕。銑曰：“上有九峰。”

源：叶“虞雲切”。

分、綸、庭：五臣作“紛、編、廷”。

塍：善音“繩”，舊音“乘”。

鋪棻：善注：“棻與紛通。”五臣作“敷紛”。

澤：叶“齊”，上聲。

陂：碑。

三十六所：《三輔黃圖》：“上林有建章、承光等一十一宮，平樂、繭觀等二十五，凡三十六所。”

在：《字典》“所”叶“徙”，“在”叶“此”。

馬、鳥：叶“米、擬”二音。

海：《韻補》叶“喜”。

圜方：圜音圓。何曰：“宋本皆作‘圓’。”《後漢注》：“太微方而紫宮圓。”

瓌：同“瑰”。

城：戚。《三輔黃圖》注：“音‘砌’。”《藝文類聚》注：“階級也。”濟曰：“右乘車上故使平，左人上故爲級。”

重軒：濟曰：“謂重欄干。”

階、開：《字典》叶“基、欺”二音。

館：去。

環：何曰：“《後漢注》協韻音‘宦’。”

年、宴、歌：《字典》叶“民、案、過”三音。

玉堂：《漢武故事》：“玉堂去地十二丈，基階皆用玉。”

增盤崔嵬：何曰：“《後漢》作‘增槃業峨’。注云：增，重也；槃，屈也；業峨，高也。業，五臘反。峨音我。”

炤：楊倞《荀子注》：“與‘照’同。”

觀：去。

掖：亦。

椒房：《三輔》：“宮殿名，未央宮有椒房殿。”

寧：叶入聲。

苬：齒。

越：《字典》叶“魚橘切”。

袁：邑。

隋：何曰：“宋本及《後漢》皆作‘隨’。《史記》中本有‘隋’字，非隋文帝始去‘辵’。”

釭：《後漢注》“江、工”二音。

火齊：齊，去聲。龐元英《文昌雜録》：“《南史·中天竺國》説：‘火齊狀如雲母，色如紫金，有光輝。別之，則如蟬翼；積之，則如紗縠之重沓。’”

英：闕。

釦：《後漢注》音“口”，舊音“叩”。

硬：《韻會》：“硬音頓。”《後漢》、六臣作“硬”。

碱：善音“戚”。

琳：《後漢注》：“石，次玉。”銑曰：“玉名。”

熒：螢。

纚：史。

數：叶“歲”。

邴：徐邈《莊子音》音“丙”。

螫：“釋、赦”二音。

樂和：《後漢》作“歙樂”。

蓺：通“藝”。

殫、典：何曰：“《後漢》作‘周、攸’。”

司：《後漢注》叶“伺”。

除：五臣作“塗”。《後漢》作“涂”。注曰：“亦‘塗’字。”

桂宮：《廟記》：“桂宮有紫房複道，通未央宮北，周回四十里。”《三輔故事》：“桂宮周匝十里内有光明殿、走狗臺，土山縈複道橫北度，從宮中西上城至神明臺。”

長樂：《後漢注》：“未央宮在西，長樂宮在東，桂宮、明光宮在北，言飛閣相連也。”

隥：凳。《廣》《蒼》：“飛陛也。”

焜：善注：“與‘混’同。”

建章：《漢武故事》：“建章、長樂宮皆輦道相屬，懸棟飛閣，不由徑路。”《三輔舊事》：“建章，周回二十餘里，在長安城西。”《關中記》：“上林苑中有宮十二，建章其一也。”

屬：《字典》叶“直略切”。

鳳闕：楊震《古語》：“俗謂‘鳳凰闕’爲‘玉女樓’。”

金爵：《演繁露》：“建章宮之外闕，其上立有稜之觚，觚上立金鑄之鳳。”

嶕嶢：《後漢注》音“焦堯”。

擢：濁。

閶：叶“杭”，入聲。

駘：善音“殆”。

枰：意。

神明：《漢宮闕疏》："神明臺高五十丈，上有九室，恆置九天道士百人。"《漢宮殿名》："神明臺，武帝造，高五丈，上有九室，今人謂之九天臺。"

僄：《方言》注："音'飄'。"

眙：笞，去聲。

幹：善音"寒"。

篠：眺，上聲。

飛闥：《後漢》注："闥上門。"

湯：舊音"傷"。

嶈：槍。

嶕嶵：何音"囚萃"。

莖：牼。

堨：《廣韻》："壒音藹。"善注："'堨'與'壒'同。"

威靈、武事：《後漢》無"威武"二字，"事"叶"自候切"。

覆：去。

聚：《韻補》叶"就"。

表：《韻補》"博舉切"。

署：叶上聲。

罘、郚、鍭、趹、掎、控、矰、折、脰：舊"浮、浩、侯、決、已、空、曾、制、豆"九音。

紘：高誘《淮南子注》："音'宏'。"

野：《字典》叶"樹"。

法駕：胡廣《漢制度》："天子出有大駕、法駕、小駕。大駕則公卿奉引，大將軍驂乘，太僕御，屬車八十一乘，備千乘萬騎。法駕，公不在鹵簿，唯河南尹、執金吾、洛陽令奉引，侍中驂乘，奉車郎御，屬車三十六乘。小駕，太僕奉駕，侍御史整車騎也。"

飛廉：《漢書音義》："飛廉神禽，能致風氣，身似鹿，頭如雀，有角而蛇尾，文如豹。文于館上作之，因以名焉。"

逐、洞、涯：《後漢》作"胄、迴、崖"。舊注："涯音宜。"

震：平。

爚：舊音"藥"。《後漢注》："震震爚爚，奔走貌。爚音躍。"

覆：《韻補》叶"逼"。

躪：藺。

拗：郁。

佽飛：善音"次"。《漢書音義》："本秦左弋官，武帝改爲佽飛官，有一令九丞，在上林中。紡矰繳，弋梟鴟，歲萬頭，以供宗廟。"

鑽：善注："與'攢'同。"

雙：《字典》叶"所終切"。

颮：《説文》："古'飆'字。"舊音"樸"。

厲：賴。

狖：柚。

竄：《後漢注》叶"七外反"。

慴：攝。

稴：去。

蹙：《五經文字》"蹶"又作"蹙"。

掎：賈逵《國語》注："從後牽曰掎。"

嶄：《史記正義》音"咸"。五臣作"磛"，音"漸"。

隤：《玉篇》"隤"或作"頹"，叶"提"。

摧：叶"妻"。

嫮：話。

裔：叶“夜”。

炰：庖。

釂：醮。五臣作“爵”。

齊：叶“才”。

暉：“鹽、煜”二音。

摛錦：摛音“螭”。六臣下有“與”字。

爥：通“燭”。

鳥則：何曰：“《後漢》無。”

玄鶴：《相鶴經》：“鶴壽二百六十歲，則色純黑。楊子鶴千年變蒼，二千年變黑。”

鵁、鶬：舊音“交、倉”。《字林》：“鶬，七羊反。”

鴰、揄、俛：善“括、頭、免”三音。五臣“揄”作“投”。

鶂：何音“逆”。《莊子》：“白鶂之相視，眸子不運而風化。”

鷿：周處《風土記》：“鷿鷿，鷈也。以名自呼，大如雞，生卵于荷葉上。”

雁：《字典》叶“岸”。

轏：棧。

旗：《韻補》叶“渠尤切”。

祛：墟。

淡：琰。

櫂：棹。

震：叶“專”。

訇：轟。

鶡：何曰：“《後漢》作‘閑’。注云：‘招猶舉也。弩有黃閑之名，此名白閑，蓋弓弩之屬。’今以投文竿句例之，當以《後漢》爲正。”

罿：舊音“衝”。何曰：“《後漢》作‘幢’。”案：《後漢注》：

"幢，音'直江反'，即舟中幢蓋。"

遂乃：何曰："'乃'字《後漢》無。"

峻：何曰："《後漢注》叶'綜'。"

雍：去。

供：去。

業：叶"岋"。

畝、老：《韻補》："畝叶'模'，上聲。'老'叶'滿補切'。"

商循：何曰："《後漢》'循'作'脩'，宋本'修'。"

注

小雅：何曰："並指《小爾雅》。"

畝稅一：《史記》無"稅"字。

蜀都漢："都"改"郡"。善注引經傳與今本異，同何評，並改從今本。今以五經左氏人所共曉，不復繁載其餘，增刪某字、某字改某並從何舊。

司命箴："命"改"空"。

微其："其"改"之"。

于夜中："夜"改"江"。

閣在大："大"改"太"，下增"秘"字。

臺梁："臺"改"壺"。

水衡："水"改"川"。

士循其："循"改"脩"。

東都

東都：何曰："《後漢》無'東都'字。"①

---

① （清）何焯《義門讀書記》中無此注釋。

館室：五臣作“宫館”。

代：何曰：“《後漢》作‘世’。”

談：叶“甜”。

功、討、拓、克、塤、寢：五臣作“攻、計、托、尅、順、浸”。翰曰：“浸，盛也。”

民：《字典》叶“眠”。

説：叶“世”。

治：何曰：“《後漢》作‘理’。”①

紀：叶“訏”。《後漢》“紀”下有“也”字。

繫、鄒、輨、激、彎：《後漢》作“發、驪、輕、發、彎”。

滌：《韻補》叶“鐸”。

緒：上聲。

險易：董遇《周易注》：“易音‘亦’。”

云爾：五臣有“而已”字。

夫婦：《帝王紀》：“庖犧氏制嫁娶之禮。”

而帝：何曰：“《後漢》無‘而’字。”②

雍：舊平聲。

服：《韻補》叶“鼻墨切”。

信：《後漢注》讀“申”。五臣作“申”。

鑠：銑曰：“景，大。鑠，美也。謂申大美于光武廟。”

雅：何曰：“《後漢》作‘予’。”

肅：叶“削”。

躬：六臣作“窮”。

---

① （清）何焯《義門讀書記》中無此注釋。
② 同上注。

幽：叶"于"。

扇巍巍顯翼翼：何曰："《後漢》作'翩翩巍巍顯顯翼翼'。注云：'並宮闕壯盛之貌。'"①

之極：五臣無"之"字。

于是：《後漢》作"是以"。

麗：禮。

沼：叶"晝"。

雅：《字典》叶"五可切"。

鐵：何曰："《後漢》作'驖'。"《經典釋文》亦作"驖"。六臣本"驖"音"姪"。

龍：何曰："《後漢注》：'馬八尺以上爲龍。'《月令》：'春駕蒼龍，各隨四時之色，故曰時也。'"②

䌞麗：善音"林離"。《後漢》作"颯灑"。

元戎：毛萇《詩》注："元，大也。夏后氏曰：'鉤車，先正也。'殷曰：'寅車，先疾也。'周曰：'元戎，先良也。'"

鋋、瞁、儳、讜：善"澶、遞、禁、黨"四音。《後漢》"瞁"作"失"，"儳"作"伶"。注："伶，渠禁反。"

天：《字典》："鐵因切。"

焱：艷。

欱、歗：上"呼合切"，下"嘖"，平聲。《後漢》作"吹、燎"。

---

① （清）何焯《義門讀書記》中無此注釋。

② （清）何焯《義門讀書記》（卷四十五）："《後漢書》注云：馬八尺以上爲龍。《月令》：'春駕蒼龍，各隨四時之色，故曰時也。'李注引易，非是。"【校】文中"《後漢注》"應爲"《後漢書》注云"。句末脫"李注引易，非是"一句。

山：《字典》叶“牲”。

中圉：《後漢注》：“圉，中也。”

屯：叶“隊”。

申令：《後漢》作“以命”。

三驅：《廣韻》“驅”音“姁”。向曰：“三驅之法，背己及左右馳者皆逐之；向己，舍之。”馬融《周易注》：“三驅者，一曰乾豆；二曰賓客；三曰君庖。”

物：《字典》叶“微律切”。

跧、潫、垠、煜、俅、絍：舊“宛、薛、銀、育、買、任”六音。《後漢》“潫”作“泄”。《淮南注》：“‘垠’音‘寅’。”

明堂：楊衒之《洛陽記》：“平昌門直南大道，東是明堂大道，西是靈臺也。”①

靈臺：《漢宮闕疏》：“靈臺，高三丈，十二門，天子曰‘靈臺’，諸侯曰‘觀臺’。”

徵：《字典》叶“中”。

矕：慉。

三朝：翰曰：“歲、月、日之朝。”

京：疆。

蠻：叶“門”。

外綏、爾乃、興樂：《後漢》“綏”作“接”，無“爾”字、“興”字。

雲龍：戴延之《記》：②“端門東有崇賢門，次外有雲龍門。”

---

① 楊衒之《洛陽伽藍記》（附編一）：“平昌門直南大道，東是明堂大道，西是靈臺也。”【校】文中《洛陽記》應爲《洛陽伽藍記》。“楊衒之”當作“楊衒之”。

② 應是戴延之《西征記》。

庭：叶"童"。

饗：舊音"香"。

樂：《韻補》音"禄"。

鍧：呼宏切。

燁：曄。

具：五臣作"俱"。

烟：舊音"因"。

熅：氲。

退：叶"替"。

作："澤"叶"昨"、"作"叶"責"皆可。

韶、玄：《字典》叶"注、雲"。

捐金：陸賈《新語》："聖人不用珠玉而寶其身，故舜棄黄金于嶄巖之山，捐珠玉於五湖之川，以杜淫邪之欲也。"①

淵：《集韻》："一均切。"

湊：《字典》叶"疽"，去聲。

淵：何曰："宋本'泉'。"②

人：《韻補》叶"然"。

富：否，去聲。

濟：上聲。

外：《字典》叶"制"。

階：叶音見《西都賦》。

㦬：牒。

---

① （西漢）陸賈《新語》（術事第二）："聖人不用珠玉而寶其身，故舜棄黄金於嶄巖之山，捐珠玉於五湖之淵，將以杜滛邪之欲，絶琦瑋之情。"【校】"五湖之川"應爲"五湖之淵"。"以杜滛邪之欲"前脱"將"字，此句後脱"絶琦瑋之情"一句。

② （清）何焯《義門讀書記》無此注釋。

而誦：《後漢》無“而”字。

注

田肯：六臣本“婁敬”。

東觀漢紀孝明詔曰：“紀”改“記”，下“璇”字，上增“尚書”二字，樂名下增“予昌九”三字，删“雅會明帝改其名郊”八字，“予樂”下删“正”字。

毛詩傳曰、古有、經南方：何曰：“‘毛’改‘魯’，‘經’改‘程’，从《玉海》。”

雨蓋：六臣作“羽蓋”。

天子樂：《後漢》注引蔡邕《禮樂志》作“大予樂”。

蘇秦説孟嘗君：“孟嘗君”改“秦惠王”。

面氣：《後漢》注引《周書》“面”作“而”，無“氣”字。

明堂詩

序：上聲。

福：何叶“逼”。

注

汁光：《後漢注》引何圖“汁”作“叶”。①

辟雍詩

瞱：舊音“婆”。

---

① 【校】“何”應爲“河”。《河圖》曰：“蒼帝神名靈威仰，赤帝神名赤熛怒，黃帝神名含樞紐，白帝神名白招拒，黑帝神名汁光紀。”

威：五臣作"皇"。

太上：《後漢注》："謂太古，立德賢聖之人，著養老之禮，令我漢家遵行之。"翰曰："天也。"

洪：《後漢》作"鴻"。

靈臺詩

蓁蓁：《後漢》作"溱溱"。

廡：《後漢》作"蕪"。注曰："《爾雅》曰：'蕃蕪，豐也。'"

胥：上聲。

寶鼎詩

川效珍：濟曰："濼湖出黃金鼎。"

歆：嚣。

龍文：《史記》："秦武王與孟悅舉龍文之鼎。"

年：叶音見《西都賦》。

注

初祭：《後漢注》作"礿祭"。

白雉詩

素烏：《後漢注》："固集此篇題云'白雉素烏'，故兼言效素烏。"濟曰："光武時，日南獻白雉，明帝時獲素烏。"

嘉祥阜兮集皇都：何曰："《後漢》無此句。"①

翹：《後漢注》："尾也。"

---

① （清）何焯《義門讀書記》無此注釋。

精：《春秋元命包》：①"烏者，陽之精。"

慶：《後漢注》讀"卿"。

西京

薛綜：何曰："此注謂出于薛綜，疑其假托。綜赤烏六年卒，安得引王肅《易》注？又孫叔然始造反切，未必遂行于吳。綜傳有述二京解之語，恐亦不謂此賦。"②

夅：《説文》："古奢字。"《聲類》："夅，侈字。"

忕、贔、闃、澶、茄、柿、槐、閟、璘、甍、瑋：舊"太、備、礙、憚、加、而、毗、抗、鄰、萌、偉"十一音。翰曰："閟，門限。"

尠：善注："與'鮮'通。"

化俗：五臣作"俗化"。

覈：核。

戲：戲。六臣作"虖"，同。

存：叶"在"。

坻：此。

崛：掘。五臣作"窟"。

轔、嶓、幹、愵、鱶、趖、叛、戲、煇、阤、謬、鶼、頼：善

---

① 【校】《春秋元命包》全稱當爲《春秋緯元命苞》，"苞"也作"包"，二字古通用。

② （清）何焯《義門讀書記》（卷四十五）："此注謂出于薛綜，疑其假托。綜是赤烏六年卒，安得見王肅《易》注而引用之耶？綜傳有述二京解之語。恐亦不謂此賦也。又孫叔然始造反切，未必遂行于吳。"【校】"安得引王肅《易》注"一句應爲"安得見王肅《易》注而引用之耶"。"又孫叔然始造反切，未必遂行于吳"應在"綜傳有述二京解之語。恐亦不謂此賦"一句後。"恐亦不謂此賦"後脱"也"字。

"波、干、忌、眼、黃、判、羲、麾、俟、眇、昆、俯"十二音。① 韋昭《漢書音義》"嶓"音"播"。

冡：叶"職"。

迤：以。

近：涇，叶"上"；近，叶"平"，皆可。

其遠則：何曰："宋本有'有'字。"

汁：《方言注》謂"和協也"。五臣作"叶"。

輅：核。《史記索隱》："輅者，鹿車前橫木。二人前挽，一人後推之。"

議：《詩釋文》叶"宜"。

謀：《字典》叶"眉"。

滔：善注："與'謟'同。"良曰："謟，善也。謟，徒刀反。"

徑輪：五臣作"經綸"。

廣袤：舊音"茂"。徐邈《禮記音》："亡侯反。"濟曰："'經綸廣袤'謂'東西南北'。"

郛：《字典》叶"覆"。

裁：去聲。

法：《韻補》叶"拂"。

筵：濟曰："九尺曰筵。"

闔：叶"衡"，入聲。

業：業。

雄虹：《京房易傳》："蜺，四時有之，唯雄虹見藏有月。"蔡

---

① 【校】文中共列舉了十三個字，余蕭客注了十二字的音，漏了第一字"鱗"的注音。

邕《月令章句》：“雄曰虹，雌曰蜺。”①

韡：偉。五臣作“暐”，舊音“偉”。

碣：善注：“與‘舄’通。”

軒、檻：濟曰：“軒、檻，欄也。”

切：善注：“與‘砌’通。”

厓陳：“厓”音“涯”。《毛詩音義》“陳”音“檢”。向曰：“邊限也。”

崿：諤。

岣：《埤蒼》音“荀”。

巉：讒。

嶮：險。

岸：向曰：“殿階也。”

陔：垓。

仰福帝居：何曰：“顏氏《匡謬正俗》云：副貳之字本爲福，从衣畐聲。《西京賦》之‘仰福帝居’傳寫誤，轉衣爲示，讀者便呼爲‘福祿’之‘福’，失之遠矣。”②

業：良曰：“虡旁立木，直曰筍，橫曰業。虡，鐘架跌也。”

---

① 蔡邕《月令章句》：“雄者曰虹，雌者曰睨。”【校】文中“雄”“雌”後脫二“者”字，“蜺”應爲“睨”。“睨”與文中意義毫無關聯，余蕭客或是發現原文有錯，參考了後人的版本，自行改訂。《藝文類聚·虹》：“蔡邕《月令章句》曰：‘虹，蝃蝀也。陰陽交接之氣，著於形色者也。雄曰虹，雌曰霓。霓常依陰雲而晝見於日沖，無雲不見，大陰亦不見，率以日西見於東方，故詩云，蝃蝀在於東，霓常在於旁，四時常有之，唯雄虹見藏有月。’”由上可以看出《藝文類聚》中“雌曰霓”已不再是原文的“雌者曰睨”，“睨”已換成“霓”，有的版本寫成“蜺”。

② （清）何焯《義門讀書記》（卷四十五）：“顏氏《匡謬正俗》云：副貳之字本爲‘福’，從衣畐聲。《西京賦》云‘仰福帝居’，傳寫舛訛，轉‘衣’爲‘示’。讀者便呼爲‘福祿’之‘福’。失之遠矣。”【校】文中“《西京賦》之”應爲“《西京賦》云”。“傳寫誤”應爲“傳寫舛訛”。

嵳：磋。

嵥：捷。

居：舊叶"據"。

晝：《韻補》叶"株遇切"。

鏉：殺。

瞂：善音"伐"。《集韻》音"遁"，犬也。案：《孔叢子》："干瞂，盾也。"注曰："瞂，房越切。《方言》：'盾，自關而東或謂之'瞂'。"注：音"伐"。《説文》："瞂，盾也，从盾犮聲。"此音"伐"，訓"盾"，當从"盾犮"。

虞：遇。

煇：舊音"渾"。

瓀：頓。

明光：程大昌《雍録》："漢有明光宮三，一在北宮，南與長樂相連者，武帝太初四年起。"

懸：《字典》叶"院"。

覛：《藝文注》音"脈"。

迎風、露寒：漢宮殿名，長安有迎風觀、露寒觀。

墀：第。

霓：如淳《漢書注》讀"甈"。《南史注》："五結反。"

攉：叶"著"。

辯：善音"班"、音"蕰"。

陗：俏。

激：何曰："吉躍反，見《匡謬正俗》。"

望：平。

交、若、若、匑、唐、潒、奮、璿、奎：五臣作"文、迢、迢、叫、堂、象、集、瓊、踁"。案：《字書》無"若"字，

即"苕"字之誤，窅音"叫"，潒音"蕩"，上聲。蹕音
"膵"。

井幹：王應麟《玉海》："漢井幹樓。"《郊祀志》注："爲樓，
若井幹之形也。井幹，井上木欄也，其形或四角或八角。"

跱：《廣韻》音"峙"。

隌：子兮反。

雰：善音"氛"。舊音"汾"。

澂：懲。

髻：舊音"岐"。李氏《莊子音》音"須"。

慫：悚。

趬：喬。

燾："陶、導"二音。

罘：舊音"呼"。

庨：哮。

豁："豁"本字。《字典》叶"許月切"。

橧：曹憲《博雅音釋》音"曾"。六臣作"增"。

轐：孽。

檐：俗作"簷"。

月：《字典》叶"魚橘切"。

轢：綜音"歷"。

閈、喦、陁陊、殷賑、楅、蒇、茵、鷊、远、儵、莽、迣、
靺、鞈：舊"汗、巖、豕豕、隱軫、格、針、萌、霜、岡、
叔、畝、列、賣、夾"十六音。《史記索隱》"莽"音"姥"。

延：羨。

返：去。

珍臺：向曰："臺名，在城東。"

磴：王幼學《綱目集覽》：“磴，丁鄧反。與‘磴’通。飛陛曰磴。”

迺：里。

浡：莽。

沆：抗。

旷、崋、齬、枏、櫨、櫳槮、苯：善“户、罪、吾、南、肅、蕭森、本”八音。

隯：綜音“島”。

菌：窘。

參：舊音“三”。

蘭錡：善音“蟻”。銑曰：“蘭錡，兵架也。陳列于甲第之門，若今甲門。”①

闤：還。

闠：匱。

大胥：翰曰：“《周禮》‘市制’。《大胥職》‘今但屬三輔都尉’。”

婦：《字典》叶“斐”。

恃、士、紀：并上聲。

過：叶“瓜”。

貙：樞。

睚：崖。

眥：《集韻》：“眥音柴，去聲。”《類篇》：“眥、眥同。”

蠆：②善注：“與‘蔕’通。”

---

① 《六臣注文選》（卷二）：“蘭錡，兵架也。陳列於甲第之門，若今戟門。”【校】文中“甲門”應爲“戟門”。

② 《文選·西京賦》原文爲：“睚眥蠆芥，屍僵路隅。”【校】文中“蠆”應爲“蠆”。

瘡①：瑲。

痏：鮪。

屐：《字典》叶“軫”。

螫屋：音“軹質”。

長楊：《括地志》：“長楊在雍州螫屋縣東南三里，以宮内有長楊樹，以爲名。”②

黃山：郭璞《山海經注》：“始平槐里縣有黃山，上故有宮，漢惠帝所起。”③

駬騄：善音“鄙矣”。舊音“否矣”。

有：叶音見《西都賦》。

椶：《山海經音》音“騣”。

樬：《唐韻》音“瑽”。

栝：括。梁武帝《老子講疏》音“膾”。

楩：便，平聲。

楓：音近“分”。

蓊：翁，上聲。

薆：愛。

蔚：隊。

芫：杭。

---

① 《文選·西京賦》原文爲：“所好生毛羽，所惡成創痏。”【校】文中“瘡”應爲“創”。

② （清）孫星衍《括地志》：“長楊宮在雍州螫屋縣東南二里，上起以宮，内有長楊樹，以爲名。”【校】文中“長楊”應爲“長楊宮”。“三里”應爲“二里”。“以宮”前脱“上起”二字。

③ （晉）郭璞《山海經》（卷二）：“今始平槐里縣有黃山，上故有宮，漢惠帝所起，疑非此。”【校】原文中句子開頭脱“今”字，句末脱“疑非此”三字。文中余蕭客將《山海經》中對“黃山”存疑的句子當成既定事實進行引用。

葶：摶。

昆明：《三輔故事》：“池周回三百二十頃。”《長安志》：“昆明池在長安縣西二十里，今爲民田。”

阯：止。

右：以。

氾、①鴶、悷、麏、綝、鬑、窊㺝、騢、杪、矘、夥、叇：善“俟、加、陵、讒、薛、而、庚酸、途、聊、吾、禍、支”十三音。《淮南注》：“‘騢’音‘余’。”

鉰：善音“童”。《初學記》注：“除蒙反。”《唐韻》：“重，上聲。”

項：鴻，上聲。

鷫：善音“蕭”。

鼾：便，平聲。

訇：《晉書音義》音“轟”。

殺：叶“屑”。

摯：質。五臣作“鷙”。舊音“至”。

簸：播。

在彼：五臣“彼”作“於”。

柞：善注：“與‘槎’同。”

麌：語。《字林》音“吳”。

偪：逼。

駁：洪焱祖《爾雅翼·音釋》音“剥”。

較：善音“角”。

---

① 《文選·西京賦》中原文爲：“日月於是乎出入，象扶桑與濛氾。”【校】文中“氾”應爲“氾”。

爍：善音"藥"，舊音"樂"。

玄弋：何曰："杜牧詩'已建玄弋收相土'疑即用此。今刻'玄弋'當求善本較之。"①

招搖：何曰："《史記・天官書》：'杓端有四星，一內矛，招搖；一外爲盾，大鋒。'晉灼曰：'外遠北斗也，一名玄戈。'"②

捎：《方言注》音"騷"。

獡：囂。《字典》叶"居"。

鼲：獵。

般：善注："與'班'通。"

螭魅：服虔《左傳》注："螭魅，人面獸身，四足，好惑人。山林異氣所生，以爲人害。"

怒：上聲。

緹：舊音"啼"。

睢：《淮南注》音"揮"。

拔：善注："與'跋'通。"

扈：上聲。

陁、轟、髟、批、攦、魶、蚳、箟、襪襽、侲、豸、媮：舊"雉、溝、丕、滓、讒、紬、遲、池、衫、師、振、雉、俞"十三音。

---

① （清）何焯《義門讀書記》（卷四十五）元弋："杜牧詩'已建元弋收相土，應迴翠帽過離宮。'疑即用此，今刻'元弋'者，恐非。"【校】原文"何曰"中引用部分二"玄"字皆應爲"元"，即"玄弋"應爲"元弋"。文中"已建玄弋收相土"後脫"應迴翠帽過離宮"一句。

② （清）何焯《義門讀書記》（卷四十五）："《史記・天官書》：'杓端有兩星：一內爲矛，招搖；一外爲盾，天鋒。'晉灼曰：'外遠北斗也，一名元戈。'"【校】文中二"一"字後皆脫"爲"字，"大鋒"應爲"天鋒"，"玄戈"應爲"元戈"。

觸：劦，去聲。

趨：叶去聲。

罜：罕。

瀟箾：善音"肅朔"。五臣"瀟"作"攎"。舊音"肅"。

鏑：的。向曰："箭鏃。"

擽撲：何音"拍扑"。①

蹍：展。

磧：責。

礫：舊音"歷"。

羂：眄。

揘：善音"橫"。

畢：五臣作"觱"，音"必"。

蔟：戚袞《周禮音》："籫，勑角反。"殷敬順《列子釋文》："籫，謂以竹木圍繞。"《字典》蔟同"簇"。

攙：毚。

捔：泲。

拯：敝，入聲。

八：《韻補》叶"璧"。

鷮：驕。

獡：何音"川"。五臣作"遫"，音"獡"。

骹：敲。

眶：《列子釋文》"眶"音"匡"。六臣作"眶"。

伉：《後漢注》叶"苦郎反"。五臣作"亢"。

---

① （清）何焯《義門讀書記》中無此注釋。

鬌：何音"祭"。①

髽：檛。翰曰："朱鬈，絳袜額也；鬌髽，結束也。"

圈：倦。

狿：善音"延"。案：《漢書注》："即《子虛賦》'蔓蜒'。"

擔：渣。

狒：郭璞《爾雅音》音"備"。沈旋《爾雅注》音"沸"。五臣作"髴"，舊音"費"。《集韻》或作"囂"。

揩：楷，平聲。

巘：言，上聲。

撚：迷。

同車：《漢武故事》："凡諸宮美人，可有七八十，與上同輦者十六人，員數恒使滿，皆自然美麗，不使粉白黛黑。"

馬：姥。

齘：漬。

寡：《字典》叶"果"。

擺：舊音"披"。

皇恩：善無此二句。

白鵠：《抱朴子》："千歲之鵠，純白，能登于木。"

磻：善音"波"。翰曰："石箭鏃。"

嬉：僖。

鸃：逆。

栧：洪興祖《楚辭補注》"枻"音"曳"。《玉篇》"栧"與"枻"同。

葭：《毛詩古音考》音"蓑"。

---

① （清）何焯《義門讀書記》中無此注釋。

蜩蛃：音"罔兩"。

蛇：《芥隱筆記》："唐河切。"

纚：郭璞《上林賦注》音"灑"。

鰥：偃。

摭、龜：舊音"隻、鳩"。

搤、澥、罜麗、魰、蠔：善"厄、蟹、獨、鹿、魚、緣"六音。

臼：執。《莊子音義》音"述"。

摘：剔。

漻：善音"了"。舊音"鹿"。

摤："抄、勞"二音。

夒：襖。《字典》叶"母"。

摎：鳩。

蓼泙浪：善"老、勞、郎"三音。銑曰："'摎蓼泙浪'謂遍搜索。"

取：叶"湊"，上聲。

後：上聲。

陁：叶"蹂"。

平樂：漢宮殿名。長安有平樂觀。

靡：去。

觚：通"抵"。文穎《漢書注》："角抵，蓋雜技樂，巴渝戲、魚龍蔓延之屬也。漢後更名平樂觀。"

橦：幢。《五經字樣》音"同"。

狹：銑曰："狹，以艸爲環，刀插四邊，伎人躍入其中，胸突刀上，如燕之飛躍水也。"

銛：櫼。

跳：舊音"條"。銑曰："跳，弄也；丸，鈴也。"

華嶽：向曰："假作以爲戲，即今之山。車上插草木垂其果實。"

蛬：菱。

蛇：舊音"移"。

礔礰：同"霹靂"。《五音篇海》："礔礰，石聲。"

磅：滂。五臣作"砰"，音"怦"。

礚："嘅、榼"二音。

延：舊去聲。

欨：《晉書音義》："許物反。"

援：去。

踆：逡。

成龍：《漢官典職》："正旦，天子行陽德殿，作九賓樂，舍利從東來，戲于庭，入殿前，激水化成比目魚，跳躍漱水作霧，化成黃龍，高八十丈，出水戲于庭，以兩大絲纏繫兩頭，中閒相去數丈，兩倡女對舞，行于繩上，道逢功肩不傾，又踏踞屈身，藏形于斗中。鍾磬晉唱，樂畢，作魚龍曼延，黃門吹三匝。"①

---

① （漢）蔡質《漢官典職》："正月朝，天子幸德陽殿，臨軒。公卿百官各陪位朝賀。百蠻朝貢畢，屬郡計吏皆陛觀，庭燎。宗室諸劉親會，萬人以上，立西面。位既定，上壽。群計吏中庭北面立，太官賜酒食，西入東出。御史四人執法陛下，虎賁、羽林張弓挾矢，陛戟左右，戎頭偪脛陪前向後，左右中郎將位東南，羽林、虎賁將住東北，五官將住中央，悉坐就賜。作九賓徹樂。舍利從西方來，戲於庭極，乃畢入殿前，激水化爲比目魚，跳躍就水，作霧障日，畢，化成黃龍，長八丈，出水游戲于庭，炫耀日光，以兩大絲纏繫兩柱中，頭閒相去數丈，兩倡女對舞行于繩上，對面道逢，切肩不傾，又踾局出身，藏形于斗中，鍾磬并作，樂畢，作魚龍曼延，小黃門吹三通。"【校】余蕭客引用此處，出入甚多。"舍利從東來"應爲"舍利從西方來"，"高八十丈"應爲"長八丈"，"道逢功肩不傾"應爲"對面道逢，切肩不傾"，脫"對面"二字。"踏踞屈身"應爲"踾局出身"，"鍾磬晉唱"應爲"鍾磬并作"，"黃門吹三匝"應爲"小黃門吹三通"。

蜿：舊音“苑”。

蝹：贇。

成川：《漢武故事》：“未央庭中設角抵戲，享外國，三百里内觀。其雲雨電電，無異於真。畫地爲川，聚石成山。”①

祝：舊音“咒”。

翻：《韻補》叶“孚焉反”。

要：舊平聲。濟曰：“行出不法駕，謂之要；自上雜下，謂之屈。”

陝：狹。

算：上聲。

伎：《六書統》籀文“侮”字。六臣本同，當爲“伎”，上聲。

蠱：舊音“也”。

氏、綺：並上聲。

此：五臣作“跐”，舊音“此”。

羆：《韻補》叶“甫委切”。

朱屣：五臣作“珠履”。

要：舊音“杳”。

眳：“名、茗”二音。

藐：眳藐。五臣作“昭邈”。

---

① （漢）班固《漢武故事》：“未央庭中設角抵戲，享外國，三百里内觀。角抵者，六國所造也；秦併天下，兼而增廣之；漢興雖罷，然猶不都絕。至上復采用之，并四夷之樂，雜以奇幻，有若鬼神。角抵者，使角力相觸者也。其雲雨雷電，無異於真。畫地爲川，聚石成山。”【校】文中“三百里内觀”脱“角抵者，六國所造也；秦併天下，兼而增廣之；漢興雖罷，然猶不都絕。至上復采用之，并四夷之樂，雜以奇幻，有若鬼神。角抵者，使角力相觸者也”等句。“其雲雨電電”應爲“其雲雨雷電”。

婕妤：音“接予”。

侯：叶“俞”。

暫：五臣作“蹔”，同。

治：平。

衿：《通志略》：“與‘襟’同。”

柢：蔕。

茂：《漢書注》：“合韻，音‘莫口反’。”

者：《楚辭音》音“渚”。五臣作“口”，音“苦”。

睧：上聲。

齷：渥。

齯：《廣韻》音“婗”。

何：叶“華”。

注

爾雅曰爰：六臣本“《爾雅》曰‘爰有寒泉’”。盡本條皆綜注。

因龍首：下增“山”字。

山坻除：删“山”字。

陵陕也：六臣本綜注作“峻升也”。

聘於普：“普”改“晉”。

販夫：何曰：“一作‘裨販夫’。”①

椒姜：六臣“姜”作“薑”。

蒼頡曰：“頡”下增“篇”字，後引書闕“篇”字、“傳”字、“注”字並可，意求不繁載。

---

① （清）何焯《義門讀書記》中無此注釋。

作兵戈："戈"改"伐"。

敍曰多："曰"改"日"。

似石著："似"改"以"。

二搜索：六臣"二"字作"一一"。

文選音義卷二

吳郡余蕭客（仲林）輯著

同郡盛曉心（雲思）、蔣璟辰（玉瓐）參定

賦乙　賦乙、賦丙等題，並從六臣本增，然詩止于庚，恐亦非昭明舊。

東京

莞：善作“莧”。《字彙補》：“‘莧’與‘莞’同。”

溫故：五臣有“而”字。

此惑：五臣有“也”字。

搏：綜注與“附”同。

叢臺：何曰：“《趙世家》無‘武靈王起叢臺事’。故《漢書‧鄒陽傳》注中以爲趙幽王友所建。”①

泉：叶“殘”。

冠、往、初、廡、綪：五臣作“觀、故、舊、蜱、蒨”。“廡”“蜱”並音“牌”，“綪”“蒨”並音“倩”。

薙：鄭氏《周禮注》讀如“鬀小兒頭”之“鬀”。

錄：禄。

垓：應劭《漢書音義》音“該”。

紲：陸德明《論語音義》“息列反”。

---

① （清）何焯《義門讀書記》（卷四十五）：“《趙世家》無‘武靈王起叢臺事’。故《漢書‧鄒陽傳》注中以爲趙幽王友所建。注誤。”【校】文中脱“注誤”二字。

帋、灔、厞、輩：善“紙、淵、翡、柴”四音。

塗：舊音“度”。

暇：《字典》叶“胡故切”。

又損之：何曰：“宋本無‘之’字。”①

宗：翰曰：“高太祖、文太宗、武代宗、宣中宗。”案：“代”當爲“世”，翰注避唐諱。

則是：五臣作“是則”。

瑤臺：《列女傳》：“夏桀爲璇室、瑤臺以臨雲雨。”②

且天：六臣“且”下有“夫”字。

守：五臣作“狩”。

仁：舊注綜作“人”。

大：代。

旋：銑曰：“洛陽西十里九坂之道，謂之九阿。旋，旋門坂。”

盟：賈昌朝《群經音辯》音“孟”。

伊闕：高誘《戰國策注》：“在洛陽西南六十里，禹所辟也。”

轘：環。

鐔：“覃、淫”二音。《三蒼》“徒感反”。《姓氏急就篇注》音“尋”。

岯、緇、蟣、鶏鶪、鶻、麗、蘖、褹、襦、質、臚：舊“彼、澤、惟、匹居、骨、離、語、浸、絲、至、廬”十二音。劉子注：“蟣，戈規切。”

處：同“伏”。

---

① （清）何焯《義門讀書記》中無此注釋。

② （漢）劉向《列女傳》（卷七）：“龍逢進諫曰：‘君無道，必亡矣。’桀曰：‘日有亡乎？日亡而我亡。’不聽，以爲妖言而殺之，造瓊室、瑤臺以臨雲雨。”【校】文中引用不全，文中“璇室”應爲“瓊室”。

紀、姒、雉、視：並上聲。

欃槍：《淮南注》音"讒撑"。

崇德：《洛陽記》："南宮有崇德殿。"

德陽：《東觀漢記》："明帝欲起北宮，尚書僕射鍾離意上書諫，出爲魯相。後起德陽殿，殿成。百官大會，上謂公卿曰：'鍾離尚書若在，不得成此殿。'"《漢官典職》："德陽殿周旋容萬人，激洛水于殿下。"漢宮殿名，北宮中有德陽殿。

南端：《洛陽故宮記》："洛陽有南端門。"

崇賢：《漢官儀》："崇賢門内德陽殿也。"

濯龍：《續漢書》："濯龍園在洛陽東北角。"《後漢注》引薛綜注："濯龍，殿名。"良曰"廐名"。

涯：宜。

永安：洛陽宮殿名，永安宮周廻六百九十八丈，故基在洛陽故城中。

洌：孟康《漢書音》音"列"。

鷦："輖、昭、鵰"三音。

靈：五臣作"雲"。

福：叶音見《東都賦》。

謻：移。《字訓》"別也"。沈括《筆談》："別門故以對曲榭，無定處也。"

澹：上聲。

蝸：《淮南注》音"瓜"。郭象《莊子音》音"戈"。

芡：上聲。《本草經》："雞頭，一名雁啄。"

蜿：剜。

陌：《唐韻正》音"路"。

九房：《禮圖》："建武三十一年作明堂，上員下方。十二堂法日辰；九室法九州；室八窗，八九七十二，法一時之王。室有十二戶，法陰陽之數。”

能：舊叶“奴來反”。

馮：憑。

相：去。

襄：穰。

洎：冀。

九賓：劉泊莊①《史記音義》：“九賓者，周王之備禮。天子臨軒，九服同會。”

重：舊平聲。

鍛、霓：《字典》：“鍛叶試。霓，去聲。”

晢：制。

蹕：畢。徐邈《周禮音》音“痹”。

辰：郭璞《爾雅音》音“衣”。

純：劉昌宗《儀禮音》“之潤反”。

玉几：何曰：“宋本有‘穆穆’二字。”

揖：翰曰：“三揖者公卿。特揖：特，獨也，言一揖之大夫。

旅揖：旅，衆也，言衆揖之士。旁揖，言不正也。”

靑：叶去聲。

隍：詠，去聲。

京倉：何曰：“以禁財對犀，蓋指京師之倉。”

束帛：《玉壺清話》：“古義束帛，則卷爲二端五疋，表王者屈折隱淪之道。”

戔、綎、綦、縡、轙、錫、瓖、軡、珊、斿、輶輵：舊“殘、

---

① 【校】應是劉伯莊。

延、其、律、蟻、陽、襄、零、伏、由、交葛"十二音。《群經音辨》"戔"音"賤"。郭璞《爾雅音》"轙"音"儀"。

盤：《字典》叶"便"，平聲。

殫：《韻補》叶"顛"。

紞：耽。

厲：賴。

袷：劫。

裔：叶"乙害切"。

虯：良曰："馬高七尺曰蚪。"直音"虯"，同"蚪"。

輈：舟。

錟：《丹鉛總録》音"減"，以鏤金飾馬首。

鏤：漏。

方釳：舊音"乞"。《唐韻》："乘輿馬頭上插以翟尾曰方釳。"

纛：導。劉昌宗《周禮音》音"毒"。沈重《詩音義》：[1]"徒老反。"

鈌：央。

瑤：綜注"爪"，與"瑶"同。

繁：善注："與'鞶'通。"

發：撥。

鸞旗：蔡邕《獨斷》："鸞旗，車編羽旄，引繫幢旁，俗名雞翅車。"

皮軒：銑曰："鑾旗、皮軒皆車也。"

斾：跋。《春秋正義》："茷即斾。綪茷是大赤，即今之紅旗。"

噏：吸。

---

① 【校】應是《毛詩音義》。

髶：茸。

髦：《漢官儀》："舊選羽林爲旄頭，被髮先驅。"魏文帝《列異傳》："秦文公時，梓樹化爲牛，以騎擊之。騎不勝，或墮地，髻解被髮。牛畏之，入水。故秦因是置旄頭騎，使先驅。"

鶂、嘈、鉦、㰚、幢、魑、躠、蔟、趑、襦：善"曷、曹、征、由、同、虛、葦、蔟、禄、雒"十音。《後漢注》"鉦似鈴。"五臣"㰚"作"㰚"，舊音"由"。

殺：舊音"桑葛反"。

嘛：《玉篇》："哜，才曷切。"《集韻》："'哜'或作'嘛'。"

殿：舊音"坫"。

畛：《毛詩音義》音"真"。

配：《韻補》叶"坏"。

懷：《字典》叶"回"。

代：叶"題"。

曾：六臣作"增"。

廟：五臣作"宗"。

辯：舊音"編"。

輻：①福。

胉：舊音"博"。劉昌宗《儀禮音》"百、魄"二音。

穰：平。

耗：上聲。

歘：《字典》叶"眉"，上聲。

---

① 《昭明文選·東京賦》中原句："物牲辯省，設其楅衡。"【校】文中"輻"應爲"楅"。

蕡：《藝文注》音"汾"。

正：平。

設：五臣作"飾"。

乘：叶"蟲"。

奏：叶"左"，去聲。

縠：叶"固"。

饕餮：音"叨鐵"。《神異經》："饕餮，獸名，身如牛，人面，目在腋下，食人。"

慾：《毛詩音義》音"喻"。

狖：舊音"鬪"。宋庠《國語補音》："狖，丁侯切。"六臣作"貁"，舊音"閏"。

鑾：《古今注》："鈴謂之鑾。"

壽：上。

偷：舊音"以朱反"，協韻。何曰："言協韻者始此。"案：言叶韻始隋沈重《毛詩音義》。

濩：舊音"護"。

囿：《字典》叶"位"。

佶：吉。

紛：叶"翻"。

迄上林，結徒營：何曰："《匡謬正俗》作：'迄于上林，結徒爲營。'"

次：五臣作"敘"。

六禽：鄭玄《周禮注》："羔、豕、犢、麛、雉、鴈。"[①] 干寶

---

① 鄭康成《周禮注疏》："六禽，鄭云：'羔、豚、犢、麛、雉、雁也。'"【校】文中"豕"應爲"豚"。

《周禮注》："鴈、鶉、雉、鳩、鵻、鷃。"良曰："鳧、鴈、雉、鶉、鴛、鷃。"

毆：綜注："'毆'與'驅'同。"

民：五臣作"人"。

宇：《説文》籀文"宇"字。

璓：瑣。

岐：《韻會》"岐"或作"歧"。

數：上聲。

覝："檄、覈"二音。

茢：舊音"例"。《禮記音義》音"列"。

枭：舊音"刈"。

剛癉：舊音"亶"。向曰："鬼也。"何曰："《王莽傳》晉灼注：'剛卯。'"銘曰："庶疫剛癉，莫我敢當。"

捎、斲：《淮南注》音"稍、卓"。

殰：翳。《尹文子注》"一計切"。

慴：之涉反。

魃蜮：舊音"岐域"。濟曰："魃蜮，一小鬼。"

疊：《陸法言集》音"律"。

陬：《博雅音釋》音"鄒"。

户：上聲。

秭：杜。

摹：舊叶"莫補切"。

悆：舊音"豫"，上聲。

擾：應劭《漢書注》音"柔"。

浪：平。

慤：《字典》叶"酷"。

禕："衣、韋"二音。

蒔：侍。

殖、將：五臣作"植、當"。

趩：促。案：韻"趩趩"句當在"長驅"句下。

驅：《字典》叶"逐"。

缾：《五經文字》與"瓶"同。

仰：五臣作"望"。

且：疽。

跈：麋信《穀梁傳注》"張斗反"。

纊：曠。

却走馬以糞車：五臣"以"作"於"。何曰："《文子》曰：'夫召遠者，使無爲焉。親近者，言無事焉。唯夜行者有之，故却走馬以糞車，軌不接于遠方之外，是謂坐馳陸沉。'"

騕：郭璞《上林賦注》音"窈"。

褭：《淮南注》音"裊"。

兔：濟曰："騕日行五千里，兔日行三萬里。"

梣：《爾雅疏》："'梣''櫬'音義同。"

民：善作"人"。

胎、財：《韻補》："胎叶怡。財，前西切。"

替：舊叶"鐵"。

秩、尤：《字典》叶"迭、怡"。

裁：舊音"載"。案：《匡謬正俗》"裁"當如字。

怠：顏師古《匡謬正俗》："'怠'字通有'苔'音。"

墊：《晉書音義》："塹，七豔。"《字典》"墊"通"塹"。

眔：叶"惟"。

臰：俗"臭"字。

或疑：五臣作"疑惑"。

子：與"此"叶。

茲：叶"子"。

注

陽城人名："城"改"成"，"人名"二字删。

八尺表："尺"改"寸"。

痞："痞"改"善"。

爾雅曰鷽斯：上增"善曰"二字，下注："《爾雅》曰：'鵬鳩'同。"

豆之實：删"豆"字。

魏相上封：下增"事"字。

則周禮："則"改"即"。

耕根車：何曰："亦名'三蓋車'。"

以搗鼓："搗"改"摘"。

今五云：六臣"五"作"止"。

蓋進士："進"改"選"。

有桃樹：下增"二人于樹"四字。

老子曰終：六臣曰："下有'聖人'二字。"

枝獲麃：六臣"枝"作"校"。

南都 翰曰："南都在南陽光武舊里，桓帝時議欲廢之，故衡作是賦，盛稱此都是光武所起處，又有上代宗廟，以諷之。"

淯、赭塈、毇、嵩、嵼、巏、嶙、巚、溢：舊"育、者惡、角、遼、額、岑、鄰、截、密"十音。

鍇：楷。《藝文注》："白鐵也。"

膔、蠝：善音“瓠、壘”。

角：《通雅》：“角，古音禄。”

淵、蔗、徹、瀕、蹁、虎、蹈：五臣作“泉、柘、撤、濱、偏、狼、踏”。蔗音“柘”。《漢書注》：“瀕，水涯也，音頻。”《説文》：“蹁，讀若偏。”①

崆：腔。

峔：何音“羊”。

嶰：渴。

嵑：渴。

塘岯：六臣本善注有“塘，音蕩。岯，音莽”六字。五臣“岯”作“嵥”，音“莽”。

刺：辣。《韻補》叶“列”。

厔：窄。

嶔：《廣韻》：“‘嶔’音‘欽’。”

嶬：義。

屹：何音“岌”。

礜：擘。

岑：舊音“吟”。

岩：何音“君”。

纚：邐。

運：改“連”。

阤：訑。

嶭：《漢書注》：“‘嶭’音‘嶭’。”《集韻》：“‘嶭’同‘嶭’。”

甗：《爾雅音義》：“‘言’‘彦’二音。”

---

① 《説文解字注》：“……或曰遍。讀如遍也。”【校】“偏”應爲“遍”。

繆：舊音"謬"。

閬：舊音"浪"。

桯：《爾雅翼》音"赬"。

楔：施乾《爾雅音》音"結"。

椶、槾、橿、柙櫨櫪、楈、枒、栟、櫚、檍、鸑、鐘、篁、簳：舊"即、萬、疆、甲盧歷、胥、邪、并、閭、意、岳、鍾、謹、幹"十五音。

杻：《山海經音》音"紐"。

柍：鞅。

橖、楥：叶"堂、回"。

蓑：《山海經音》音"催"。

盱瞑：善注："'芊眠'與'盱瞑'同。"

縠：烘，入聲。

玃：矍。

珽：劉逵《吳都賦注》音"亭"。

鵷：《莊子音義》"於袁反"。

箛：舊音"孤"。戴凱之《竹譜》："箛篥竹生於漢陽，時獻以爲輅馬策，見《南郡賦》。"案：《竹譜》"郡"字誤，即指此賦。

篧：舊音"追"。

阿：《集韻》："婀，上聲。"

那：[1] 娜。

潫灃瀿、滑濊涵、瀐、汃、漻、淢、鱏、鰅、渟：舊"雉禮

---

① 《昭明文選·南都賦》原文爲："阿郍蓊茸，風靡雲披。"【校】"那"應爲"郍"。

藥、骨蔑決、戠、八、流、域、尋、隅、亭"十三音。《淮南注》:"'漻'音'遼'。"如淳《漢書注》:"'鰌'音'顋'。"

潚:熽。

厓:何音"楣"。

砏:芬。

輣:徐廣《史記音義》"扶萌反"。何音"朋"。

軋:向秀《莊子音》音"乙"。《字典》叶"鬱"。

輸:舊去聲。

淚:麗。

嫛:嬰。

鱐:慵。

鱹:《集韻》:"'鱹'音'惟'。"《五音集韻》:"'鱹'音'攜'。"

蜂:善注:"與'蚌'同。"

駮:濟曰:"大也。"

瑕:善注:"與'蝦'通。"

委蛇:音"逶移"。五臣"委"作"蟡"。

蘸:孖。

蘋莞蔣:舊"煩、桓、將"三音。《字林》"莞"音"緩"。謝嶠《爾雅音》:"'莞'音'官'。"

蒲:舊音"孤"。案:李善、五臣不注"蒲"字,諸字書"蒲""菰"字不通借。六臣本善注"菰蔣也"下有"菰音孤"三字,疑"蒲"即"菰"字,汲古六臣並誤。

茆:舊音"卯"。《毛詩音》音"柳"。

斐:六臣作"菲"。

鵙:結。

鸊鷉：何音"匹題"。

鸕：舊音"盧"。

田：《國語釋文》："'田'音與'陳'同。"

輲：困。

渫：五臣作"泄"，舊並音"薛"。

暵、菥蓂、葰、暖、薌、菽、幭、袥：舊"罕、析覓、孫、愛、鄉、殺、溝、霏"九音。良曰："巾幭皆女服。"

穛：捉。良曰："麥也。"

戳：戟。

蘘：王應麟《急就篇補注》音"穰"。

藷：諸。

蟠：善音"煩"。《玉篇》："百合，蒜也。"《歲時雜記》：①"二月種百合法，宜雞糞，或云百合是蚯蚓化成而反好雞糞。"《爾雅翼》："百合蒜，根小者如蒜，大者如椀，蒸煮食之，味極甘，非葷辛類也，但以根似大蒜，故名蒜爾。"②五臣作"蕃"。

瓜：《字典》叶"戈"。

侯：五臣作"榠"，音"侯"。

桲：蘇林《漢書注》："音'郖'，都之郖。"

薜：《爾雅翼·音釋》音"避"。

晻：《荀子注》："與'暗'同。"

---

① 【校】應是《歲時廣記》。
② （宋）羅願《爾雅翼》（卷五）中有關"蟠"的注釋爲："《字書》曰：'百合蒜也。'《説文》則曰：'小蒜也。'小蒜已見'葝'説中，不與百合蒜類。百合蒜近道處有根，小者如大蒜，大者如椀。數十片相累狀如白蓮花，故名百合，言百片合成也。人亦蒸煮食之。味極甘，非葷辛類也。但以根似大蒜，故名蒜爾。"

秔：庚。

鶪："掇、奪"二音。

鱻：仙。

藥：舊音"略"，叶"行"。

菁：翰曰："蔓菁。"

醖：慍。

十旬：良曰："九醖、十旬，皆酒名。"

醪：勞。

萍：同"萍"。

將：濟曰："進也。"

琢琱：善注："'琱'與'雕'通。"五臣作"雕琢"。

蠱：舊音"冶"。

明：《姓氏急就篇注》叶音"芒"。

英：《詩》本音讀"央"。

儇：《方言注》音"翾"。

撅：《唐韻》："'厥'音'麗'。"善注："'厥'與'撅'同。"

哀：《芥隱筆記》"於希切"。

褉：係。

映：五臣作"暎"，同。

便：杳。

便：平。

睇：《方言注》音"悌"。

卷：善音"權"，五臣作"婘"，舊音"權"。

緒：上聲。

蹀：《淮南注》音"牒"。

蹳：何音"別"。

躃："撒、薛"二音。

躩：先。

盤：《字典》叶"旋"。

駼騱：五臣作"騉駼"。

瀺灂：音"嶄淁"。

螭：《集韻》音"摛"。《廣雅》："有角曰蛇，無角曰螭。"

逮：善作"遥"。①

言、舉、視：五臣作"而、欹、覛"。

都者也：何曰："一本無'者'字。"

山：仙。

蕃：叶"惟言切"。

舊宅：《荆州記》："義陽安昌有光武宅，枕白水。"《玉海》："光武舊宅在今隨州棗陽東南，二里有白水。"②

青蔥：《後漢·光武紀》："望氣者蘇伯阿爲王莽，使至南陽，遥望見春陵城郭，喟曰：氣佳哉，鬱鬱蔥蔥然。"

懷：《字典》叶"揮"。

秋也：何曰："此處疑有脱誤。"

捷：舊音"件"。

召：五臣作"邵"。

庀：批，上聲。

---

① 《昭明文選·南都賦》李善注本中的原句作："於是日將逮昏者，樂者未荒。毛詩曰：'好樂無荒。'"【校】李善原文中並未將"逮"作"遥"，亦無"逮"的注釋。余蕭客引用此字出處有誤。

② （宋）王應麟《玉海》（卷一百七十五）："光武舊宅在今隨州棗陽縣東南，宅二里有白水。"【校】"棗陽"後脱"縣"字，"二里有白水"前脱"宅"字。

職：叶“專”。

繼：《荀子注》：“與‘搢’同。”

鯢：五臣作“兒”，舊音“倪”。

壽：上聲。

鮐："臺、貽"二音。

然：五臣作“焉”。

翠華：良曰：“蓋也。”

葳：威。

和：《韓詩内傳》：“鸞在衡，和在軾前，升車則馬動，馬動則鸞鳴，鸞鳴則和應。”《説苑》：“鑾設於鑣，和設於鈴。”

皇祖：何曰：“似謂‘考侯’。”①

海：叶音見《西都賦》。

南巡：銑曰：“言真人南巡者，冀天子復南巡睹舊里。”

注

武闕山爲闕在西也：删。

蘺蒳：何曰：“蒳，《説文》作‘蒩’。”

蓀楚：“蓀”改“蒗”。

螭若龍而黄：六臣本善注：“夔，一足也。下有‘《西京賦》曰憚蛟蛇。《説文》曰螭若龍而黄’十五字。《國語》曰：上無‘蛟螭若龍而黄’六字。”

逍遥也：“遥”下增“遊”字。

---

① （清）何焯《義門讀書記》（卷四十五）中有關“皇祖”的注釋：“皇祖即上似謂‘考侯思故者也’，注謂‘高祖’，非也。”文中引用有省減。

三都 《左思傳》:"初,陸機入洛,欲爲此賦,聞思作之,撫掌而笑,與弟雲書曰:此間有傖父,欲作《三都賦》,須其成,當以覆酒甕耳。及思賦出,機絶歎伏,以爲不能加也。"

左太冲 《晉書》:"齊國臨淄人。"

劉淵林 《左思别傳》:"思造張載,問岷、蜀事,交接亦疎。皇甫謐,西州高士。摯仲治宿儒知名,非思倫匹。劉淵林、衛伯輿并早終,皆不爲思《賦》序注也。凡諸注解,皆思自爲。欲重其文,故假時人名姓也。"

題注
秘書:下增"郎"字。

序
玉樹:顔師古《漢書注》:"玉樹者,武帝所作,集衆寶爲之,用供神也。而左思不曉其意,以爲非本土所出,失之矣。"①何曰:"李上支②《近事會元》云:'《唐傳記》云:'雲陽界多漢離宮,故地至唐有樹,似槐而葉細,土人謂之玉樹。玉樹青葱,《左思賦》有之,或非其語過,蓋不知此樹也。'"按:上支③又誤此序乃太冲譏子雲語。

---

① 《漢書·揚雄傳》顔師古注:"玉樹者,武帝所作,集衆寶爲之,用供神也,非謂自然生之。而左思不曉其意,以爲非本土所出,蓋失之矣。"【校】"用供神也"脱"非謂自然生之"一句。
② 【校】應作"李上交"。
③ 【校】應作"上交"。

當：舊去聲。

詆：邸。

研精：良曰："言以其有研精之處，莫敢訶責，舉發之大都，仍舉以爲法則。"

氏：舊音"旨"。

梧：舊音"忤"。應劭《漢書音義》如字。蘇林《漢書注》音"悟"。

宜本、匪本匪：五臣"本"作"唯"。二"匪"字作"非"。

蜀都

跱：《廣韻》音"峙"。

榷：角。

溱、輢、伏、爓、枒、蛦、糚、蹮、滻、斐：五臣作"臻、倚、洑、焰、梛、鴺、莊、僊、產、妃"。輢音"倚"，"鴺、蛦"並音"啼"，滻音"產"，斐音"妃"，洑音"伏"，梛音"邪"。

葐、蒩、賨、痟、淕、蓲、鮷、袨、桄榔、番禺、摫、飉、罻、麈、屼：舊"汾、租、叢、消、六、吁、啼、縣、光郎、潘愚、規、寮、尉、主、兀"十七音。

蒀：氳。

霞：《字典》叶"何"。

瀥：《漢書注》："'滈'音'鎬'。"《集韻》："'滈'或作'瀥'。"

瀑：雹。

濆：憤。

崖：宜。

金馬：《左思別傳》："其《三都賦》改定，至終乃上。初作

《蜀都賦》云：'金馬電發於高岡，碧雞振翼而雲披。鬼彈飛丸以礔礐，火井騰光以赫曦。'今無鬼彈，故其賦往往不同。"何曰："《郊祀志注》：'金形似馬，碧形似雞。'"

火井：《博物記》："火井深二三丈，以竹木投取火。"《異苑》："臨邛有火井，漢室之盛則赫熾。桓靈之際，火勢漸微。諸葛孔明一窺而更盛。至景耀元年，人以竹投即滅。其年，蜀並于魏。"① 劉昭補注《後漢書》："取井火還，煮井水一斛水得四五斗鹽。家火煮之，不過二三斗鹽耳。"楊慎《丹鉛摠錄》：② "火井在蜀之臨邛，今嘉定、犍爲有之，其泉皆油，爇之然，人取爲燈燭。正德中方出，古人博物亦未及此。"

琥珀：《廣雅》："虎魄，珠也。"《玉策經》："松脂千年作茯苓，茯苓千年作琥珀，琥珀千年作石膽，石膽千年作威喜。"曹昭《格古論》：③ "琥珀出西番、南番，乃楓木津液多年所化。"五臣"珀"作"魄"。

礫：《字典》叶"落"。

爍：鑠。

丙穴：《周地圖記》："順政郡丙穴，以其口向丙，因名。沮水經穴間過，或謂之大丙水。每春三月上旬後，有魚長八九寸，或一二尺，聯綿從穴出躍，相傳名爲嘉魚。"《益部方物贊》：

---

① （南朝·宋）劉敬叔《異苑》（卷四）："蜀郡臨邛縣有火井，漢室之隆則炎赫彌熾。暨桓靈之際，火勢漸微。諸葛亮一瞰而更盛，至景曜元年，人以燭投即滅。其年蜀并於魏。"【校】文中"臨邛"前脱"蜀郡"二字，"臨邛"後脱"縣"字。"赫熾"應爲"炎赫彌熾"。"桓靈之際"前脱"暨"字。"諸葛孔明"應爲"諸葛亮"。"景耀元年"應爲"景曜元年"。"人以竹投即滅"應爲"人以燭投即滅"。

② 【校】應作《丹鉛總錄》。

③ 【校】應作《格古要論》。

“丙穴在興州，魚出石穴中。雅州亦有之，蜀人甚珍其味。”① 趙德麟《侯鯖錄》：“或云魚以丙日出穴。”黃鶴《杜詩注》：“萬州梁山縣柏枝山有丙穴，方數丈，出嘉魚。”

梫：善音“寢”。郭璞《爾雅音》音“浸”。

咆：庖。

鴝：舊音“聿”。

希：翰曰：“希，空虛。”

左緜：《杜詩注》：“綿州，涪水所經。涪居其右，綿居其左，故曰左緜。”

黿：五臣作□。

剽：《晉書音義》“匹妙反”。

蹻：晉灼《漢書注》② 音“矯”。

交讓：任昉《述異記》：“黃金山有楠樹，一年東邊榮西邊枯，後年西邊榮東邊枯，年年如此。”張華云：“交讓樹也。”王象晉《群芳譜》：“交讓即楠木，兩樹相對，一枯則一生。岷山有之，其木直上，柯葉不相仿。”③

峑：奴。《國語補音》音“努”。

虋：眉。

---

① （宋）宋祁《益部方物略記》：“丙穴在興州，有大丙小丙山，魚出石穴中。今雅州亦有之，蜀人甚珍其味。”【校】《益部方物贊》應爲《益部方物略記》。文中“丙穴在興州”後脫“有大丙小丙山”一句，“雅州亦有之”前衍“今”字。

② 應作《漢書集注》。

③ 《文選·左思〈蜀都賦〉》：“交讓所植，蹲鴟所伏。”劉逵注：“交讓，木名也。兩樹對生，一樹枯則一樹生，如是歲更，終不俱生俱枯也。出岷山，在安都縣。”《格致鏡原》：“《群芳譜》：‘柟生南方，故又作楠，黔蜀諸山尤多，其樹童童若幢，蓋枝葉森秀不相ивив，若相避然。’”【校】《群芳譜》中無文中所引注釋內容，文中“岷山”應是“岷山”。

莚：衍。

跗：郭象《莊子音》音"附"。

料：舊音"聊"。

雒：王應麟《通鑑地理通釋》："雒水出漢州雒縣章山南，至新都谷入湔。"

莫莫：五臣作"漠漠"。

沱：同"沱"。

園：叶"延"。

林檎：琴。《學圃餘疏》："花紅即古林檎。"

檸櫨、宅、厲：舊"亭、斯、拆、列"四音。

甲：良曰："甲坼，花開也。"

熟：五臣作"就"。

榡、檓：善注："'榡'與'榛'通，'檓'與'核'義同。"《類篇》："'檓'音'覈'。"

發、家：《字典》"發"叶"廢"，入聲。"家"叶"歌"。

芬芬：六臣作"芬芳"。

蒟蒻：音"矩弱"。《酉陽雜俎》："蒻蒟根大如椀，至秋，葉滴露，隨滴生苗。"《爾雅翼》："《本草》：'蒻頭生吳、蜀，一名蒟蒻，是蒟蒻爲一物。'"①

蘩、繁：《韻補》並"汾沿切"。

枇：尼，上聲。

蓁、祭：叶"牋、將"。

甂：何音"真"。

---

① （宋）羅願《爾雅翼》（卷六）："《本草》：'蒻頭味辛，擣碎以灰汁煮成餅，五味調和爲茹食。生吳、蜀，一名蒟蒻，是蒟蒻爲一物。'"【校】"蒻頭"後脫"味辛，擣碎以灰汁煮成餅，五味調和爲茹食"等句。

鶐、貙：鄭樵《爾雅注》音"啼、樞"。

哠：弄。

吭：航。

白黿命鼈：焦贛《易林》："黿鳴岐野，鼈應於泉。"

鱒：沈重《詩音義》音"撰"。

瀨：賴。

二九：揚雄《蜀都賦》："其都門二九四百餘閈。"張載《蜀都賦注》："漢武帝元鼎三年，立成都郭十八門。"

廬：楊伯喦《九經補韻》讀爲"鑪"。

江：《韻補》叶"公"。

武：五臣作"虎"。

開：叶音見《西都賦》。

躅：濁。

屋：六臣作"室"。

馴：舊叶"悉"。

恤：濟曰："居也。"

西：先。

靚：淨。

堨：晉灼《漢書注》音"滯"。

橫：光。

邛杖：五臣"杖"作"竹"。《竹記》："邛州多生竹，俗謂之扶老竹。"《竹譜》："筇竹高節，實中，狀若人，剖爲杖，出南廣邛都縣。"①

---

① （唐）陳鼎《竹譜》："筇竹高節，實中，狀若人刻，爲杖之極。《廣志》云：'出南廣邛都縣。'"【校】文中"狀若人"後脱"刻"字，"剖爲杖"應爲"爲杖之極"。"出南廣邛都縣"前脱"《廣志》云"三字。

蒟醬：劉德《漢書注》："枸樹如桑，其椹長二三寸，味酢，取其實以爲醬，美。"《漢書音義》："枸木似穀樹，其葉如桑葉，用其葉作醬酢，美。蜀人以爲珍味。"

哤：龙。

聒：括。

張：去。

鉟：《集韻》："'鈲'音'霹'，'鉟'音'孤'。"案：當作"鈲"。《方言》作"鉟"。注："音劈歷反。"

醥：縹。翰曰："清酒也。"

期晦：六臣作"晦期"。

躐：同"躐"。五臣作"獵"。

胂：申。

麖：六臣作"麖"，舊並音"京"。

皛：善注："'皛'當爲'拍'。"

戾：入。

角：禄。

殆而：向曰："殆而遊獵之極也。"

趨：揭。

滇：如淳《漢書注》音"顛"。

艤：舊音"蟻"。五臣作"漾"。

娉：同"聘"。

罨：銑曰："網也。"六臣作"罨"，舊並音"奄"。

獠：郭璞《子虛賦注》音"遼"。

帟：《周禮釋文》音"亦"。

原：叶"年"。

市：上聲。

個：惕。

人理：向曰：“神怪謂萇弘血、杜宇魄之類。人理相如君平之類。”

朌蠁：上“許乙切”，下音“響”。向曰：“朌蠁濕生蟲，蚊類是也。其群望之，如氣之布寫，言大福之興有如此蟲，群飛而多也。”

蔚：五臣作“鬱”。

嚼：嚼。

譽、也：五臣“譽”作“美”，無“也”字。

岨：阻。五臣作“阻”。

王、防：舊並去聲。

注

三萬四千歲：何曰：“李白《蜀道難》作‘三萬六千歲’。”

江珠：何曰：“琥珀、江珠似非一物，江珠名義無取。”①

厥土赤埴：王肅《尚書注》、徐邈《尚書音》“埴”並讀“熾”，故劉引此司注：“赨熾。”蓋以“赤”解“赨”，以“埴”解“熾”。

漢書曰武帝：下增“立”字。

桐柏：何曰：“《漢・地理志》：‘梓橦郡雒縣漳山，雒水所出，南至新都谷入湔。’桐柏則在南陽平氏縣東南，水所出，恐誤。”②

案：《漢志》“廣漢郡雒縣音山，雒水所出，非梓橦郡漳山。”

---

① （清）何焯《義門讀書記》（卷四十五）：“琥珀、江珠似非一物。江珠之名於義，亦無所無取也。”【校】“江珠名義無取”應爲“江珠之名於義，亦無所無取也”。

② （清）何焯《義門讀書記》中無此内容。

雲之、出門：何曰："杜詩'白帝城中雲出門'本此，與今《周禮》小異。"

太元經：何曰："宋作'元'，避諱。"

殖貨志："殖"改"食"。

魏完南："完"改"宏"。

賦丙

吴都　何曰："《三國志注》云：'晉衛權作《吴都賦》序及注，序粗有文辭，至于爲注了無發明，直爲塵穢紙墨，不合傳寫。'權，字伯輿。"①

騞：徐邈《莊子音》："騞，救私反。"《字典》"騞""䮫"即一字。

牒：五臣作"諜"，舊音"樸"。

基、鴻：《字典》叶"計、黄"。

禺同：翰曰："二山名。"《續漢書·郡國志》："越嶲郡青蛉縣有禺同山，俗謂有金馬、碧雞。"

偉、巨、岪、斐：五臣作"瑋、壯、㟟、妃。"舊注："'㟟'音'拂'，'岪'同'㟟'。"

齷：善作"握"。

欻：平。

魄：李氏《莊子音》："礴，普各反。"善注："'礴'與'魄'同。"

論都：六臣有"邑"字。何引潘云："'都'字衍。"

---

① （清）何焯《義門讀書記》中無此内容。

衛：《後漢注》：“協韻‘于別反’。”

蟠：叶“便”，平聲。

刜：通“創”。

躍、故其：五臣“躍”作“屜”，“故”作“固”。

乘：平。

觖、婺、洰、泗、澭、鯔、鮂、鱃鰭、鼉鯖、鸘鴞、鷫：舊“決、務、洪、昒、蓬、緇、印、翻錯、辟青、燭玉、霜”十四音。

紀：叶“經”。

干越：何曰：“袁作‘于越’，是宋本皆作‘干越’。”

屵：兀。

嶁：《廣韻》音“瓔”。

滇：瑱。

淼：善音“眇”。

磈磥：音“傀壘”。

汗：翰。

磝：欽。

硈：吟。

濞、澒、噏：《淮南注》“譬、項、奄”三言。

湯：六臣本及注並作“暘”。何曰：“宋本作‘湯’，袁本注亦作‘湯’。”

里：叶“賴”。

罋：何音“盫”。

漾：彎。

溶：容。

濿：養。

澶湉、鷽鷚、抃、蒳、桹、杬、欀、橄欖：善“纏恬、庸、渠、卞、納、郎、元、襄、敢覽”十一音。

惣：總。

浪：平。

鯸鮐：《博雅音釋》：“‘鯸’音‘侯’。”何曰：“葉實《筆衡》：‘楊廷秀舉河豚，所原起古書，未見有載敘者。’尤延之曰《吳都賦》‘王鮪鯸鮐’。劉淵林注：‘鯸鮐云云，以是考之河豚，莫明白于此。廷秀撿視之，無殊，因歎曰：延之真書廚也。’”

黿：鉤。

鰐：李淳風《感應經》：“河有怪魚，乃名爲鰐，其身已朽，其齒三作。”《洽聞記》：“鰐魚，一名忽雷。”

喁：愚。

鷄鶋、鷸、嶼、羃、柚、颮、颭颭、麐、柚、蠹、嶰、褢：舊“爰居、青、序、覓、春、搖、搜留、儕、由、蓄、蟹、懷”十四音。

瀧：谿。

鶬：六臣作“鷖”，舊音“勑”。

上：《韻補》叶“常”。

與：舊去聲。

瀾：爛。

聱：傲。

耴：逆乙切。

歉：歇，去聲。

慌：《等韻》“呼廣切”。

欨：叶“轟”。

𪔵：同“鼞”，見《西京賦》。

原：叶音見《蜀都賦》。

屈盤：五臣作“盤屈”。

瓊枝抗莖而敷蘂：司馬相如《大人賦》：“咀嚼芝英兮嘰瓊華。”張揖注：“瓊樹生崑崙西流沙濱，大三百圍，高萬仞，華蘂也，食之長生。”

雷：《禮記釋文》：“力又反。”

距：上聲。

覿：《唐韻》：“‘覿’音‘驟’。”《類篇》：“覿，俗‘覿’字。”翰曰：“覿縷，次序也。”

块圠：應劭《漢書音義》音“央乙”。

莩：敷。《方言注》音“誇”。

蓲、藘：善注：“‘蓲’與‘敷’、‘藘’與‘渝’同。”舊注：“‘藘’音‘育’。”

一：《韻補》叶“懿”。

綸：舊音“關”。

食葛：何曰：“今閩中番薯疑即古所謂食葛。”

茅：矛。

東風：何曰：“《廣韻》引《廣州記》云：‘東風菜，陸地生，莖赤，和肉作羹，味如酪，香似蘭。’”

岊：《藝文注》音“節”。翰曰：“山曲曰岊。”

扤：《毛詩音》音“月”。

薙：叶“西”。

莌、甌、挐：何“銳、癸、如”三音。

曄兮：五臣作“曄曄”。

櫲樟：音“預章”。

枸：鉤。

裙遷：六臣作"君遷"。魏王《花木志》："君遷樹細如甘蕉，子如馬乳。"司馬光《名苑》："即今牛奶柿。"

殗：“浥、淹”二音。五臣作"掩"。

堛塌：何音"册赤"。

糅：去。

縟：銑曰："五色曰縟。"

霻：禪。

霸：隊。

㖒："佩、勃"二音。

颰：幽。

瀏："留、柳"二音。

猚：暉。

猓：果。

趠：掉。

超：耀。

猰：服虔《漢書音訓》音"豎"。《晉書音義》音"軋"。

貐：《爾雅翼·音釋》音"愈"。

象：上聲。

霆：《毛詩釋文》音"挺"。

篔簹：舊音"云當"。賈思勰《齊民要術》："篔簹竹，節中有物，長數寸，正似世人形，俗說相傳云'竹人'，時有得者。"

箖：林。

篿：《藝文注》音"於"。

簫："焱、縹"二音。

簩：劉音"勞"。

蜎：娟。

餘甘：何曰：“橘柚見經餘甘，去疢，故荔支不能先焉。餘甘實小核大，不至吳郡。余辛巳夏始獲嘗其鹽漬者，柳子厚與檳榔並言。問之閩人，亦不敢多食也。”①

㭴：蟾。

榴：善作“劉”。

綷：何音“萃”。銑曰：“五色曰綷。”

崴：何音“歪”。

屏：叶“必玉切”。

穎、扶揄、菈：五臣作“熲、扳投、拉”。

䶂：鄭眾《周禮注》：“䶂讀爲擿。”李軌《周禮音》：“思亦反。”

夥：舵。

碕：奇。

䝢：瀆。

綃：向曰：“絹也。”

畷：舊音“綴”。

倍：叶上聲。

宭：何音“哇”。

等：《匡謬正俗》：“等字，本音都在反。”

與：舊音“改”。

在、視：並上聲。

---

① （清）何焯《義門讀書記》（卷四十五）：“橘柚見經餘甘，去疢，故離支不能先焉。餘甘實小核大，不至吳中。余辛巳夏始獲嘗其鹽漬者，柳子厚與梻榔並言之。問之閩人，亦不敢多食也。”【校】文中“去疢”應爲“去疾”。“荔支”應爲“離支”。“吳郡”應爲“吳中”。“並言”後脫“之”字。

再熟：《僞越外紀》："稻一年再熟。今浙江温州，稻一歲兩種；廣東又有三種，田地氣暖故也。"

八蠶：俞益期《牋》："日南蠶八熟，繭軟而薄。"《林邑記》："九真郡蠶年八熟。"《永嘉郡記》："永嘉有八輩蠶：蚖珍蠶（三月績）、柘蠶（四月初績）、蚖蠶（四月績）、愛珍（五月績）、愛蠶（六月末績）、寒珍（七月末績）、四出蠶（九月初績）、寒蠶（十月績）。"《雲南志》："風土多暖，至有八蠶。"

緜：《海物異名記》："八蠶緜八蠶共成一繭。"《西谿叢語》："言蠶養至第八次不中爲絲，只可作緜，故云八蠶之緜。"

漫、館：並去聲。

姑蘇：《吴地記》："吴王闔閭十一年起臺於姑蘇山，因山爲名。西南去國三十五里，春夏遊焉。後夫差復高而飾之，越伐吴，遂見焚。"

建：如淳《漢書注》音"蹇"。

長洲：《吴郡圖經》："長洲苑在縣西南七十里。"孟康曰："以江水洲爲苑。"韋昭曰："在吴縣東。"

覼、颿、鍦、戭、腯、驌驦、沅、瞵、嶛、鈹：舊"史、帆、施、伐、突、肅霜、元、鄰、尞、披"十一音。

起寢廟於武昌：何曰："事無可考。"

法：叶"非"，入聲。

神龍：《建康宫殿簿》："太初宫中有神龍殿，去縣三里。"

赤烏：《建康宫殿簿》："赤烏殿在縣東北五里吴昭明宫内。"

櫳：籠。

櫎：五臣作"榥"，舊並音"晃"。濟曰："榥，窗也。"

硎：阬。

窋：舊音"節"。

青瑣：衛瓘《吳都賦注》："户邊青鏤也。"黄朝英《緗素雜記》："天子門内有眉，格再重，裏青畫曰瑣。"

長干：六臣本劉注："江東謂山岡間爲干，建鄴之南有山，其間平地，吏民居之，故號爲干。"張敦頤《六朝事迹》："長干是秣陵縣東里巷名，有大長干、小長干、東長干。小長干在瓦棺寺南，巷西頭出大江，梁初起長干寺。按：《塔記》：'在秣陵縣東，今天禧寺乃大長干也。'"

魏：何曰："《吳志》無傳。"

裔：《類篇》音"槐"。

世：《韻補》叶"薛"。

噎：一。

締：弟。

儐：賓，去聲。

讌：吳師道《戰國策補注》："'讌'即'燕'。"

拚：下。

駟：叶"細"。

坒、嫪、袀、晱：何"避、孝、均、墻"四音。《六朝事迹注》"晱，式再切。"

倲：竦。

珂：軻。

玱、緁：善音"戕、捷"。舊注："玱音邎。"

砢：裸。

琲：佩。

蕉葛：《南方草木狀》："甘蕉，一名芭蕉。莖解散如絲，可紡績爲絺綌，名蕉葛。"《廣志》："蕉葛，雖脆而好，色黄白，不如葛色，出交阯建安。"《南方異物志》："一種蕉，大如藕，長六七寸，形正，名方蕉。少甘，味最弱，其莖如芋，取濩而煮之，則如絲，可紡績也。"

升越：銑曰："布類。"

儸：澀。

讋：蟄。向曰："儸讋，言語不止貌。"

槑：擾。

呷：韋昭《漢書音義》："呼甲反。"

濘：寧。

甿：《五音集韻》音"甍"。

選：去。

屬鏤：僧釋之[1]《金壺字考》音"祝閭"。

純鉤：六臣"鉤"作"鈞"，注同。

朚：《廣韻》音"炕"。

儋、麤："浮、彪"二音。

駚：月。

飍："休、彪"二音。

喬：聿。

鞁：撤。

霅：匣。

俞騎：何曰："亦非南土所有。"

指南：向曰："指南車上有木人，常指南方，故曰司方。"

檻檻：六臣作"轞轞"，舊注："音'檻'。"

軺：遥。向曰："兩馬駕車曰軺。"

---

① 【校】應是僧釋適之。

旄：何曰：“袁作‘毛’。”

纖：舊音“熾”。良曰：“當作‘熾’。”

峭格：向曰：“峭，高也。格，張網之木。”

罠：珉。

蹏：古“蹄”字。

陕、罥、撅、硺、麤、鷓、獏、骼、魴、鰕、鱟：善“袪、浪、獵、郎、叔、京、陌、格、介、遐、候”十一音。

煒：服虔《漢書音訓》音“暉”。六臣作“煟”，音“胃”。

骿：劉注：“‘骿’‘骿’通。”

脇：同“脅”。

趀：“燿、醮”二音。

獷、菀：何音“匡、鶴”。

猤：“悸、葵”二音。

趉：驂。

趣：覃。

㧺：拉。

㩦：“沓、踏、榻”三音。

殳：橄。何曰：“《廣韻》作‘矜’，箋引此文亦作‘殳’。”

坌：《唐書釋音》“蒲悶切”。

縹：標。

弛：五臣作“陁”，音“褫”。

曓：善注：“與‘暴’同。”

魁：含。

頮：劉音“聳”。

驀、崿、跐、刉、剠、紭、賜、踢、岬、靶、鮔、轠、鮒、鱛、亂、續：舊“陌、額、此、劫、几、横、適、唐、峽、霸、亘、籠、附、遙、意、會"十六音。銑曰："兩山間曰岬。"《演繁露》："鮒，今俗名土部，此魚質沉，常附土而行。"

䟏：曳。

獂："連、纏、趁"三音。

栬：冉。

猻：僖。

崒：村，入聲。

扢：䯀。

創：舊音"瘡"。

踔：捽。

衄：《唐韻》："衄，女六切，音忸。"《篇海》："衄，亦作'衄'。"

捭：拜，上聲。

靡：上聲。

鷾鷈：善注："'鷈'音'儀'。"郭璞《子虛賦注》音"俊宜"。司馬彪《子虛賦注》："山雞也。"

落：叶"勒"。

寓寓：五臣作"罵罵"。案："狒"或作"寓"。"罵"見《西京賦》。

猶：《字林》："弋又反。"

跌：伏。

而飲：何曰："宋本無'而'字，袁本有。"

繆：謬。

妍："牽、堅"二音。

豵：子公切。

鷹、徽：善音"須、輝"。

鷚：繆。《説文》："力幼反。"孫炎《爾雅音》："音'流'。"

霄：翰曰："近天之薄雲。"

宿、衆：舊音"秀、中"。

邪睨：六臣無"邪"字。

艘："蕭、騷、搜"三音。

舸："哥、歌"二音。

幃："暉、韋"二音。

幌：晃。

槁：六臣作"篙"，舊音"高"。

㮣：同"楫"。

籟：賴。

流：五臣作"波"。

鷦鵬：音"焦明"。《史記正義》："長喙疏翼覓尾，非幽閑不集，非珍物不食。"

緒、父：並上聲。

鱏：《史記正義》："末鄧反。"何音"夢"。

鱺、罶：音"梨、嘲"。向曰："鱺，鉤也；罶，盛魚器。"

鎬：皓。

傀：李奇《漢書注》音"塊"。《開元文字》音"窘"。

犗：界。司馬彪《莊子注》："犗牛也。"

攙、搶：翰曰："鯨魚死，其目精疾出而爲此星。"

綸：翰曰："小網。"

卒：翠。

蟕蠵、龘、陂、喑、蜕、踤：舊"代、昧、靈、秘、麼、稅、拳"七音。

中：去。

砰：《集韻》音"怦"。

颸：思。

洞庭：《揚州記》："太湖，一名洞庭。"

桂林：《南朝宮苑記》："桂林苑在落星山之陽。"陶季直《京邦記》："建康縣北，漢朝爲桂林苑。"

落星：《金陵地記》："吳嘉禾元年，於桂林苑落星山起三重樓，名曰落星樓。"《六朝事迹》："今石步相去一里半，有落星墩，里俗相傳即當時建樓處。"

館娃：朱長文《吳郡續圖經》："研石山在吳縣西二十一里。"《越絕書》云："吳人於研石置館娃宮。"

靺：李軌《周禮音》音"妹"。

愉：五臣作"歈"，音"俞"。

動鐘鼓之鏗耾有殷：舊注："耾音橫。"五臣從"金"。"殷"字句絕。

汁：五臣作"叶"。

并：平。

茲土：向曰："塗山在吳，故曰茲土。"

闕：舊音"掘"。

繞雷：翰曰："關內固險，以繞京師如屋之雷也。"

嗚：《後漢書》、《釋文》："一故反。"[1]

指：叶去聲。

圖其：何曰："袁本'其'下有'象'字，宋本無。"

湫：剿。徐邈《春秋音》音"秋"。

---

[1] （南朝·宋）范曄《後漢書》（卷七十四）："'嗚'音'一故反'。"（唐）陸德明《經典釋文》（卷十七）："汙，穢之。汙，《字林》'一故反'。"【校】《經典釋文》中的注釋應是"汙"的發音，而不是文中的"嗚"字。

阨：隘。

渥：屋。

樳：尋。

确：學。《字典》叶“斛”。

詘：屈。

覺：教。

注

衛尉詩：何曰：“一本無‘衛尉’字。”

淮南子曰水：六臣本善注：“《淮南子》作‘文子’。”

金華采：六臣“采”上有“金有華”三字。

小城：何曰：“唐宋吳郡猶有子城，明初破淮張，始廢。”

漢書曰太：何曰：“宋本無‘曰’字。”

曰前吳：“前吳”改“吳前”。

不樂徙：何曰：“‘不樂徙’乃孫皓時事。”

相千：“相”改“長”。

虞文秀：何曰：“仲翔之父。”“秀”改“繡”。

魏周、顧榮：“周”下增“榮”字，“榮”改“雍”。

本氏也：“本”改“木”。案：韋昭《國語注》作“本”。

易曰蹄：“曰”上增“略例”二字。

白豹：何曰：“白，宋作‘曰’；袁作‘白’。”

與韓遣：下增“難”字。

北征闞池：何曰：“上有脫誤。”案：六臣本劉注：“吳王夫差起軍”下即接“北征闞池爲深溝”，無“與齊晉争衡”以下五十五字。

郭象玄：“玄”字删。

魏都

劉淵林 何曰："前注云孟陽爲注：《魏都》今何以并題淵林？"

睟、蹢、醳、踶、讀、輈、鯤、憓、僧、鵃、閽、櫟、菴、曤：舊"邃、舛、亦、低、會、田、啼、惠、曹、劭、俞、巢、奄、钁"十四音。徐邈《周禮音》醳音"昔"。劉注："踶音提。"五臣"僧"作"曹"。善本"曤"作"懓"，注"先壠反"。

异：舊音"異"。孔安國《尚書音》音"怡"。

競于：五臣"于"作"爲"。

輿：與"隅"叶。

佟、中：《字典》叶"豖、征"。

華：《周禮音義》："苦蛙反。"何曰："《周禮注》讀若'伬哨'之'伬'。"

培塿：《博雅音釋》"步苟""來苟"二反。

道、趙、沼：并上聲。

碮：頷。

碍：鄂。

漾、陏、峑：何"杳、順、宗"三音。

茂：《音學五書》："古'茂''卯'同音。"

滏：舊音"父"。銑曰："滏水熱若出於釜，因名焉。"劉劭《趙都賦》："清漳發源，濁滏汨越。"《通典》："相州滏陽縣有漳河滏水。"

冬夏：《水經注》："滏水出石鼓山南巖下，冬溫夏冷。"

靈響：翰曰："鄴西北有鼓山，上有石鼓之形，俗云時時自鳴。"

墨井：翰曰："井中有石如墨。"

厈：《玉篇》籀文"厂"字。六臣作"斥"。

畾：《廣韻》："'壨'音'磊'。"

塃：苦晃切。

時世、模、以崔、菀、皇恩：五臣"時世"作"世代"，"模"作"謨"，"以"作"而"，"菀"作"苑"，"恩"作"情"。陸德明《毛詩音義》："'菀'音'鬱'。"

㒳：徐邈《尚書音》音"撰"。

巧：去。

鉤：濟曰："曲尺也。"

陳：《述異記注》："嵊，丘巘反。"《爾雅釋文》："'陳''嵊'字同。"

文昌：《水經注》："魏武封於鄴爲北宮，宮有文昌殿。"

對：墜。

髳：苔。

抉：鞅。

振：真。翰曰："抉振，屋內也。"[1]

黮：禫。

隤：隊。

迶：與"攸"同。

甚：上聲。

甄：《春秋命歷敘注》音"稽"。《博雅釋文》音"真"。《文

---

[1] 【案】（清）胡克家《文選考異》（卷一）："抉振，當作'柍棖'，注同。各本皆訛。柍棖，見《甘泉賦》，太沖用其語，彼不誤，可證也。"

選》《釋文》音"堅"。

蔞：善叶"此禮切"。

司：去。

腠：湊。

楸：秋。

藻詠：詠，去聲。

瞭："砌、察"二音。

三臺：《鄴都故事》："漢獻帝建安五年，曹操破袁紹于鄴。十五年築銅雀臺，十八年作金虎臺，十九年造冰井臺，所謂鄴中三臺。"

臺：善作"高"。

猋：標。

影影：票，平聲。五臣作"剽剽"。

雲雀：向曰："鳳也。"

瞰日籠光於綺寮：《鄴中記》："西臺高六十七丈，上作銅鳳，窗皆銅籠疏、雲母幌。日之初出，乃流光照曜。"

漏：六臣本劉注："西上東門北有漏刻屋。"

堞：牒。

浂、祀：並上聲。

厦：沙，去聲。《淮南注》音"夏"。

跱：六臣作"峙"。

狊：善注："與'蒠'同。"

賛：縣。

蓲：沈璇《爾雅注》："音'九'。"

轢：歷。

浸：侵。

潭：淫。

渤澥：應劭《漢書音義》：“‘澥’音‘蟹’。”《齊都賦》：“海旁曰勃，斷水曰澥。”于欽《齊乘》：“海岱惟青州，謂東北跨海，跨小海也。本名渤海，亦謂之渤澥，海別枝名也。”①

姑餘：濟曰：“海也。”

禁：平。

腜：《博雅音釋》：“音‘梅’。”

後：上聲。

澍：注。

列：例。

屏：翰曰：“門墻也。”

闌：向。

熜：《類篇》：“窗，音‘忽’。”

骸：詭。銑曰：“蹀骸言積累也。”②

剞：羇。《淮南注》：“音‘技’，巧工鈎刀。”

劂：厥。應劭《漢書注》：“曲鑿也。”

掇：輟。

槀：考。

籍平遠而九達：五臣“而”作“之”。何曰：“宋本注中不分‘遠’‘達’，袁亦如此謬。”“達”叶“代”。

辟：豁。

---

① （元）于欽《齊乘》（卷二）：“海岱惟青州，謂東北跨海，西南距岱跨小海也，本名渤海，亦謂之渤澥，海別枝名也。”【校】文中“跨小海”前脱“西南距岱”四字。

② 【校】《六臣注文選》：“銑曰：‘蹀骸言累積也。’”【校】文中“積累”應爲“累積”。

棰：徐邈《禮記音》：“之橤反。”

財：五臣作“材”。

藏之藏：上“藏”平聲，下去聲。

嫁、裻、鑢、箈、謐、淀、猴、洹、僩：善“嫁、督、渠、胄、密、殿、祇、垣、面”九音。《說文》：“猴，亦‘翅’字。”舊注：“‘洹’音‘桓’。”

牣：去。

駔：祖。徐廣《史記音義》：“祖朗反。”

旌：《五經文字》：“旌從生，作‘旌’譌。”

珧：遙。

檠：擎。陸游《筆記》音“警”。

縵：瞞。

伐、制：《字典》叶“歇、哲”。

銳：悅。

烋：虓。六臣作“咻”。舊音“休”。

刱：蘇林《漢書注》：“與‘搏’同。”

卷、衍：并去聲。

賷：進。

晰：折。

裔：拽。

髮：叶“非”，入聲。

澌：“斯、嘶”二音。

酌：胄。

衍衍：何曰：“據善注當作‘衍衍’。”

嶓嶓：向曰：“衍衍、嶓嶓，並多貌。”

甌：謳。

譁：《字典》叶"和"。

冑五莖：六臣作"冑六英五莖"。何曰："諸本皆有'英''五'二字。袁本注云善本無'六莖'二字，當是無'英''五'二字也。"

鞮：低。

鞻：婁。鄭玄《周禮注》讀如"屨"。

舉：舊去聲。

夭：襖。

罔：六臣作"網"。

道、沼、浩、造、兆：並上聲。

霱：翰曰："雲赤色。"《西京雜記》："雲三色爲霱。"

亍：駐。

阜：叶"文襖切"。

旼：張揖《封禪文注》音"旻"。

醰：禫。

訊：舊叶"悉"。

器、遌、髪：《字典》叶"乞、何、沸"三音。

茒：徐廣《史記音義》音"栗"。

位、學、阿：叶"畫、弋、哇"三音。

揚歷：向曰："明其搜揚而歷試之。"何曰："《三國注》曰'謂揚其歷試也'，然今《盤庚》篇中無'優賢揚歷'之文。"

喆：同"哲"。

化以爲隆：何曰："參考五臣所注，'以爲'二字傳寫誤加。"

厝：同"措"。《戰國策補注》音"昔"。五臣作"措"。

糲：張晏《漢書注》："一斛粟七斗米爲糲。"臣瓚《漢書注》："五斗粟三斗米爲糲，音'刺'。"

其中：五臣無。

怨：舊音"寃"。

燔、穢、謝：《字典》燔，叶"汾沿切"。穢，于列切。謝，徐，去聲。

躧步：如淳《漢書注》躧音"屣"。銑曰："邯鄲趙地多美女，行步皆妙。"

故：五臣作"固"。

稻：上聲。

縑：兼。

夠："摳、遘"二音。

旨：《韻補》叶"脂利切"。

判殊：何曰："'判、殊'二字衍一字'落'，一'顯'字。"

前修：何曰："即魏絳諸人。"

室：試。

干木：《呂氏春秋》："段干木，晉國之駔。"皇甫謐《高士傳》："晉人也。"

嗛、鑯：善注："古'謙''翦'二字。"

搦：匿。

鼀：張鎰《孟子音義》："鼀，烏媧反。"六臣作"黿"。

黽：舊音"猛"。《譚苑醍醐》音"蔑"。

映：央。

咽：入。

瀸：《春秋公羊音義》："子廉反。"

石留：溜。銑曰："石間有水曰石留。"

熇：囂。

羿：例。良曰："罪人。"

莲：《字彙補》："七禾切。"

奎、怛：叶"地、泰"。

媱：郭璞《爾雅音》音"苕"。

釜：械。

嬅：善音"畫"。六臣作"嫿"，舊音"盡"。

陛制：何曰："猶言'帝制'。"

衛：叶音見《吳都賦》。

䁤：《唐韻》："睄音剽。"《正字通》："䁤，睄字之譌。"

曹：默，平聲。

蕊：善注："與'蘂'同。"

悺：《方言注》："悺音典。"翰曰："面色變墨而慚也。"

怟：紙。

貤：何音"移"。

蔀：舊音"部"。王肅《周易音》："普苟反。"王廙《周易注》："蒲戶反。"

暖之也、顯之也：五臣無二"也"字。

緯：《韻補》叶"呼韋切"。

注

善曰劍閣、善曰《史記》蘇：二"善曰"删。

南有陳：下增"留"字。

廣平都易："都"改"郡"，"易"下增"陽"字。

止車：何曰："諸本皆作'上車'。"

宣明門内有升賢門：何曰："宋本'升賢門'下有"内"字，然此四字疑衍。"

曰禁中諸公所居：六臣本善注無。

金鳳：何曰："袁作'鳳'，他本作'虎'。"

春升臺：改"升春"。

蒔更也：何曰："舊刻作'蒔植立也'，無'郭璞曰'以下七字。"

開通："開"改"關"。

兵事以嚴終：六臣"兵"作"無"，"終"作"眾"。

丂："丂"下增"小"字。

擾音擾：下"擾"字改"柔"。

少夐："夐"改"奭"。

廣倉：何曰："陳校：《廣》疑作《埤》，否則《廣雅》之誤。"案：《隋經籍志注》曰："梁有《廣倉》一卷，樊恭撰，亡。"善注或從諸書散見引出，或私有其本，不當疑爲《埤蒼》《廣雅》。

文選音義卷三

吳郡余蕭客（仲林）輯著
同郡費大烈（成夫）、偉烈（駿業）參定

賦丁

甘泉　桓子《新論》："余少時，見楊子雲麗文高論。不量年少，猥欲逮及，嘗作小賦，用精思大劇，而立感動發病。子雲亦言，成帝上甘泉，詔使作賦，爲之卒暴，倦臥，夢其五臟出地。及覺，大少氣，病一歲。"①

楊子雲　翰曰："雄嘗作《縣竹頌》，成帝時直宿郎楊莊誦此文。帝曰：'似相如之文。'莊曰：'非也。此臣邑人楊子雲。'帝即召見，拜黃門侍郎。"

題注

腸出：何曰："《甘泉》作于成帝時，安得有腸出遂卒之事？

---

① 龍谿精舍叢書《桓子新論·申鑒》："余少時見楊子雲麗文，欲繼之，嘗作小賦，用思太劇，立致疾病，子雲亦云，成帝詔作《甘泉賦》，卒暴遂倦臥，夢五藏出地，以手收內之。及覺，氣病一年。由此言之，盡思慮傷精神也。"桓譚《新論》："余少時見揚子雲之麗文高論，不自量年少新進，而猥欲逮及。嘗激一事，而作小賦，用精思太劇，而立感動發病，彌日瘳。子雲亦言，成帝時，趙昭儀方大幸，每上甘泉，詔使作賦，爲之卒暴，思精苦，始成，遂因倦小臥，夢其五藏出在地，以手收而內之。及覺，病喘悸，大少氣，病一歲。由此言之，盡思慮，傷精神也。"【校】文中引自《新論》的内容與以上兩種版本皆有所出入。

楊子雲、桓君山同時不應作此語，然則爲妄人附益者多矣，非《新論》本書然也。"

序

時：孟康《漢書音》："音'止'。"

承明：《黃圖》："未央宮有承明殿，著述之所也。"

賦

太陰：銑曰："太歲前二辰也。"

堪輿：孟康《漢書注》："神名，造圖宅書者。"

抶：秩。

轕、蘌、吷、矑：舊"葛、香、迭、盧"四音。師古注："蘌讀響。"

迅：善作"訊"。

攘：《論語釋文》："如羊反。"

柴、脪、霅、旖旎、嗺、嶵隗：何"齊、杭、撒、擬尼、觜、罪危"八音。五臣"嶵隗"作"崒巍"。舊注："崒音摧。"

虎、曶、襂、菝、炘、閬、移、倕、蝐、軷、淡、觫、岭嶒：善"豸、忽、森、括、欣、浪、移、垂、淵、大、焱、求、零熒"十四音。五臣"穆"作"慘"同。舊注："閬音郎。"

灕：離。

虖：乎。

郅偈：善"質桀"二音。師古注："郅音吉。"

旗：叶"擎"。

乘：平。

風：《字典》叶"閭承切"。

嶱嵑、玒：李奇注"踊竦、貢"三音。

凌兢：銑曰："寒涼處也。"韓鄂《歲華紀麗》："寒顫也。"

辴、橋、炕、嵲、縡：善注："與'臻、矯、抗、參、載'同。"

縡：《韻補》叶"弋灼切"。

慶：善音"羌"。

壇：司馬彪《子虛賦注》："徒旦反。"

并閭：如淳注："并閭，其葉隨時政。政平則平，政不平則傾也。"

被麗：師古注："音'披離'。"善注："'麗'音'隸'。"

駓騃、彋：蘇林注"丕、我、宏"三音。

嶔：鄒深生《上林賦》音"苦銜反"。徐邈《公羊音》音"欽"。①

逞：《說文》："古文'往'字。"

般：舊音"班"。師古注："音'盤'。"

迤：丁公著《孟子音》："音'迤'。"

觀、漫：並去聲。

窴：麪。

亡：六臣作"無"，下"亡""垠"同。

見：叶"眷"。

惝：服虔《音訓》②音"敞"。

魂、崫、之惠：善本"魂"作"魄固"二字，"崫"作"掘"，"惠"作"恩"。

---

① （唐）陸德明《經典釋文》（卷二十一）："嶔，苦銜反，鄒深生、褚詮之音《上林賦》並同。徐音欽。韋昭《漢書音義》去瞻反，又本或作廞。"

② 【按】爲《漢書音訓》的省稱。

块扎、居、紅采、碭：五臣作“軮軋、宫、虹綵、盪”。碭音“宕”，軮軋音“盎扎”。

玉樹：《三輔黄圖》：“甘泉宫北有槐樹，今謂玉樹。根幹盤峙，三二百年木也。”楊震《關輔古語記》曰：“耆老相傳，咸以謂此樹即楊雄《甘泉賦》‘玉樹青蔥’者也。”王楙《野客叢書》考《漢武故事》“玉樹自在神宫中，非甘泉宫事”，知師古與向注爲甚謬，而左思之見未審也。①

馬犀：師古注：“馬腦及犀角也，以此飾殿壁。”②

瑉：晉灼注：“音‘閩’。”

仡：何音“逆”。

嵌：闞，平聲。

檄：“緻、止”二音。

嶟：遵。

柍：央。

桭：辰。

---

① 文中出處或爲：（宋）王楙《野客叢書》（卷五）：“僕案《三輔黄圖》云：‘甘泉宫北有槐樹，今謂玉樹，根幹盤峙，三二百年木也。’楊震《關輔古語記》曰：耆老相傳，咸以謂此樹即揚雄《甘泉賦》‘玉樹青蔥’者也。又觀《隋唐嘉話》《國史纂異》《長安記》《聞見録》等雜書，皆言漢宫以槐爲玉樹。因知晉人所謂‘芝蘭玉樹’者，蓋指此物也。又考《漢武故事》，上起甲帳、乙帳，前庭種玉樹，珊瑚爲枝，碧玉爲葉。自在神宫中，只非甘泉宫事。知師古與向之注爲甚謬，而左思之見未審也。”【校】文中“咸以謂此樹即揚雄《甘泉賦》‘玉樹青蔥’者也”一句後脱“又觀《隋唐嘉話》《國史纂異》《長安記》《聞見録》等雜書，皆言漢宫以槐爲玉樹。因知晉人所謂‘芝蘭玉樹’者，蓋指此物也”等句。文中“王楙《野客叢書》考”應爲“又考”，“《漢武故事》”後脱“上起甲帳、乙帳，前庭種玉樹，珊瑚爲枝，碧玉爲葉。自在神宫中，只非甘泉宫事”等句。

② 《漢書》顏師古注：“馬犀者，馬腦及犀角也。以此二種飾殿之壁。”【校】文中脱“二種”二字，多“之”字。

巖：李試《義訓》："峻廊謂之巖。"

窔：杳。

藩：叶"帷延切"。

逮：何曰："《漢書》作'還'。"

蟻：《唐韻》："蟻音'蔑'。"

蠓：濛，上聲。

門：叶音見《西都賦》。

溶：舊音"勇"。

蜷、方：善音"拳、旁"。

敦：屯。

玲瓏：五臣作"瓏玲"。

紫宫：何曰："《漢書·本傳》云：'甘泉本因秦離宫，既奢泰，而武帝復增，屈奇瑰瑋，非成帝所造。欲諫則非時，欲默則不能已，故遂推而隆之，乃上比于帝室紫宫。若曰此非人力所爲，黨鬼神可也。'"①

峻：腿。

棍：善注："與'混'同。"

---

① （清）何焯《義門讀書記》中無此注釋。《漢書·揚雄傳》："甘泉本因秦離宫，既奢泰，而武帝復增通天、高光、迎風。宫外近則洪矿、旁皇、儲胥、弩陆，遠則石關、封巒、枝鵲、露寒、棠梨、師得，游觀屈奇瑰瑋，非木摩而不雕，牆塗而不畫，周宣所考，般庚所遷，夏卑宫室，唐虞採橡三等之制也。且爲其已久矣，非成帝所造，欲諫則非時，欲默則不能已，故遂推而隆之，乃上比於帝室紫宫，若曰此非人力之所能，黨鬼神可也。"【校】文中"武帝復增"後脱"通天、高光、迎風。宫外近則洪矿、旁皇、儲胥、弩陆，遠則石關、封巒、枝鵲、露寒、棠梨、師得"等句。"屈奇瑰瑋"前脱"游觀"二字。"屈奇瑰瑋"後脱"非木摩而不雕，牆塗而不畫，周宣所考，般庚所遷，夏卑宫室，唐虞採橡三等之制也。且爲其已久矣"等句。

高眇：五臣有"而"字。

翍：古"披"字。

楊：《字典》叶"盈"。

薄：五臣作"欂"，音"博"。

批：敝，入聲。

駍：《集韻》音"怦"。

金鋪：陶九成《輟耕録》："人家窗户設鉸具，或鐵或銅，名曰環鈕，即古金鋪，北方謂之屈戌。"①

弮：《唐韻》："'苟'音'弓'。"六臣作"苟"。

藭：窮。

帷：五臣有"首"字。

弸：顏注："普萌反。"

偓佺：音"渥詮"。《列仙傳》："偓佺，方眼。"

夢：萌。

感動：五臣上有"迺"字。

恩：何曰："《漢》作'思'。"

釐：② 善音"熙"。

齊：齋。

英：央。

旍：梢。

阬：同"坑"。

---

① （元）陶宗儀《南村輟耕録》："屈戌今人家窗户設鉸具，或鐵或銅，名曰環紐，即古金鋪之遺意。北方謂之屈戌，其稱甚古。"【校】文中"九成"爲"陶宗儀"的字。《輟耕録》爲《南村輟耕録》的省稱。"環鈕"應爲"環紐"。"即古金鋪"應爲"即古金鋪之遺意"，脱"之遺意"三字。

② 《文選·揚雄〈甘泉賦〉》："感動天地，逆釐三神。"【校】"釐""釐"二字爲異體字。文中應爲"釐"。

漎：六臣作"從"。舊同音"竦"。

銜：何曰："《漢書》作"御小"，顏注或作"銜"，俗妄改也。"①

灄：聽。

屏玉女、却宓妃：何曰："《本傳》云：是時趙昭儀方大幸，每上甘泉，常往從在屬車間豹尾中，故雄聊盛言車騎之眾，參駕之麗，非所以感動天地，逆釐三神。又云'屏玉女却宓妃'，以微戒齊宿之事。"

皋：《漢書》、五臣作"招"。

靈旗：六臣本善注："漢《郊祀志》元鼎五年秋，伐南越，告禱太一。以牡荆畫幡，日月北斗登龍，以象太一三星，爲泰一維旗，命曰靈旗，爲兵禱，則太史奉以指所伐國。"②

沙：灑。

熿：善注："與'晃'同。"

厓：宜。

�：劉。

泔：頷。

碩麟：銑曰："遠方地名。"

偈：善音"憩"。

諧：《字典》叶"奚"。

雷鼓：鄭玄《周禮注》："八面鼓也。"濟曰："六面鼓。"

---

① 何焯所著《義門讀書記》中無此注釋。

② （漢）班固《漢書·郊祀志上》："爲伐南越，告禱泰一，以牡荆畫幡，日月北斗登龍，以象太一三星，爲泰一鋒旗，命曰靈旗，爲兵禱，則太史奉以指所伐國。"【校】文中"維旗"應爲"鋒旗"。一説作蜂旗，指畫有狀如丹鳥的大蜂的戰旗。《左傳·哀公二年》曰："鄭人擊趙簡子，得其蜂旗。""鋒"通"蜂"。

滂沛：五臣作"霶霈"同。

剴施：何音"里以"。

單埢：善音"蟬拳"。

嵯：磋。

峨：叶"宜"。

旭卉：何曰："顏注：'旭卉，速疾也。'"

倈：善注："古'來'字。"

迉：善音"棲"。《漢書》作"遲"。

迡：同"遲"。

注

肸蠁布："蠁"字刪。

司馬注："馬"下增"彪"字。

《藉田賦》題注

藉田頌：何曰："不歌而頌，謂之賦，故古人賦、頌通爲一名。王褒《洞簫賦》、《漢書》亦謂之頌。"①

賦

丁未：何曰："《禮·月令》《疏》云：'耕用亥日，以陰陽式法，正月亥爲天倉。'又王氏云：'正月建寅，日月會。辰在

---

① （清）何焯《義門讀書記》（卷四十五）："不歌而頌，謂之賦，故亦名頌。王褒《洞簫》《漢書》亦謂之頌。"【校】文中"故古人賦、頌通爲一名"應爲"故亦名頌"，"《洞簫賦》"應爲"《洞簫》"，衍"賦"字。

亥，故耕用亥。'然則丁未誤明矣。"①

壝：遺，上聲。又"惟""篅"二音。

栖、釟：善音"互、吸"。

青壇：濟曰："春上青，故用青壇翠幕。"何曰："漢晉皆耕于東，故曰嶽立青壇。"②

黓：紞。

繐、縹、紺、黛：善注："繐音葱。"向曰："皆青色。"

耜：上聲。

命臣：向曰："自一命至九命。"

幰：《博雅音釋》："火偃切。"《釋名》："車幔也。"

穜：同。

稑、稑：舊音"六、畜"。

蹕、中：五臣有"者"字。

咼：何曰："古'羿'字。"

王辭：五臣有"而"字。

上林

听、嘼、滈、蓀：《索隱》"斷、鸛、縞、孫"四音。郭璞注："滴音昊。"

職也、夏熟：善無"也"字，"熟"作"熱"。

甹、犿：晉灼注："甹，古'貶'。犿，古'攀'字。"

---

① （清）何焯《義門讀書記》（卷四十五）："《禮記·月令》疏云：'耕用亥日，以陰陽式法，正月亥爲天倉。'又王氏云：'正月建寅，月日會。辰在亥，故耕用亥。'然則丁未誤明矣。"【校】文中"日月會"應爲"月日會"。

② （清）何焯《義門讀書記》（卷四十五）："漢晉皆耕於東，故云。"【校】"故曰嶽立青壇"應爲"故云"，衍"曰嶽立青壇"五字。

來：去聲。

淤：“飫、於”二音。

壄：古“野”字。

陿、淈、禺、晻、苐、僤、嵽嵲：善“狹、骨、顒、奄、勃、善、捷業”八音。

口：《芥隱筆記》：“孔五切。”

埼、泌瀄、潗、堀礨、壘、陂、貏、驒騱駃騠、楙：郭璞注：“祈、筆櫛、緝、窟磊、壘、皮、被、顛奚決提、烟”十四音。

彭、弗：五臣作“滂、沸”。

湃：憊。

滭、玢：蘇林注：音“畢、分”。

宓：五臣作“滵”，舊音“密”。

潎：瞥。

漑：害。

潬、葰、佹、藰莅：司馬彪注：“善、峻、詭、劉利”五音。

盭：司馬彪注：古“戾”字。

瀺：讒。

灂：浞。

磅：“滂、烹”二音。

湁、咇、豸、敻、轊：何“琛、弼、在、炯、衛”五音。

濦：“隱、殷”二音。五臣作“潝”，音“吸”。

潢、揵鰭：《正義》“晃、乾祁”三音。

鰅、鰬魠：如淳注“顒、乾託”三音。

鰫：容。

鰪：如淳注“去魚反”。徐廣《音義》音“榻”。

鰨：榻。

砢：祼。

藂：俗"叢"字。

旋目：師古注："今荆郢間有水鳥，大如鷺而短尾，色紅白，深目，目旁毛皆長而旋，此其旋目乎?"①

庸渠：師古注："即今水雞。"

汎：善音"馮"。

唛：帀。

嗦：《廣韻》："'喋'音'牒'。"《篇海》："'喋'譌作'嗦'。"

㸦：雌。

巀嶭：何曰："師古曰：'巀嶭山，即今所謂嵯峩山，在三原縣西。'"

婁：五臣音"委"。

谽：郭璞注"呼含反"。

閡：何音"駭"。

隖、沇、檴、枰、晻、闒轕、俳、侏、褕、姍：舊"擣、兖、諸、平、奄、湯、塔、排、朱、俞、先"十一音。

峴：《廣韻》音"硯"。

庨：匯。

欑：鑽。

茈薑：《齊民要術》注："茈音紫。"② 《四民月令》："生薑謂

---

① 《漢書》顔師古注："今荆郢間有水鳥，大於鷺而短尾，其色紅白。深目，目旁毛皆長而旋，此其旋目乎?"【校】文中"大如鷺"應爲"大於鷺"。"色紅白"應爲"其色紅白"，脱"其"字。

② （南北朝）賈思勰《齊民要術》（卷三）："崔寔曰：'三月，清明節後十日，封生薑。至四月立夏後，蠶大食，芽生，可種之。九月，藏茈薑、襄荷。其歲若温，皆待十月。'生薑，謂之茈薑。"【校】《齊民要術》中没有關於"茈"讀音的注釋。

之芘薑。"

蔵：《爾雅·釋草》："蔵，寒漿。"郭璞注："今酸漿草。"

持：韋昭《音義》音"懲"。何曰："郭本作'橙'，顏注以'持'爲'符'字之誤。符，鬼目也。"

縝：真。

芴：孟康《音》：①"音'勿'。"

西陂：《玉海注》："西陂、郎池皆在古城南上林苑中，陂、郎二水名因爲池。"

獶、羳、榛、芟、蛭、蛫：徐廣《音義》"容、茅、湊、拔、質、詭"六音。

角端：郭璞注："角在鼻上，堪作弓。李陵嘗以此弓十張遺蘇武。"

贏：善注："'贏''骡'同。"

曲、纚：五臣作"明""灑"。

閣：《韻補》叶"于六切"，音"唷"。

突：杳。何曰："《漢書》作'突'。"

頫：《聲類》古文"俯"字。

扡：拖。

蚴：黝。

蟉：柳。

箱：襄。《史記》《漢書》作"箱"。六臣作"廂"。

圖：語。

瑕：《説文》："玉，小赤色。"②

---

① 爲孟康《漢書音義》的省稱。

② （漢）許慎《説文解字·玉部》："玉小赤也。"【校】文中"小赤"後衍"色"字。

舀：同"插"。

晁采：善注："晁，古'朝'字。"師古注："美玉每旦有白虹之氣，上出，故名。"①

琬琰：《竹書》：②"桀伐岷山，得女二人，曰琬、曰琰。桀愛二女，斲其名于苕華之玉，苕是琬，華是琰也。"③

盧橘：《魏王花木志》："給客橙出蜀土，若柚而香，冬夏花實相繼，或如彈圓，或如拳。通歲食之，名盧橘。"惠洪④《冷齋夜話》："東坡詩曰：'客來茶罷空無有，盧橘微黃尚帶酸。'張嘉甫曰：'盧橘何種果類？'答曰：'枇杷是矣。'又問：'何以驗之？'答曰：'事見《相如賦》。'嘉甫曰：'盧橘果、枇杷則賦不應四句重用。'應劭注曰：'《伊尹書》云云，不據依之何也？'東坡笑曰：'意不欲耳。'"⑤ 朱翌《猗覺寮雜記》：

---

① 《漢書》顏師古注："美玉每旦有白虹之氣，光采上出，故名。"【校】"上出"應爲"光采上出"，文中脱"光采"二字。

② 爲《竹書紀年》的省稱。

③ （戰國）佚名《竹書紀年》："癸命扁伐山民，山民女于桀二人，曰琬、曰琰，后愛二人，女無子焉，斲其名于苕華之玉，苕是琬，華是琰。"【校】文中"桀伐岷山"應是"癸命扁伐山民"，"得女二人"應爲"山民女于桀二人"，引用内容與原文有出入。文中"桀愛二女"應爲"后愛二人"，脱"女無子焉"一句。

④ 爲釋惠洪的省稱。

⑤ （宋）釋惠洪《冷齋夜話》（卷一）："東坡詩曰：'客來茶罷渾無有，盧橘微黃尚帶酸。'張嘉甫曰：'盧橘何種果類？'答曰：'枇杷是矣。'又曰：'何以驗之？'荅曰：'事見《相如賦》。'嘉甫曰：'盧橘夏熱，黃甘橙榛，杷枇橪柿，亭奈厚朴。盧橘果枇杷，則賦不應四句重用。'應劭注曰：'《伊尹書》曰：箕山之東，青鳥之所，有盧橘，常夏熱。不據依之何也？東坡笑曰：意不欲耳。'"【校】文中"盧橘果、枇杷則賦不應四句重用"脱"盧橘夏熱，黃甘橙榛，杷枇橪柿，亭奈厚朴"一句。"《伊尹書》云云：不據依之何也？"應爲"《伊尹書》曰：箕山之東，青鳥之所，有盧橘，常夏熱。不據依之何也？"，脱"箕山之東，青鳥之所，有盧橘，常夏熱"一句，"云云"應爲"曰"。

"嶺外以枇杷爲盧橘子。"何曰："《索隱》：'按《廣州記》云：盧橘，皮厚，大小如甘，酢多，九月結實，正赤。明年二月更青黑，熟。'《吴録》云：'建安有橘，冬月樹上覆裹，明年夏，色變青黑甚甘美，盧即黑也。'"[1] 案：《花木志》本郭璞注："《相如賦》本譎誕盧橘當以善注、《伊尹書》爲正，餘但以廣異聞。"

離支：蔡襄《荔枝譜》："荔枝之於天下，唯閩、粤、南粤、巴蜀有之，漢初南粤王尉佗以之備方物，於是始通中國。司馬相如賦上林云：'答遝離支，蓋誇言之無有是也。'"

仁頻：《索隱》："'頻'音'賓'。"《林邑記》："樹葉似甘蕉。"

欀檀：孟康《音》：[2]"'欀'音'讒'。"《皇覽》："孔子墓後有欀檀樹。"

林：古"茂"字。

欐：離。

觓、絫、畾：善注：古"委、累、雷"三字。

問：可。

萷蓼：張揖注："音'蕭森'。"

---

[1] （清）何焯《義門讀書記》（卷四十五）："《廣州記》此條，類書未引到，《史記·司馬相如列傳》司馬貞《索隱》所引較簡略，是：盧橘，皮厚，大小如甘，酢多。九月結實，正赤。明年二月更青黑，夏熟。"《史記索隱》："按：《廣州記》云：'盧橘，皮厚，大小如甘，酢多，九月結實，正赤。明年二月更青黑，夏熟。'《吴録》云：'建安有橘，冬月樹上覆裹，明年夏，色變青黑，其味甚甘美，盧即黑也。'"【校】文中引用部分脱"《廣州記》此條，類書未引到，《史記·司馬相如列傳》司馬貞《索隱》所引較簡略"一句，"《吴録》云"部分爲何焯《義門讀書記》中没有的部分，但是《史記索隱》中的一部分，余蕭客應是在引用的時候加上去了。

[2] 孟康《漢書音義》的省稱。

狔：尼。

俫：郭璞注：“音‘差’。”

茈：如淳注：“音‘此’。”《索隱》音“差”。

還：何曰：“《史記》作‘環’，《漢書》音‘宦’。”

是乎、掉、若此、得獲、乘之：五臣無“乎”字，“掉”作
“踔”，“此”下有“輩”字，“獲”下有“觀”字，“之”下
有“所”字。踔音“糶”。

蜩：《神異經》：“西方深山有獸，毛色如猴，能緣高木，其名
爲蜩。”①

蟜：善音“矯”。

隃、廗：善注：“隃”與“踰”同，“廗”與“席”通。

四校：師古注：“闌校之四面。”

阹：祛。

蘇：《決疑》②注：“鳥尾爲蘇。”

綺：古“袴”字。張揖注：“著白虎之綺也。”③

馬：姥。

遽：善音“鉅”。

躪、輵：五臣並作“藺”。

闕、細、均：何曰：“郭作‘關、西、鈞’。”

若：五臣作“踖”，舊音“若”。

他：拖。

---

① （漢）東方朔《神異經》：“西方深山有獸焉，面目手足，毛色如猴。体大如
　　驢，善緣高木。皆雌无雄，名綢。”【校】文中“毛色如猴”脫“体大如驢”
　　一句。“善緣高木”後脫“皆雌无雄”一句。“能緣”應爲“善緣”。“其名
　　爲蜩”應爲“名綢”。
② 爲《漢書決疑》的省稱。
③ 應爲“著白虎文綺也”，文中“之”字應爲“文”字。

恝：古文"懒"。

陶唐：何曰："陶唐，小顏云：當爲'陰康'。"《吕氏春秋》："陰康氏始陰，多滯伏，民氣鬱閼，故作舞以宣導之。"

干：何曰："《史》《漢》作'于'。"

嫻：閑。

嬛：娟，或作"嬛"。

嫚：慢。

嫵媚：《通俗文》："'頰輔'謂之'嫵媚'。"

獨繭：《爾雅翼》："獨成繭者謂之獨繭，自二以上謂之同功繭，獨繭絲細而有緒。"

絏：善音"曳"。

婪：瞥。

睇：第。

葉、仞、次：五臣作"世、扨、恣"。

屮：司馬彪注："古'卉'字。"

抏：郭璞注："音'翫'。"舊音"亢"。《三蒼》："五官切。"吴曾《漫録》："挫也，吾官切。"

超若自失：五臣無。

注

其形狀而出：删"其"字，"形狀"改"言溢"。

老子經："經"上增"道德"二字。

羽獵

何曰："正月奏《甘泉》，十二月奏《羽獵》，明年上《長揚》。"

序　銑曰：“此賦有兩序，一史臣序，一雄序。”

財：善注：“與‘纔’同。”

交、意也、風之：五臣“交”作“允”，無“也”字、“之”字。

東南：何曰：“‘東’字衍，《漢書》無。”

御宿：《三秦記》：“漢武有名園曰樊川，一名御宿。”

旁：去。

數百里：《漢舊儀》：“上林苑中，廣長三百里。”《漢宮殿疏》：“方三百四十里。”《三輔故事》：“上林延亘四百餘里。”

甲：何曰：“《漢書》‘田’。”

倄：舊音“雄”。

各：五臣無。

賦

訾、路、白緁：五臣作“貲、落、長捷”。晉灼注：“‘路’音‘落’。”善注：“‘緁’音‘捷’。”

嶠、扁、戲、瀟、尤：善“矯、篇、麾、蕭、淫”五音。

囿：叶音見《東京賦》。

沓、技、帥、屨、獲：何曰：“《漢書》作‘杳、披、師、履、攫。’”

鴻濛沆茫：並上聲。

虹：《農桑要覽》：“虹，俗名‘鱟’。東鱟晴，西鱟雨。”

繅：泫。

佖：弼。

絧：洞。

岅：同"坂"。

轠轳：如淳注：音"雷盧"。

旂：叶"盧"。

并：傍，去聲。

烈缺、布烈：五臣二"烈"字作"列"。

沇：舊音"允"。

灕、狡、羡、距：五臣作"灘、校、美、岠"。舊注："'岠'音'巨'。"

嗅：《廣韻》音"潭"。

林：叶"郎"。

驦：繽。

駍、収：何音"烹、逆"。

駖：靈。

趣：促。

耆、卷：善音"嗜、權"。

犀：善無。

踔：糶。

蛇：移。

挈：善注："古'牽'字。"

浦、彌、亶、丞、創：五臣作"溥、弭、且、蒸、制"。善注："'丞'亦'拯'字。"

輵：揠。

純：準。

嘄：驍。

紲、蹴、噍、蠁：善注："與'紲、戚、啾、響'同。"

怖魄：五臣有"失"字。

觸：師古注："合韻，昌樹反。"

脰：《字典》叶"渡"。

獲：護。

娱：何曰："《漢書》作'娛'，音'許其反'。宋本'娛'。"

獱：蘇林注：音"賓"。

抾：鄭氏注：音"祛"。

珠胎：五臣作"胎珠"。

南鄰：何曰："《漢書注》：'南方有金鄰之國。'"

墨翟：《賈子説林》："墨子，姓翟名烏，其母夢日中赤烏飛入室中，光輝照耀，目不能正，驚覺生烏，遂名之。"

賦戊

長楊賦序

發民：善無。①

豪豬：師古注："一名帚貒，自爲牝牡。"

賦

揬、轕、汾沄、磑：善"卓、沓、紛、雲、轄"五音。

厪：《古今字詁》今"勤"字。

土：何曰："《漢書》作'士'。"

窔：扎。

撕：甈。

鍪、幼眇、熯蠡、韌：舊"牟、要、妙、覓、螺、刃"六音。

---

① 《文選》李善注本："秋，命右扶風發民入南山。"【校】善本有此句。

師古注："'煋'音'黎'。"

汗：舊叶"寒"。

穿：《字典》叶"春"。

輨：汾。

輼：氳。

骱：《通俗文》：古"髓"字。

躐、刕、拔、呓：五臣作"獵、黎、跋、吭"。韋昭《音義》："'刕'音'梨'。"何曰：《漢書》'呓'作'兗'。臣伖以爲當作'銑'。'吭'音'雋'。"

頜：韋昭《音義》：①"音'蛤'。"

蛾：善注："古'蟻'字。"

加：叶音見《子虛賦》。

蹻、蝺：服虔《音訓》：②"音'矯、窟'。"

首、票：五臣作"手、彫"。

靡：去。

厭：入。

虞：去。

碣：軋。

胥：上聲。

侯：叶音見《西京賦》。

注

乾酪：下增"也以爲酪"四字。

---

① 【校】爲《漢書音義》的省稱。

② 【校】同上。

射雉

徐爰 何曰："字長玉，見《宋書·恩倖傳》。"

姱：誇。

決、憍、鷙：徐"英、養、脈"三音。

鸑：杳。

瞵、眜、茢、呝、鷩、稊、毯：舊"憐、賴、握、扼、鼈、啼、遂"七音。

脛：樫。

能：耐。

摰：婆。

疇：五臣作"儔"。

踉、幎：善音"亮、覓"。

鰓：顋。

罜、剔、轐：善注："罜""挂"同，"剔"與"惕"通，"轐"與"輕"同。

甚：上聲。

羇：翳。

挦：閃。

勯：上聲。

淰、暾、皛：何"審、吞、杳"三音。

伬：欣。

項：叶音見《西京賦》。

戾：入。

彳：敕。

閜：沾。

蘏：蠲。

味：畫。

昊：《春秋左氏音義》："'昊'音'側'。"

勌：《漢書注》：亦"倦"字。

於一箭：五臣作"之一笑"。

舉：徐音"據"。

紀行上

北征

災：《字典》："災，叶'將侯切'，加叶哥。"

來：《九經補韻》："力兮反。"

那：儺。

邪：叶"徂"。

家：叶音見《蜀都賦》。

皚：艾，平聲。又音"沂"。

嚌：善音"喈"，舊音"齊"。

悢：亮。五臣作"恨"。

而慨、而霑、衣、邑：五臣二"而"字作"以"，"衣"作"裳"，"邑"作"悒"，音"邑"。

賢：《韻補》叶"下珍切"。

懼：劬。

《東征賦》題注

陳留長：翰曰："子穀，爲陳留長垣縣長。"

字惠姬：范書作："字'惠班'，一名'姬'。"

賦

有七：銑曰：“七年也。”

子：《三輔決録》：“齊相子轂，頗隨時俗。注：曹成，壽之子也。司徒掾察孝廉，爲長垣長，母爲太后師，徵拜中散大夫，子轂即成之字也。”

罇：同“尊”。

椓蠡：善注：“與‘琢蠃’通。”

艱：勤。

歎：叶“鐵焉切”。

尚：何曰：“《水經注》引此作‘饗’。”

作、求：《字典》叶“即、其”。

法：叶音見《吳都賦》。

紀行下

西征　何曰：“崔浩曾注‘此賦見《水經注》’。”

歲次：何曰：“至今云‘歲次’者誤用‘安仁’，此文始。”

枒：囂。

喟然、常累、全節、下也：五臣“然”下有“而”字，“累”下、“節”下並有“兮”字，無“也”字。《史記索隱》下音“户”。

殆：上聲。

檮：《聲類》亦“疇”字。

僵：壘。

築：叶“晝”。

繇：舊音“胄”。

瘞：郭璞《爾雅音》：“音‘翳’。”

沇、恦、颷、峬、輼、芼、桹、埴、溷：舊"穴、涓、聊、波、患、毛、郎、植、混"九音。《淮南注》："'颷'音'留'。"

澠：泯。

叔：翰曰："蹇叔。"

役：叶"亦"。

催：五臣作"催"，音"角"。

曲沃：何曰："《漢書·高紀》顏注嘗作者'以陝之曲沃爲成師所居'。"

替：叶音見《東京賦》。

閟：鼊。

寈：何引潘云讀"翠"。

粲：向秀《莊子》：[1]"音'橜'，其月反。"《字典》"粲"同"橜"。

顝：徐邈《尚書音》："音'鼓'。"

閿、砠、罚：善"聞、妒、的"三音。

愬：五臣作"遡"。

巷：《匡謬正俗》："黄巷者，蓋謂潼關之外深道如巷，以其土色正黄，故謂之黄巷耳。過此長巷即至潼關，此巷自古昔以來東西大道。年代經久，車徒輻湊，飛塵飄散，所以極深。隋帝惡其滯險，恐有變故，始大道，去巷逐高，更開平路耳，今其故迹猶存。"[2]

---

① 【校】應爲《莊子注》的省稱。

② （唐）顏師古《匡謬正俗》（卷七）："黄巷者，蓋謂潼關之外深道如巷，以其土色正黄，故謂之黄巷爾。過此長巷即至潼關，此巷是自古昔以來東西大道。年代經久，車徒輻湊，飛塵飄散，所以極深。隋帝惡其滯險，恐有變故，始移大道，去巷逐高，更開平路耳，今其故跡猶存。"【校】"始大道"應爲"始移大道"。"耳"應爲"爾"。

繢："畫、劃、卦"三音。

仰：去。

踦：掎。

漚：區。

況於卿士乎：善無。

捒：吝。

東都：漢宫殿名。東都門，今名青門。五臣"都"作
"門"。

轀：五臣作"輼"，舊音"藺"。

乘風：濟曰："懸鐘格。"

水、美：《韻補》："'水'叶'墜'，'美'叶'明祕切'。"

爆：豹。

擅：翳。

咎：上聲。

屹：陀。

嶙：凛。

膩：上聲。

愍：五臣作"慜"，音"敏"，本篇同。

果决：何曰："太史公《秦本紀》于子嬰之車裂趙高，未嘗不
健其决，憐其志。"

寡：叶音見《西京賦》。

萉：劉昌宗《儀禮音》："作侯反。"

贖：樹。

禦：語。

義、譖、隕、涤：五臣作"議、讒、殞、綠"。

痣：同"疵"。

儉：上聲。

礠：慈。

阿房：《長安志》：“阿房三面有墻，南面無墻，周五十里，崇八尺。”周密《癸辛雜識續集》：“阿房基址尚存，前殿縱廣各數里，可容萬人。”①

臨：舊去聲。

漸：上聲。

蔆：“菱”亦作“蔆”。

漵：斂。

樂：《群經音辨》：“治也，音‘療’。”

枇、釣、叉：五臣作“拖、鉤、扠”。“扠”音“叉”。

揳：徹。

霡：髓。

欲：喻。

懃：芹。五臣作“勤”。

察：《字典》叶“徹”。

注

於共山：“共”改“鄜”。

先立其：“先”改“共”。

號曰體輕：“體輕”改“飛燕”。

---

① （宋）周密《癸辛雜識續集》：“阿房宮基址尚存，前殿從廣各數里，可容萬人，其大可知。”【校】文中“縱”應爲“從”。“可容萬人”後脫“其大可知”一句。

賦己

登樓　《一統志》:①"仲宣樓在荊門州，即當陽縣城樓。"

王仲宣　《魏志》:"山陽高平人。"

任：平。

河清：五臣有"乎"。

臆：入。

注

越不對曰："不"下增"中謝"二字。

遊天台山　翰曰:"孫綽爲永嘉太守，意將解印以向幽寂，聞此山神秀，可以長往，因使圖其狀，遥爲其賦。"《十道四蕃志》:"天台山高一萬八千丈，周圍八百里。"

孫興公　《晉中興書》:"太原中都人。"

所奇、隋、變：五臣無"所"字，"隋"作"濟"，"變"作"嚳"。

近智：六臣下有"者"字。

赤城霞起而建標：劉孝標《世説注》:"'赤城霞起而建標，瀑布飛流以界道'，此賦之佳處。"

---

① 【校】應爲《大明一統志》。一统志，指封建王朝官方的地理總志。按朝代來說，有《大元一統志》《大明一統志》《大清一統志》等。此處應該注明具體是哪個朝代的《一統志》。

層城：良曰："在崑崙山上，天帝之居。"

栖：舊音"由"。

磴：《廣韻》音"鐙"。

瓊臺：孔靈符《會稽記》："內則有天台，靈嶽玉室璿臺。"

朱闕：五臣作"珠閣"。

五芝：《茅君內傳》："句曲山上有神芝五種：一曰龍仙芝，似蛟龍之相負，服之爲太極仙卿。第二名參成芝，赤色有光，其枝葉如金石之音，折而續之，即復如故，服之爲太極大夫。第三名燕胎芝，其色紫，形如葵，葉上有燕象，光明洞徹，服一株拜爲太清神虎仙君。第四名夜光芝，其色青，其實正白如李，夜視其實如月，光照洞一室，服一株爲太清仙官。第五名曰玉芝，剖食拜三官正真御史。"①

飛錫：《釋氏要覽》："比丘持錫，有二十五威儀，室中不得着地，必掛于壁，故遊行僧爲飛錫，安住僧爲掛錫。"②

亭午：《纂要》："日在午，曰亭午。"

遊氣：良曰："海氣也。"

幡：叶"弗焉切"。

注

山石有莓："石"下增"橋"字。

---

① 【校】"太清神虎仙君"或爲"太清龍虎仙君"，李賢注引《茅君內傳》中即如此。

② 【校】（宋）睦庵《祖庭事苑》卷八《雜志·挂錫》："西域比丘，行必持錫，有二十五威儀，凡至室中，不得著地，必挂於壁牙上。""飛錫"在《釋氏要覽》中的注釋爲："今僧遊行，嘉稱飛錫。此因高僧隱峰遊五臺，出淮西，擲錫飛空而往也。若西天得道僧，往來多是飛錫。"文中余蕭客關於"飛錫"的注釋內容與出處不符。

蕪城 何曰："世祖孝建三年，竟陵王誕據廣陵反，沈慶之討平之，命悉誅城內丁男，以女口爲軍賞，昭蓋感事而賦。"①

鮑明遠 翰曰："沈約《宋書》云'東海人'，《郡齋讀書志》'上黨人'。"何曰："虞炎《集序》②云：'孝武初，除海虞令。'"

題注

鮑昭：《宋子京筆記》："今人多誤'鮑照'作'鮑昭'。金陵有人得地中石刻作'鮑照'。"③《潘子真詩話》："武后時諱'照'，唐人因以'昭'名之。"

前軍：下增"行參軍"三字。

賦

澦：舊音"弭"。

迆：以。

走：如淳《漢書注》音"奏"。

柂：同"柁"。善作"馳"。

重江複關：何曰："宋刻《鮑集》作'重關複江'。"

---

① （清）何焯《義門讀書記》（卷四十五）："宋世祖孝建三年，竟陵王誕據廣陵反，沈慶之討平之，命悉誅城內男丁，以女口爲軍賞，昭蓋感事而賦。"【校】《文選音義》"男丁"寫成"丁男"。

② 爲《鮑照集序》的省稱。

③ 《宋景文公筆記》："今人多誤以'鮑照'爲'昭'，李商隱有詩云：濃烹鮑照葵。又金陵有人得地中石刻作'鮑照'字。"【校】《宋子京筆記》亦稱《宋景文公筆記》，文中"誤"字後脫"以"字。"鮑昭"應爲"昭"。脫"李商隱有詩云：濃烹鮑照葵"一句。"作'鮑照'"應爲"'作鮑照'字"。

鏈：產。

佚："善注：'與'軼'通。'"

剖：五臣作"割"。

廙："廥"亦作"廲"。

嘷：豪。

嚇："罅、赫"二音。何曰："《莊子》：'鴟得腐鼠，鵷雛過之，仰而視之，曰嚇。'"[1]

薂薂：速。五臣作"莿莿"，音"刺"。

琁：同"璿"。

麗：何曰："宋本作'佳'。"

言：叶"含"。

魯靈光殿　何曰："《後漢·東海恭王疆傳》：'初，魯恭王好宮室，起靈光殿，甚壯麗，是時猶存，故詔疆都魯。蓋中興以來，特爲美談，而未有賦者，故文考補作。賦出而甚傳于代。'"又曰："《蜀志·劉琰》侍婢數十，悉教誦《魯靈光殿賦》。"

王文考　銑曰："范曄《後漢書》云：王延壽父逸欲作此賦，命文考往圖其狀，文考因韻之以簡其父，父曰：吾無以加也。時蔡邕亦有此作，十年不成，見文考此賦，遂隱而不出。文考時年二十，至二十四，過湘江溺而死。"《博物志》："王子山

---

[1]　（清）何焯《義門讀書記》（卷四十五）："《莊子》：'鴟得腐鼠，鵷雛過之，仰而視之，曰嚇。'注中誤引《爾雅》。"【校】文中脫"注中誤引《爾雅》"一句。

到魯賦靈光殿，歸度湘水溺死。"① 何曰："《後漢》引《博物志》：文考，一字'子山'。"

序

蠲：喟。

觀藝：何曰："《博物志》：'王子山與父叔師到泰山，從鮑子真學算。'"

賦

序：上聲。

魯：旅。

微而、璧英、碨：五臣"而"作"以"，"英"作"瑛"，"碨"作"硌"。瑛音"英"。

碨："猥、阿"二音。舊注："'硌'音'落'。"

野：《韻補》叶"暑"。

峣：隗。

崃：同"崑"。

岰、峵、爍、燐、岹嶻、句、蟺、斳、顥、崟、蔚：舊"勿、宏、亦、咨、迢遞、構、善、銀、遼、今、尉"十二音。

嶒：層。

繒：蹭。

磴：《集韻》音"鐙"。

---

① （晋）張華《博物志》（卷六）："余友下邳陳德龍謂余言曰：'《靈光殿賦》南郡宜城王子山所作。子山嘗之泰山，從鮑子真學算，過魯國，而都殿賦之。還歸本州，溺死湘水，時年二十餘也。'"【校】文中引用作簡略處理。

潃：浩。

漫：《字典》叶"面"。

灺：衍。

灌、窬、躩跠、栩、屵嶫、崹嶷、嶻：善"霍、巢、逵尼、父、力茲、淄疑、產"十音。

霚：泓。

爌：恍。

爌：帑。

飅：瑟。

矔：《集韻》："銷，去聲。"

悚：聳。

驚斯：五臣作"若驚"。

觜：貲，又"醉"，平聲。

樓：閭。

倔、䑏、惔、狋、欥：何"掘、髯、炎、宜、忽"五音。

崎嶬：善音"綺蟻"。

磥：洪适《隸釋》："磥，通作'磊'。"

岏：《廣韻》："'𡾋'音'辪'。"《集韻》："'岏'同'𡾋'。"

埆：詭。

枅：牵。《字林》音"肩"。《爾雅音義》音"雞"。

要：舊上聲。

香："擬、翊"二音。

瞕：瞠。

杈：叉。

搏負：五臣作"負搏"。

苬：鏑。

窆：何音"諄"。

宊：侘。

攫：五臣作"钁"，音"矍"。

豐：同"齾"。

頷：菡。

詮：詮。

眽眽、岳岳：五臣作"脈脈、諤諤"。"眽"音"麥"。

衈：血。

顝：坳。

顤：虎。

睽：悸。鄭玄《周易注》："音'圭'。"

瞟：飄。

髴：費。

頭：徒。

媱：滔。

叙：上聲。

環：宦。

楊榭外望，高樓飛觀：①善無。

延：去。

漸臺：向曰："星名。法星爲臺。"

徑、突：五臣作"經、穴"。

西：《韻補》叶"辛"。

堅、晷：《字典》"堅"叶"巾"，"晷"叶"已有切"。

鴻：上聲。

---

① 【校】"楊"應爲"陽"。善本有此句。

注

光得陵：六臣下有"出"字。

景福殿　《西溪叢語》："許昌節度使小廳，是故魏景福殿。"

何平叔　《魏略》："南陽宛人，漢大將軍進孫也。或云何苗孫。"

題注

頗有材能：六臣無。

賦

三月、狩、碩生、晰也：五臣"三"作"二"，無"狩"字、"也"字，"生"下有"相與"二字。

正：平。

示：何曰："一作'永'。"

玭：蹁。

霓：詣。

泄：舊音"曳"。

屆、多：《字典》叶"記、貲"。

碨、髹、蔤、榙、觺：舊"音、休、密、習、鶴"五音。

鐐：遼。

桁、楄：善注："'桁'與'衡'同，'扁'與'楄'同。"

宛、庸、柳、彰、侲、曼、邙：五臣作"蜿、用、昂、章、俟、蔓、披"。《三國志注》："柳，五葬反。"

加：叶音見《北征賦》。

烓：鏈。

鞊鞈：何音"夾叠"。

婁：凌如切。

槏：尖。

柖：呂。

凉室：韋誕《景福殿賦》："望舒凉室羲和温房，玄冬則暖，炎夏則凉。"

臻：箋。

燀：《國語補音》音"闡"。

昭：去。

等：都在反。

照、多、肆：五臣作"昭、其、肆"。

敏：舊音"美"。

僻脱：濟曰："便僻輕脱。"

崇臺：良曰："在宮南闈門。"

是焉：五臣作"焉是"。

取：此苟切。

盤：何曰："《魏略》董尋諫曰：'作無益之物，九龍承露盤，土山淵池，其功三倍于殿舍，宮殿中螭頭吐水，即所謂虬龍灌注也。'"①

制：叶音見《東都賦》。

---

① （清）何焯《義門讀書記》（卷四十五）："《魏略》董尋諫曰：'作無益之物，九龍承露盤，土山淵池，其功三倍于殿舍。若乃虬龍灌注，宮殿中螭頭吐水，即謂此也。'"【校】文中"其功三倍于殿舍"後脱"若乃虬龍灌注"一句。"即所謂虬龍灌注也"應爲"即謂此也"。

田、靈、華：五臣作“填、明、中”。

斲：《説文》：“竹句切。”

謨：去。

環、歡：《韻補》叶“懸、暄”。

龜書：孫盛《魏氏春秋》：“明帝青龍三年，张掖郡删丹縣金山玄川溢涌，宝石負圖，狀象靈龜，廣一丈六尺，長一丈七尺五寸，圍五丈八寸，立于川西。”

方：五臣無。

注

討大將：“大”改“吴”。

李䎙曰：“李”下增“軌注老”三字。

鸞鷟：“鸞”改“鷟”。

文紀、靡陂：“文”改“明”，“靡”改“摩”。

海賦

巨、舃、柏：五臣作“臣、斥、洦”。舊注：“‘洦’音‘陌’。”

瘵：債。鄭玄《毛詩音》音“祭”。

瀾：舊去聲。

湝滗、嶺、涌沸、沺、跣、襂：何“踏、沱、額、悄、貪、蹂、琛、森”八音。

涎、泞、滲、盂、浤：善“延、紵、侵、污、宏”五音。

汥：“發、弗”二音。

嵲：善注：“與‘壆’同。”

鑿：叶“宅”。

勢：《韻補》叶“設”。

輸：舊去聲。

㴩㵦、沖瀜瀰淡、瀏蕩：舊“由亦、沖融彌炭、交葛”八音。

攊：奧，平。

礐：“確、學”二音。

飀、渭、沴、滐、匌、瀼、湏、鷅、靉靆、霴、潒、嶪、漱、沛、燉：舊“聿、謂、切、桀、荅、傷、頂、聿、愛費、叔、勞、敖、歘、卉、焰”十六音。五臣“沛”音“諱”。

濤：儔。

磓：“堆、椎”二音。

滀：蓄。

泗：陝。

匉：《溯原》合“奇”字作“匉”。

豗：灰。

湆：尼立切。

蘿、蕩、偏、駿、如、鬱、潰、岑：五臣作“羅、湧、邊、迅、然、忽、渭、岩”。

動：上聲。

灪：鬱。

礚：怪。

潭：荏。

㰷：何音“燉”。

迕：誤。

眑：遙，上聲。

昱：毓。

噏：《廣韻》音“欻”。

曠：況，入聲。

晱：閃。

碐：搶。

洩洩：曳。

邦：《字典》叶"卜工切"。

灑、途、太、惡、林、群、天：五臣作"洗、淪、大、焉、霖、神、人。"

瀯：嬰。

灪："豨、歇"二音。

岉：跌。

雲錦散文：都穆《詩話》："木玄虛《海賦》云'雲錦散文於沙汭'，初不解，後遊東海之上，見波紋印沙，堅如刻畫，毫髮不失，而螺貝珍異之物紛錯其間，粲然五色，水波不興，日光射之，真所謂'雲錦散文'，愛玩久之。"①

陰火：王子年《拾遺記》："西海之西有浮玉山，山下有巨穴，穴中有水，其色若火，晝則通朧不明，夜則照耀穴外，雖波濤灌蕩，其光不滅，是謂'陰火'。當堯世其光爛起，化爲赤雲，丹輝炳映，百川恬澈。游海者銘曰：'沉燃，以應火德之運也。'"《丹鉛總錄》："易澤中有火，《素問》云'澤中有陽燄'，注：'陽燄，如火煙騰起水面者是也。'蓋澤有陽燄乃山氣通澤，山有陰靄乃澤氣通山。"《文選·海賦》："'陰火潛

---

① （明）都穆《南濠詩話》："《海賦》云：'雲錦散文於沙汭。'予初不解，後游東海之上，見波紋印沙，堅如刻畫，毫發不失，而螺貝珍異之物紛錯其間，粲然五色，水波不興，日光射之，真所謂'雲錦散文'。愛玩久之，乃知玄虛此語之不虛也。"【校】文中《詩話》"爲《南濠詩話》的省稱。"初不解"應爲"予初不解"。

然。'唐顧況《使新羅》^① 詩'陰火暝潛燒'是也。"^②

熺：同"熹"。

重燔：《抱朴子》："南海中蕭丘有自生之火，常以春起秋滅，丘方千里，當火起時，此丘上純生一種木，火起正着此木。木雖爲火所着，但小燋黑。人或以爲薪者，如常薪，但不成炭，炊熟則灌滅之，後復更用，如此無窮。"

睟：杏。

珊瑚：六臣無此四句。

車渠馬瑙：《廣雅》："硨磲、碼磁，石之次玉。"《廣志》："車渠出大秦國及西域諸國，馬瑙出西南諸國。"《玄中記》："車渠出天竺國，馬瑙出月氏國。"

澇：舊去聲。

觳：謝嶠《爾雅音》："苦候反。"

滲：森。

像：上聲。

注

伏韜望："韜"改"滔"。

北陸天墟：何曰："《爾雅》：'北陸，即北虛宿，注誤。'"^③

---

① 【按】文中《使新羅》爲《送從兄使新羅》。
② （明）楊慎《丹鉛總錄》："易澤中有火，《素問》云'澤中有陽燄'，如火烟騰騰而起於水面者是也。蓋澤有陽燄乃山氣通澤，山有陰靄乃澤氣通山。《文選·海賦》：'陰火潛然。'唐顧況《使新羅》詩'陰火暝潛燒'是也。"【校】"注陽燄如火烟騰起"應爲"如火烟騰騰而起"。
③ （清）何焯《義門讀書記》（卷四十五）："《爾雅》：'北陸虛也，即北方虛危之宿。'注誤。"【校】"北陸，即北墟宿"應爲"北陸虛也，即北方虛危之宿"。

江賦

郭景純《郭璞別傳》：“璞奇博多通，文藻粲麗而訥於言。”王隱《晉書》：“河東聞喜人。”

沫、崛崍、濆、淙、嶵、瀥、漩、瀯、濡、淢、演、泇、硈：舊“昧、居來、忿、悰、桀、叔、旋、營、誅、域、胤、勒、客”十四音。

攏：聾，上聲。

漲：張。

綱、闞、磐、漱、舳、紾：五臣作“綱、閔、盤、澰、軸、隸”。舊注：澰音“豔”。善注：“‘紾’音‘隸’。”

攉：通“捴”。

澗、湝、渜、澈、溟、遺、縈、瀠、礧、洞潦涒、肧：何“烹、畫、敗、壞、隈、隊、縈、測、郝、翁宏均、丕”十三音。六臣“礧”作“確”。

赮：善注：“古‘霞’字。”

澓、潔、礧、氄、楲、淆、瞵、飍、飆、飈：善“伏、學、雷、唾、隸、核、緜、韋、戾、隈”十音。舊注：“氄音他，淆音翩。”

溢：噴。

呴：同“吼”。

激：吉躍反。

砅：聘，平聲。

淜：凴。

灪：薿。

汖：越。

漷：霍。徐邈《春秋音》：“音‘郭’。”

淴：忽。

瀶：五臣音“審”。

澴：還。

湏：隕。

硉：論，入聲。

矹：兀。

嵃：彦。

䃎、**翻**、**琗**：善注：“與‘澗、獝、綷’同。”

岨：同“砠”。

礐：犖。

洸：幌。

潢：《淮南注》音“曠”。

囦：古文“淵”。

泫、**沄**、**圝**、**澣**、**焆**、**沺**、**渫**、**硪**、**涴**、**沂**、**鰊**、**鯪**、**鮥**、**鮆**、**鯩**、**蝞**、**鼅鼄**：舊“玄、宏、彎、翰、涓、田、牒、我、宛、銀、練、陵、格、薺、倫、媚、迷麻”十八音。五臣“沂”作“垽”，舊音“銀”。

潾：鄰。《韻補》叶“連”。

灝：顥。

渦、**礏**、**緻**、**硌**、**鏙**、**蝬**、**蚢**、**𩌏**、**攁**、**栫澱**、**潨**：何“窩、孽、吸、磕、崔、宗、罔、映、擬、薦電、叢”十一音。

鮹、**鰧**、**鯩**、**蟫**、**蝵**、**魮**、**鯈鱅**、**騂**、**鳻**、**鶩**：《山海經音》“滑、滕、倫、團、鼈、毗、條容、勃、窈、敖”十一音。舊注：“鮹音‘骨’。”

唌：《唐韻》音“涎”。

哈：同“欱”，見《西京賦》。

鮻：子公切。

虾、蜒、蛞、鋸蟒、蛦、髟、瑯珋、樿、眊、鮢、濚瀷、洮、跍、趄、罼：舊“流、旋、吉、居諸、麗、沙、麗留、連、二、六、煩翼、姚、六、陌、雷”十八音。《管子注》：“瀷，昌力切。”

鰆：憤。

鼃：泱。

玉珧：高似孫《緯略》：“郭璞《江賦》曰：‘玉珧海月，土肉石華。’《晉安海物異名記》：‘肉柱膚寸，美如珧玉。’《臨海異物志》曰：‘玉珧柱，厥甲美如珧。’”①

石華：《臨海水土異物志》：“石華附石，肉淡。”《會稽地理記》：“鄞縣濱多石華。”

蚶：憨。陳師道《後山談叢》：“蚶子益血，蓋蛤屬，惟蚶有血。”

石蛣：善音“劫”。銑曰：“石蛣，春生花冬死。”

硈：鴉。

鬖：“三、森、摻”三音。

上：何曰：“音‘盛’，見《匡謬正俗》。”

猷：弟。

翃：喬。

樏：吝。

萰：練。

---

① 高似孫《緯略》（卷七）：“郭璞《江賦》曰：‘玉珧海月，土肉石華。’《晉安海物異名記》曰：‘肉柱膚寸，美如珧玉。’《晉臨海異物志》曰：‘玉珧柱，厥甲美如珧玉。’”【校】文中“《晉安海物異名記》”後脫“曰”字，“美如珧”後脫“玉”字。

跦：逵。

矒：血。

厱：恰，平聲。又音"龕"。

蛣：吼。

芒種：楊慎《丹鉛續録》："《周禮》：'澤艸所生，種之芒種。'注者不知其解。《王氏農書》云：'即江南之架田也。'架田一名葑田，以木縛架爲曲田，繫浮水面，以葑泥附木架上，葑即菰根也，根最繁。而善糾結以土泥著上，刈去其蔓，便可耕種。江東、淮南二處皆有之。然王氏謂葑田即《周禮》之'澤艸芒種'，未有據。後讀郭璞《江賦》云：'播匪藝之芒種，挺自然之嘉蔬。'賦江而曰'芒種、嘉蔬'，又曰'匪藝'，又曰'自然'，非葑田而何哉？《周禮》之說因此可解。"[1]

蓏：裸。許慎《淮南子注》："在樹曰果，在地曰蓏。"高誘《呂氏春秋注》："有實曰果，無實曰蓏。"張晏《漢書注》："有核曰果，無核曰蓏。"

漢：奮。

沱：沱，上聲。

---

① （明）楊慎《丹鉛續録》："《周禮》：'澤草所生，種之芒種。'注者不知其解。《王氏農書》云：'即江南之架田也。'架田一名葑田，以木縛架爲曲田，繫浮水面，以葑泥附木架上，葑即菰根也，根最繁。而善糾結以土泥著上，刈去其蔓，便可耕種。江東、淮南二處皆有之。東坡請開杭之西湖，狀謂水涸草生，漸成葑田是也。其田隨水上下西東，故南方有葑田。然王氏謂葑田即《周禮》之'澤草芒種'，未有據。猶切疑之。後讀郭璞《江賦》云'播匪藝之芒種，挺自然之嘉蔬'，賦江而云'芒種嘉蔬'，又曰'匪藝'，又曰'自然'，非葑田而何哉？《周禮》之說因此可解。"【校】文中"江東、淮南二處皆有之"後脱"東坡請開杭之西湖，狀謂水涸草生，漸成葑田是也。其田隨水上下西東，故南方有葑田"等句。

潩：勑。

嶱："表、標"二音。

榜：平。

艅艎：《博雅音釋》音"余黃"。

檣：牆。

溟：茗。

涔："岑、潛"二音。

箾：同。

壑：赫。

嗟：王肅《周易音》："遭哥反。"

慜：敏。

文選音義卷四

吴郡　余蕭客（仲林）輯著
同郡　沈景運（潤霈）、郯鈵（舒安）參定

賦庚

風賦

宋玉　向曰：“《史記》：‘云郢人。’”《水經注》：“宜城城南有宋玉宅，玉邑人。”

句、昫、堀、胗、啗：舊“鈎、絢、窟、軫、噉”五音。

緣、雄風也：五臣“緣”下有“於”字，無“也”字。

溯：何音“憑”。

迣：五。

莽：姥。

至其將衰也：善無。

楗：舊音“件”。《老子釋文》：“其偃反。”

舉、華、惏慄、增：五臣作“忽、蕚、琳慄、曾”。“惏”音“林”。

塕：《廣韻》音“翁”。

埭：舊音“課”。《開元文字》[①] 音“塊”。

灰：叶“昏”。

---

① 【校】爲《開元文字音義》的省稱。

憨：同“憝”。

齰：“賾、乍”二音。

嗽：《廣韻》嗽音“朔”。

擭：《史記注》：“嚄，烏百反。”善注：“‘擭’與‘嚄’通。”

秋興賦序

晉十有四年：武帝咸寧四年。

虎賁中郎將：劉謙之《晉紀》：“桓玄欲復虎賁中郎將，疑應直與否，訪之僚佐，咸莫能定。參軍劉簡之對曰：‘昔潘岳《秋興賦·敘》云：“余兼虎賁中郎將，寓直于散騎之省。”以此言之，是應直也。’玄懼然從之。”[1]

注

太始十四年：案：唐文皇《晉書·武紀》：“太始十一年改元咸寧，太始無十四年。”[2]

賦

敷兮、氣也：五臣無“兮”字、“也”字。

士、疢、諒、炯：五臣作“事、疾、良、穎”。

飀：蕭。

憀：六臣本音“聊”，汲古本音“了”。

登山臨水：《藝苑雌黃》：“安仁以登山、臨水、遠行、送歸爲

---

[1] （劉宋）劉謙之《晉紀》：“元興二年，桓玄篡位，增置五校三將。玄欲復虎賁中郎將，疑應直與不，訪之僚佐咸莫能定，參軍劉簡（一作薗）之對曰：‘昔潘岳《秋興賦·敘》云：“余兼虎賁中郎將，寓直干散騎之省。”以此言之，是應直也。’玄懼然從之。”【校】文中“直與否”應爲“直與不”。

[2] 【校】文中“太始”應爲“泰始”。

四慼。予頃年挍進士于上饒，有同官張扶云：'曾見人言：若在遠、行、登山、臨水、送、將、歸是七件事。謂遠也，行也，登山也，臨水也，送也，將也，歸也。'予嘗考《詩》之《燕燕》篇曰：'之子于歸，遠于將之。之子于歸，遠送于野。'一篇《詩》中亦用此"送、將、歸"三字，然則《楚辭》之言，亦有所本也。安仁謂之四慼，蓋略而言之。"

近：上聲。

筭：捷。

髟："焱、彪"二音。《匡謬正俗》："讀者皆以'髟'爲'杉'音。"

騁：叶上聲。

闕：舊音"掘"。

水：叶音見《西征賦》。

溢：誓。

漱：匹曳切。

雪賦

昏、德：《字典》"昏"叶"許懸切"，"德"叶"篤"。

下：上聲。

域：郁。

沴：舊音"麗"。

湯、皫：五臣作"暘、皎"。

溫泉：《博物志》："凡水源有石流黃，則溫。或云'神人所爨，主療人疾'。"[1]《溫泉紀略》："天下溫泉一十九處。"楊

---

[1]（晋）張華《博物志》（卷四）："凡水有石流黃，其泉則溫。或云'神人所爨，主療人疾'。"【校】"則溫"應爲"其泉則溫"。

慎《丹鉛餘録》："予在南中所見温泉，寧州、白崖、德勝關、浪穹、宜良、鄧川、三泊，凡數十處，而安寧爲最清徹見底，垢自浮去不積，且無硫氣。舊有人見其竅出丹砂數粒，乃知其下有丹砂。傳聞徽州黄山温泉亦類此，後周王褒《温湯銘》云：'白礬上徹，丹砂下沉，乃知温泉所在。必白礬、丹砂、硫黄三物爲之根，乃蒸爲暖流耳。'"① 《本草綱目》："有砒石處亦有湯泉。"②

沸潭：《丹陽記》："句容縣有沸井，亦曰沸潭。"

霅：《文字集略》"霅"亦"雪"也。

多：叶"得鴉切"。

索：色。

璐：善音"路"。

嫭：《廣韻》："'嫭'音'護'。"《集韻》："'嫭'同'嫭'。"

狢：《廣韻》"狢"亦作"貉"。

折園：善無此二句。

懣：滿。范宣《禮記音》音"悶"。

酏：洪興祖《楚辭補注》："'酏'音'駃'。"《集韻》"酏"或作"酏"。

---

① （明）楊慎《丹鉛總録》："予在南中所見又不止七處也，寧州、白崖、德勝關、浪穹、宜良、鄧川、三泊，凡數十處，而安寧爲最，凡温湯所在下必有硫黄，其水猶有其味，獨安寧清徹見底，垢自浮去不積，且無硫氣，不知何理也。舊有人見其竅出丹砂數粒，乃知其下有丹砂。傳聞徽州黄山温泉亦類此，後周王褒《温湯銘》云：'白礬上徹，丹砂下沉，華清駐老，飛流瑩心。乃知温泉所在，必白礬、丹砂、硫黄三物爲之根，乃蒸爲暖流耳。'"【校】《丹鉛餘録》應爲《丹鉛總録》。"所見温泉"應爲"所見又不止七處也"。"而安寧爲最"後"清徹見底"前脱"凡温湯所在下必有硫黄，其水猶有其味，獨安寧"共十九字。"且無硫氣"後脱"不知何理也"一句。

② 【按】《本草綱目·水部》："有砒石處亦有湯泉，浴之有毒。"

昵：匿。顧野王《爾雅音》："奴啓反。"

解、褫：五臣"解"作"褫"，"褫"作"解"。

腕：去。

注

挺援也："援"作"拔"。

《月賦》題注

二十六："二"改"四"。

賦

暇：去。

苑：上聲。

樊：叶"文"。

光、羞：五臣作"桑、薦"。

胭：《正字通》音"蛆"。

朓："眺、桃、耀"三音。

朏：舊音"斐"。《淮南注》音"窟"。

觀：去。

縣：如字。

隔千里兮共明月：孟啓《本事詩》："宋武帝嘗吟謝莊《月賦》，稱歎良久，謂顏延之曰：'希逸此作，可謂前不見古人，後不見來者。昔陳王何足尚耶？'延之對曰：'誠如聖諭然。其曰：美人邁兮音信闊，隔千里兮共明月。知之不亦晚乎？'帝深以爲然。及見希逸，希逸對曰：'延之詩云：生爲長相思，歿爲長不歸。豈不更加于臣耶？'帝拊掌竟日。"①

注

侯英：何曰："舊刻'侯'作'吳'。"

烏獸上

鵬鳥　鄧展《漢書注》："似鵲而大。"《荆州記》："巫縣有鳥如雌雞，其雄爲鴉，楚人謂之服。"

序

誼舍：庾穆之《湘州記》："誼宅今爲陶侃廟，時種甘猶有存者。"《郡國志》："長沙南寺賈誼宅亦陶侃宅在焉。"《殷芸小説》："湘州有南寺，東有賈誼宅。"

賦

闚：《列子釋文》音"遏"。

災：《史記注》："箋西切。"

臆：入。

幹：《聲類》音"管"。《匡謬正俗》俗音"烏活切"，非。

蟺、患：善音"蟬、還"。

---

① （唐）孟棨《本事詩·嘲戲第七》："宋武帝嘗吟謝莊《月賦》，稱歎良久，謂顏延之曰：'希逸此作，可謂前不見古人，後不見來者。昔陳王何足尚邪？'延之對曰：'誠如聖旨然。其曰：美人邁兮音信闊，隔千里兮共明月。知之不亦晚乎？'帝深以爲然，及見希逸，希逸對曰：'延之詩云：生爲長相思，歿爲長不歸。豈不更加于臣邪？'帝拊掌竟日。"【校】文中二"耶"字皆應爲"邪"。"誠如聖論然"應爲"誠如聖旨然"。

汋：《正義》音“勿”。

伏、疑：《字典》叶“璧、牛”。

纆：墨。

振：五臣作“震”。

大鈞：《虞喜志林》：“大鈞造化之神。”

謀：叶音見《西京賦》。

搏、得坁：何曰：“《漢書》作‘揣、坎池’。”如淳注：“‘搏’音‘團’。”

億：入。

喪：平。

荒：舊音“恍”。

注

勝反：“勝”改“成”。

師古曰患：六臣無“師古曰”。

不離於俗：改“不肖繫俗”。

鸚鵡

禰正平　《典略》：“平原般人。”

煇：輝。

跱、寧、嶽：五臣作“峙、能、峻”。

而等：五臣“而”作“之”。

咬：善音“交”。

羅：叶“立鴉切”。

衆雛：曹植《鸚鵡賦》：“豈余身之足惜，憐衆雛之未飛。”

瑟：《韻補》叶"試"。

欷：去。

注

五道西："五"字改"湔氐"二字。

鷦鷯　善音"焦遼"。王隱《晉書》："阮籍見華《鷦鷯賦》，以爲王佐之才。"[1]

張茂先：《晉書》："范陽方城人。"

序

鷲：舊音"就"。

賦

翾：儇。

約、瑋也、而下：五臣"約"作"性"，無"也"字、"而"字。"瑋"叶"位"。

鳥獸下

赭白馬賦序

駃：舊音"伏"。

---

[1]　（東晉）王隱《晉書》（卷六）："阮籍見張華《鷦鷯賦》，以爲王佐之才。"【校】文中"華"應爲"張華"。

阜：曹，上聲。

注
代駼：六臣下有"以韻言之蓋馬名也"八字。

周禮曰小："禮"改"書"。

賦
二十有二載：五臣作"十有四載"。

可接：五臣"可"作"既"。

澤馬：《孝經援神契》："德至山陵，則澤出神馬。"

牣：去。

陳：去。

錫、肆、屬、制、騏：五臣作"賜、肆、屬、掣、騏"。

舉：去。

臄：瓠。

鉸：教。

迾：晉灼《漢書注》："古'列'字。"

纛：去。

垺：劣。

虵：俗"蛇"字。

武穆：五臣作"穆武"。

衡：杭。

泛：捧。

街：規。

轙：舊音"機"。

注

禮牒也：“禮”改“札”。

泛覆也：六臣下有“如淳曰方腫切”六字。

舞鶴

胎化：《相鶴經》：“千六百年乃胎化。”① 《雲嶠類要》：“鶴，胎生者形體堅小，惟食稻粱，久須飛去。鸛合而卵生，其體大，食魚蝦嗷虵鼠不能去耳。”

仙禽：《採蘭雜志》：“鶴，一名仙子，一名沈尚書，一名蓬萊羽士。”

多：叶音見《雪賦》。

員、愁、悵、雪、罷：五臣作“圓、催、惕、雲、羅”。

唳：《晉書音義》音“戾”。

飛容：何曰：“宋刻《鮑集》作‘容飛’。”

摧：叶“妻”。

洿：荐。

幽通

飆：通“凱”。

謠：叶“滛”。

濟：舊叶“躋”。

髵：費。

吻：韋昭《音義》：“音‘昧’。”師古注：“音‘忽’。”

---

① （明）周履靖《相鶴經》：“千六百年，形定，飲而不食，與鸞鳳同群，胎化而產，爲仙人之騏驥矣。”【校】文中引用有所簡略。

昕、襮、胇、芊：舊“欣、博、肥、弭”四音。《説文》：
“昕”讀若“希”。

遷：郭象《莊子音》：“‘遷’音‘愕’。”《正字通》：“‘遷’
通‘遷’。”五臣作“遷”，舊音“迁”。

在、表：叶音並見《西都賦》。

寡、耦、謠：《字典》叶“古、語、由”三音。

御：《韋昭音義》音“訝”。

予：上聲。

鷧、逌、膺、零、舛、躬：五臣作“因、由、應、靈、異、
身”。

茂：卯。

已：叶“杏”。

漦：“蚩、釐、疑”三音。

龜：丘。

刞：《字書》無，《漢書》作“刻”，善引應劭注亦曰：“刻其
必滅，蓋即‘刻’字之誤。”

條：叶“敵由切”。

縮：《韻補》叶“式律切”。

聖人：五臣有“之”字。

傾：何曰：“《漢書》作‘營’。”

棐：徐邈《尚書音》音“匪”。

聖賢：五臣作“賢聖”。

注

什方侯：“方”改“邡”。

及選後：“及”改“乃”。

七十而有内："七"改"四"。

獻志賦："獻"改"顯"。

伶周鳩："周"改"州"。

致麟、係殷："麟"下增"漢"，"殷"下增"後"字。

賦辛

志中： 六臣本《思玄》《歸田》二賦爲"志中"，《閒居》至《別賦》爲"志下"，無《哀傷》一類。

思玄

繡、瀟、砅、婧、琨、砿： 善"攜、蕭、林、精、昆、康"六音。《後漢注》："繡"亦"纂"字。

嘉、雜、姤、利、以慕、中野： 五臣作"喜、離、妬、欲、之茂、西墅"。墅音"署"，上聲。

㲹、讟、阽、鶗鴃、劢： 舊"瓊、讀、鹽、啼决、緬"六音。

合： 《字典》叶"翕"。

惡既： 六臣"惡"作"要"。

改： 《韻補》叶"苟起切"。

頗： 何曰："善曰'蕭該《音》本作'陂'，布義切。'《禮記》曰：'商乳曰陂。'① 鄭玄曰：'陂，廣也。'《周易》曰'無平不陂'，陂，邪也。"案：何所補善注六臣本無。

伉： 古郎切。

臚： 何曰："《後漢》作'攄'。"

---

① 《禮記·樂記》："商亂則陂，其官壞。"【校】文中應爲"商亂則陂"。

肥：《後漢》六臣作"飛"。《西溪叢語》："《周易·遯卦》：
'肥遯無不利。''肥'字古作'𦲞'，與古'蜚'字相似，即
今之'飛'字，後世遂改爲'肥'字。"何曰："作'飛'
字，乃合象詞，無所疑也之意，不知者妄加雌黄，以《七啓》
校之自審。"①

九皋：《後漢注》："《龜經》有棲鶴兆。"

逞：《後漢注》協"丑貞反"。六臣作"呈"。

瀛洲：東方朔《十洲記》："瀛洲在東海之東，上生神芝仙
艸，有玉石，膏出泉如酒味，名之爲玉酒，飲之令人長
生也。"②

昔夢：《後漢注》："昔，夜也。穀，生也。衡此夜夢禾生于
崐崘之上，即下文云'抨巫咸以占夢，含嘉秀以爲敷'
是也。"

有黎：盛弘之《荆州記》："衡山南有南正重黎基。"③

顝：窟。

---

① （清）何焯《義門讀書記》（卷四十五）："《後漢書》作'飛'，乃合象詞，
無所疑也之意。'肥'字不知者妄加雌黄，以《七啓》校之自審。然不讀姚
令威《西溪叢語》，未有不反疑古善本爲誤也。"【校】文中"作'飛'字"
應爲"《後漢書》作'飛'"。"以《七啓》校之自審"後脱"然不讀姚令威
《西溪叢語》，未有不反疑古善本爲誤也"一句。

② （漢）東方朔《十洲記》："瀛洲在東海中地方四千里，大抵是對會稽去西岸
七十萬里，上生神芝仙草，又有玉石，高且千丈，出泉如酒，味甘，名之爲
玉醴泉，飲之數升輒醉，令人長生。"【校】"瀛洲在東海之東"應爲"瀛洲
在東海中地方四千里，大抵是對會稽去西岸七十萬里"。"艸"應爲"草"，
"有玉石"前脱"又"字。"膏出泉如酒味，名之爲玉酒"應爲"高且千丈，
出泉如酒，味甘，名之爲玉醴泉"。"飲之令人長生也"應爲"飲之數升輒
醉，令人長生"。

③ （晉）盛弘之《荆州記》："衡山之南，有南正重黎墓。"【校】文中"衡山"
後脱"之"字。"基"應爲"墓"。

台：舊音"怡"。

馮夷：《龍魚河圖》："河伯姓呂名公子，夫人姓馮名夷。"

忦：孫炎《爾雅音》："呭，許器反。" 《集韻》"忦"與"呭"同。

司命：《春秋佐助期》："司命，神名，爲滅黨，長八尺，小鼻望羊，多髭，癯瘦，通於命運期度。"

唰：制。

后：上聲。

行、梁、剬、蜿、裔、川、揚、糇：五臣作"在、良、傳、宛、垠、淵、禓、糧"。舊注："'禓'音'揚'，'剬'音'裁'，'傳'同'剬'。"

六：《帝王紀》："皋陶卒，葬之於六，禹封其少子於六，以奉其祀。"

憪、谽嚪：何"敞、醋䰞"三音。

騷：善音"修"。

糾、凌：舊注：糾，叶平聲。凌，去聲。

屏：善注："'屏'與'屏'通。"

唏：《方言》《釋文》"虛几反"。[①]《史記索隱》音"希"。

俹：穻，去聲。

織路：《後漢》"路"作"絡"。注曰："猶經緯往來。"

寒門：《淮南子》："北方曰北，極之山曰寒門。"

瘖：衡注："古'陰'字。"

深潛：五臣作"潛深"。

---

① （西漢）揚雄《方言》："咺、唏、忦、怛，痛也。凡哀泣而不止曰咺，哀而不泣曰唏。"《方言》中無此注釋。

石：《後漢》作"右"。注："西方也。"

愁：張揖《古今字詁》："許近反。"《五音集韻》音"欿"。

大：六臣作"太"。

玉女：《詩含神霧》："太華之山，上有明星，玉女主持玉漿，服之神仙。"

袿：《後漢注》音"圭"。

嘉：《字典》叶"居何切"。

葩：《韻補》叶"坡"。

移：《字典》叶"俄"。

行：杭。

剬、枰：舊"俱、萌"二音。

白水：《河圖》："崑山出五色流水，其白水東南流入中國，名爲河也。"李巡《爾雅注》："河水始出其色白。"

豐隆：郭璞《穆天子傳注》："豐隆，筮師御雲得大壯卦，遂爲雷師。"

靆：同"霳"，見《吳都賦》。

轙：儀。施乾《爾雅音》音"蟻"。

綝纚、閬：善"林離、郎"三音。

軹：杜子春《周禮注》："兩轊也。"

渼：腜。

洇：燃。

嚳：善注："古'嚶'字。"

肜：《後漢注》："與'融'同。"

建：五臣作"逮"。

高閣：濟曰："星名。"

罔車：良曰："畢星也。"

刺：辣。

劉：樛。

娩：晚。徐邈《禮記音》音"萬"。

卷：舊音"權"。

㮺汩飄淚沛以罔象兮：舊注：㮺音"或"。何曰："善曰：'皆疾貌。罔象，即仿像也。'《楚辭》曰'沛罔象而自浮'。㮺，一六切。飂，力凋切。淚音'戾'。"

遏：衡音"唐"。

眂：低，又古"視"。

娛、嶔、夜：五臣作"遬、欽、昔"。

風：分。

敕：叶"觸"。

謀：《後漢》作"謀"。注："音'基'。"

注

何族、飲於："族"改"故"，"飲"改"復"。

遏音唐：下增"分布遠馳之貌。善曰：爛漫分散貌。藐：遠貌；迨：過也"十九字。

歸田

觸、將、安：五臣作"解、且、焉"。

鰡：舊音"留"。

注

之凋："凋"改"淵"。

志下

閒居賦序

書之：六臣"書"作"題"。

嘗、宰：五臣作"曾""尉"。

尚書郎：《潘岳傳》："調補尚書度支郎。"

平：去。

府主：何曰："《晉書》無'主'字，非。"

注

文善："善"改"書"。

既宰、推補："既"改"頻"，"推"改"調"。案：善注引臧榮緒書，何從唐文，"皇書"改"頻調"。

是言皆在於是：改"皆是言政無非"。

善具："善"改"膳"。

賦

究、荄：舊音"掬、綏"。

綵：《字林》音"卷"。

磓：抛，去聲。

盲：盲。

施、吹：舊並去聲。

是：上聲。

籬：何曰："《晉書》作'欐'。"

椑：卑。

枬：《急就篇補注》音"俟"。《群芳譜》："椑枬，一名漆枬，一名緑枬，一名烏椑，乃枬之小而卑者。生江淮、宣、歙、荆、襄、閩、廣諸州，雖熟亦深緑色，大如杏，味甘，可生啖，搗碎浸汁，謂之枬漆，可染罾扇諸物。"①

朱仲：何曰："《述異記》：'房陵定山有朱仲李三十六所。'"

櫻：《鬼谷子》："崖蜜，櫻桃也。"②《博物志》："櫻桃，一名牛桃，一名英桃。"鄭生《廣雅注》："楔桃，今謂之櫻桃。"③

杏：五臣作"李"。

幾陋身之不保：《潘岳傳》："楊駿輔政，引岳爲太傅主簿。駿誅，除名。初，譙人公孫宏少孤貧，客田於河陽，善鼓琴，頗屬文。岳之爲河陽令，愛其才藝，待之甚厚。至是宏爲楚王瑋長史，專殺生之政。時駿綱紀皆當從坐，同署主簿朱振已就戮。岳其夕取急在外，宏言之瑋，謂之假吏，故得免。"④

---

① （清）汪灝《御定廣群芳譜》（五十八卷）："原椑枬，一名漆枬，一名緑枬，一名青椑，一名烏椑，一名花椑，一名赤棠枬，乃枬之小而卑者，生江淮、宣、歙、荆、襄、閩、廣諸州，雖熟亦深緑色，大如杏，味甘可生啖，服丹石人宜之，而人弗之貴，搗碎浸汁，謂之枬漆，可染罾扇諸物。"【校】文中"《群芳譜》"爲"《御定廣群芳譜》"省稱。"一名緑枬"脱"一名青椑"一句，"一名烏椑"後脱"一名花椑，一名赤棠枬"二句，"味甘可生啖"後脱"服丹石人宜之，而人弗之貴"二句。

② 【校】《鬼谷子》無此注釋。此注釋出自（宋）釋惠洪《冷齋夜話》（卷一）："崖蜜，櫻桃也。"

③ 【校】《博物志》無此注釋。此注釋或出自（南北朝）賈思勰《齊民要術》（卷四）："鄭玄注曰：'今謂之櫻桃。'《博物志》曰：'櫻桃者，或如彈丸，或如手指。春秋冬夏，花實竟歲。'《吳氏本草》所說云：'櫻桃，一名牛桃，一名英桃。'"《吳氏本草》一書現已亡佚。

④ （唐）房玄齡《晉書》（列傳第二十五）："楊駿輔政，高選吏佐，引岳爲太傅主簿。駿誅，除名。初，譙人公孫宏少孤貧，客田於河陽，善鼓琴，頗能屬文。岳之爲河陽令，愛其才藝，待之甚厚。至是宏爲楚王瑋長史，專殺生之政。時駿綱紀皆當從坐，同署主簿朱振已就戮。岳其夕取急在外，宏言之瑋，謂之假吏，故得免。"【校】文中"楊駿輔政"後脱"高選吏佐"一句。

注

仲長昌："長"下增"統"字。

不解咳："咳"改"核"。

書曰凡："凡"改"兄"。

長門賦序

孝武：《日知録》："相如以元狩五年卒，安得言孝武皇帝？"案：此序不必相如自作。

黃：何曰："宋刻注云善本無'黃'字。"

皇后復：《日知録》："陳后復幸之云正如馬融《長笛賦》所謂'屈平適樂國，介推還受禄也'。"案：《藝文類聚》引《漢書》曰："武帝陳皇后爲妬，別在長門宮，司馬相如作賦，皇后復親幸。"黃滔《陳皇后因賦復寵賦》曰："已爲無雨之期，空懸夢寐；終自凌雲之製，能致煙霄。"蓋唐人以爲實有此事，不同《長笛賦》形容虛語。

賦

燥、擠、瓵、噭、荃：舊"慊、濟、零、叫、詮"五音。崔譔《莊子注》："'荃'音'孫'。"

臨：《韻補》叶"隆"。

殷、嚌呭、楝、幼：善"隱、曾、宏、康、要"五音。

襜：叶"春"。

南：沈重《詩音義》協句，乃林反。

金鋪：濟曰："金鋪，扉上有金花，花中作鈕環以貫鎖。"

緻、揄、曼曼：五臣作"致、投、漫漫"。

魄：六臣作"魂"。

迂："誑、匡、狂、旺"四音。

荒：何音"亡"。

自悲：五臣有"傷"字。

思舊賦序

余：五臣有"少"字。

注

袁左："左"改"孝尼"二字。

嘉文："文"改"之"。

賦

憨：何曰："憨，聰也。當从各本作'愍'。"

逝、遇：五臣作"遊""命"。

停：何曰："《晉書》作'佇'。"

注

高被治："被"改"按"。

《歎逝賦》題注

大參：改"參大"。

序注

孔子謂：上增"家語"二字。

賦

其將、諒：五臣"其"作"而"，"諒"作"亮"。

半：舊協平聲。

迱、攬：舊音"責、狡"。

注

棗朝："棗"改"華"。

正與族：鄭玄《毛詩箋》"正"作"王"。

懷舊賦序注

婚之："婚"改"婿"。案：上當有"婦之父母"一句。

賦

暠：同"皓"。

思：舊去聲。

植：去。

荄：善音"皆"。《方言注》音"陔"。

綴：五臣作"掇"。

注

傅毅："殷"改"毅"。

寡婦賦序注

少年十五："少年"改"女子"。

語子："語"改"諸"。

賦

摧、徒：五臣作"切、從"。

覆兮、霜兮、寥兮、覿兮、進兮、靈兮：五臣無六"兮"字。

延、施：並去聲。

戒：叶"結械切"。

載：去。

轜：善音"而"。

潇：舊音"歆"。

一夕：魏文帝《寡婦詩》："守長夜兮思君，魂一夕而九乖。"①

三良：何曰："鄭《箋》云：'三良自殺以從死。'"

重曰：何曰："重曰猶亂，曰本《楚辭·遠遊篇》、班婕妤《自悼賦》。"②

華：徐鍇《說文繫傳》："華，本音'和'。"

注

交榮："榮"改"縈"。

顧悴貌之瓶瓶："貌"改"顏"，"瓶瓶"改"艴艴"。

《恨賦》題注

母之："母"改"康"。

---

① 【校】"魂一夕而九乖"應爲"魂一夕九乖"，無"而"字。
② （清）何焯《義門讀書記》（卷四十五）中關於"重曰"的注釋："重，猶亂也。本《楚詞·遠遊篇》，班婕仔《自悼賦》亦用之。"【校】文中"重曰猶亂"應爲"重，猶亂也"，"重"後多"曰"字，"猶亂"後脫"也"字。"日本《楚辭·遠遊篇》"中多"曰"字，"班婕仔《自悼賦》"應爲"班婕仔《自悼賦》亦用之"。

賦

原：《韻補》叶“虞雲切”。

架：五臣作“駕”。

宛：叶“于雲切”。

言：《九經補韻》：“魚斤反。”

孺人：《馮衍傳》：“衍取北地女任氏爲妻，悍忌，不得畜媵妾，兒女常自探井臼，老竟逐之，遂埳壈於時。”①

顧弄：六臣作“右顧”。

跌：何曰：“《公羊注》曰：‘跌，過度。’”

齋：資。

中散：《文章敘録》：“嵇康以魏長樂亭主婿遷郎中，拜中散大夫。”

衿：曹大家《列女傳注》：“交領也。”

同：六臣作“屯”。

罷：叶“步”。

有死：何曰：“《穆天子傳》七萃之士曰：‘古有死生。’”

注

趙王張敖：六臣無。

頓步：“頓”改“領”。

人詩：“詩”改“誄”。

不彗：“彗”改“慧”。

---

① （南朝·宋）范曄《後漢書·馮衍傳》：“衍取北地女任氏爲妻，悍忌，不得畜媵妾，兒女常自操井臼，老竟逐之，遂埳壈于時。”【校】文中出處應爲《後漢書》。文中“兒女常自探井臼”應爲“兒女常自操井臼”。

別賦

紅蘭：韓保昇《蜀本草》：“蘭草葉似澤蘭，尖長有歧，花紅白色而香。”《群芳譜》：“朱蘭花開肖蘭，色如渥丹，葉闊而柔，粵種也。”①

銀、拔：五臣作“金、刎”。

陌上草薰：《名句文身表異録》：“佛經云‘奇草芳花能逆風聞薰’，江淹《別賦》‘閨中風煖，陌上草薰’正用之。”

烟：舊音“因”。

南浦：《復齋漫録》：“豫章有南浦亭，前輩賦詠，多以江淹《別賦》‘送君南浦，傷如之何’爲始。”

金閨：善本“閨”作“門”。

注

返稱疾：“返”改“退”。

服虔通俗：何曰：“服，宋本作‘伏’，可爲老杜詩‘諸生老伏虔’之證。”

羽障徼：“羽”改“有”。

孟子曰太：六臣“曰”上有“注”字。

臣非爲：“臣”改“泩”。

方氏傳：“方”改“左”。

井有、所憩：“有”改“西”，“憩”改“鶴”。

馬明先：“先”字删。

蘭臺令：下增“史”字。

---

① （清）汪灝《御定廣群芳譜》：“朱蘭花開似蘭，色如渥丹，葉濶而柔，粵種也。”【校】文中“花開肖蘭”應爲“花開似蘭”。

賦壬

《文賦》題注

洛洛：上"洛"字改"入"。

其名：下增"如"字。

華呈：倒。

妙解情理：六臣下有"心識文體"四字，無"字士衡"至"張蔡機"一百字。

序

所、用：五臣無。

夫放言遣辭良多變矣：善無。

賦

喜、景：善作"嘉、暑"。

駿、畢、績、歸、掃：五臣作"俊、必、勣、頤、褫"。"掃"音"替"。

仞：去。

怫：佛。

峿、翰、偃：舊"語、寒、泯"三音。

歎：叶音見《東征賦》。

邈然：銑曰："率爾謂速，邈然謂遲。"

匠：《芥隱筆記》："老杜《丹青引》[1] '意匠慘淡經營中'用

---

[1] 爲杜甫《丹青引贈曹將軍霸》。

《文賦》①‘意司契而爲匠’。”

愴：創。

長：去。

崎錡、扁、乙：善“綺蟻、扁、軋”四音。

而難、識次、而居、而逐、而去、予掬、以溢：五臣“而難”“而”字作“之”，下三“而”字並作“以”。“識”作“相”，“予”作“手”，“以”作“而”。

意妨：何曰：“意，郭作‘義’。”

和：叶“華”。

防露：何曰：“指‘豈不夙夜，謂行多露’。”

故亦：何曰：“一無‘故’字。”

歆：善注：“與‘蚩’同。”

勠：流。

注

曰銓所：六臣上有“聲類”二字。

説文曰謂：何曰：“陳校‘《説文》曰’三字衍，否則當在‘千眠’上。”

故崖、藏也：“崖”改“岸”，“藏”改“襄”。

纏子：何引少章云：“‘纏’疑‘墨’。又按《漢書·藝文志》有《董子》一卷。注：‘名無心，難墨子。’或此‘纏子’乃‘董子’之誤。”

雖捄、故形：“捄”改“淡”，“形”改“行”。

日瘳、詞甘：“日”改“月”，“詞”改“祠”。

---

① 爲陸機《文賦》。

而雨天："而"改"辨"。

音樂上

洞簫 何曰："簫之爲名舊矣，獨以江南之幹條暢罕節，故得名爲洞簫。《漢書·元紀》如淳注曰：'簫之無底者。'按《博雅》曰：'大者無底，小者有底，不以無底名洞簫。'"①

幹、迤、后、鶴、顛：五臣作"榦、陁、厚、鵠、巓"。

巇、嚌、嶢、愵、灑、嘽、懤恅、潯：舊"蟻、皈、繞、域、灕、欸、草老、學"九音。

巀、槍、呬、吣嘀、癥、哇、跂：善"靡、附、含、筆櫛、翳、誕、奇"八音。

安、恩：《字典》並叶"煙"。

撣："檀、憚、灘、田、蟬"五音。

根：《字典》叶"堅"。

漠泊：善注："與'嵣岶'同。""嵣、岶"並音"陌"。

獥：《篇海》："獥音'嗔'。"五臣作"㺏"，音"速"。

象牙：何曰："觀此八句，則比竹之簫。"

扨摂摛、禷、霳、鎚鉒、呷：何"訥葉捻、溺、戢、趁壬、喊"八音。

吮：雋。

---

① （清）何焯《義門讀書記》（卷四十五）有關"洞簫"的注釋："簫之爲名舊矣，獨以江南之幹條暢罕節，故得號爲洞簫爾。《漢書·元帝紀》如淳注曰'簫之無底者'，亦失其義。《博雅》曰'大者無底，小者有底，亦不以無底得名。'"【校】文中《漢書·元紀》書名應爲《漢書·元帝紀》，"簫之無底者"後脫"亦失其義"一句，"《博雅》"前多"按"字。"不以無底名洞簫"前脫"亦"字。

瞋：嗔。

趣從、溢、慷慨、衍、蜒、搜、腜腰：五臣作"趨縱、軼、沈殖、滯、宛、扰、痕瘓"。"蜒"音"鴛"，"腜"音"畏"，"腰"音"餒"，"痕"音"限"，"瘓"音"猥"。

踺：捷。

含：去。

达：替。

輘：凌。

輷：同"轟"。

渭：善作"㥜"，六臣本善注音"謂"。

隅、兮、叔子：五臣無"兮"字，"子"下有。

勴：暴。

失：試。

立：善無。

擎：瞥。

阿那：並上聲。

蚸：斥。

螒：偃。

蜒：沈旋《爾雅注》："'蜒'音'珍'。"五臣作"蜓"。

睍、倫：並叶入聲。

瞪："澄、橙"二音。

曹：默，平聲。

泡：抛。

浹："接、攝"二音。

吤：畎。

沌：五臣作"坉"，音"屯"。"沌"叶"頹"、"頹"叶"沌"

皆可。

眈：丹。

注

字林曰礚："林"改"指"。

良蛝："良"改"蜋"。

呂披曰："披"改"忱"。

毛萇詩傳曰昔顏叔子：何引陳云："《毛詩》無'顏叔子'事，所引書名當有誤。"案："顏叔子"事見《毛萇傳·巷伯》二章。

蛌蠖："蛌"改"蚚"。

蜋蚰："蚰"改"蚖"。

《舞賦》題注

氣渫、徒人："渫"改"滯"，"徒"改"使"。

少逸氣：何曰："今本《後漢書》無。"

序

遊：五臣有"於"字。

王曰其如鄭何：五臣無。

小大：翰曰："謂小大雅。"

注

沸瘠："沸"改"弗"。

五英："英"改"莖"。

賦

曄、般、蠱、苟、兀、綽、彿、宛、驁、漠、游：五臣作
"爗、盤、冶、荷、杌、婥、徨、跪、驚、繹、柔"。"婥"音
"綽"。

焜："混、昆"二音。

踃、嫽、飄、趨、姌：舊"消、了、飄、俞、冉"五音。

姁：吁。

媮、鷫、嫋：善"俞、篇、弱"三音。

態：《字典》叶"替"。

華：和。

繞兮、滛兮：五臣無二"兮"字。

夋、嘖：善注："與'台、喟'同。"

翺：俗"翱"字，五臣作"翔"。

擋：臘。

揸："沓、塔"二音。

湯湯：善音"洋"，舊音"傷"。

生：《韻補》叶"商"。

儗：同"擬"。

蜺：入。

黎收：六臣作"瞜眸"，音"黎收"。何曰："曹憲曰'瞜眸'
而拜上音'戾'，下'居蚪反'。今檢《玉篇·目部》無此
二字。"

注

鄭襄："襄"改"裏"。

晉懷："懷"改"昭"。

而奏、亦律："而"上增"舞"字，"亦"改"六"。

而幽："幽"改"出"。

鼓之文："文"改"舞"。

嚴其："嚴"改"儼"。

音樂下

長笛賦序

律：善無。

督郵：《續漢書志》："郡置五部督郵，曹掾一人。"

鄥：烏。

注

韋昭釋名："昭"下增"辨"字。

辨位：下增"言"字。

賦

鐘、峭、麕、鳴、剗、植、㑄、篋、拊、睆：舊"鍾、坎、加、命、團、雉、毅、泯、撫、患"十音。

岑兮、立兮、剕兮、峇兮、節兮：五臣無五"兮"字。"峇"音"溘"。

磽：同"谿"。

揣：善注："與'團'通。"六臣作"㯌"，舊音"團"。

槸：齧。

頦：磨。何曰："宋本作'落'。"

砡：玉。

婁：蔞。

鬠：凝。

窚：寥。

港：哄。

峘、鐄、硐、踊、綒、蟺、勑、箭、浌：善“兌、宏、動、復、因、善、梨、蕭、安”九音。舊注：“‘浌’音‘遏’。”

窨、鏓、磑、簜：何“淡、聰、快、摦”四音。

覆：“伏、福”二音。

穿：烏。

頤：“含、蓄”二音。

碓：對。

穴、突：《字典》“穴”叶“胡桂切”，“突”叶“兌”。

犇：奔。

雒：叶“告”。

蘿：善作“萑”，音“灌”。

箾：稍。

鄗：虓。

友：《韻補》叶“洧”。

伯奇：六臣本善注：“《琴操》曰：‘伯奇者，尹吉甫子。吉甫信後妻言放逐之，伯奇自傷無罪，投河而死。’”

孝己：翰曰：“殷中宗子。”李頤《莊子注》：“殷高宗太子。”

搯：《國語補音》音“叨”。

下：户。

禦、柱：並上聲。

籛：箋。

陔：俏。

阤：李軌《周禮音》："音'他'。"劉昌宗《周禮音》："堂何反。"

穫、掞、投、筦：善注"穫"亦"穫"字，"掞""筦"與"剡""鑿"同，"投"與"逗"通。

富、怪、鴻：《字典》叶"忌、貴、黃"三音。

掌：瞠。善作"掌"。

咋：窄。

切：砌。

洌：例。

矕：瞞。

縱：旋，去聲。

佁：以。《説文》讀若"騃"。

興：《韻補》叶"凶"。

奏：叶"鑽"，上聲。

演：叶"遠"。

圁：洱。

赧：何音"赧"。

蚡：汾。

授：奴禾切，又音"蕤"。

捘：尊，去聲。

惎、介：《字典》並叶"記"。

察：叶音見《幽通賦》。

銚：桃。

狼顧：《晉書·宣紀》：[1]"魏武察帝有雄豪志，聞有狼顧相。

_____

① 【校】應爲《晉書·宣帝紀》。

欲驗之。乃召使前行，令反顧，面正向後而身不動。"

珥：丁協切。

际：改"眎"。

瞙：同"瞠"。

瀎：穢。

暴辛爲塤：《呂氏春秋》"倕"作"塤篪"。譙周《古史考》："古有塤篪，尚矣。周幽王時，暴辛公善塤，蘇成公善篪，記者便以爲作，謬矣。"①

椬："闌、連"二音。

笛：何曰："宋史繩祖②曰：'《史記》黃帝使伶倫伐竹于昆溪而作笛，吹之作鳳鳴，是起於帝世矣。'藉曰'史未足據'。《周禮·笙師》：'掌教龡竽、笙、塤、篪、篴、管，以教祴樂。'杜子春謂：讀'篴'如'蕩滌'之'滌'，即'笛'之古字也。經言如此，融之妄可歟矣。"

其辭：翰曰："此丘仲所言。"

篇：摀。

注

山瀆無："瀆"改"犢"。

成於路："於"改"爲"。

藍脇：改"鑑臍"。

欲心、緣衣："欲"改"邪"，"緣"改"綴"。

呼增歎："呼"改"吒"。

---

① 譙周《古史考》云："古有塤篪，尚矣。周幽王時，暴辛公善塤，蘇成公善篪，記者因以爲作，謬矣。"【校】"記者便以爲作"應爲"記者因以爲作"。

② 史繩祖《學齋占畢》。

瓜也："瓜"改"爪"。

大鳶："大"改"木"。

而幼童："而"改"雨"。

掘也、挑之："掘"改"決"，"之"改"支"。

自投瀘："投"改"沉"。

晚事無："事"改"仕"。

不占陳不占也：删。

魚出聲："聲"改"聽"。

天下率："下"改"子"。

琴賦

嵇叔夜：《世説注》："《嵇康集敘》：'譙國銍人。'"《書録解題》："康本姓奚，自會稽徙譙之銍縣嵇山，家于側，遂氏焉。取嵇氏之上，志其本也。"

確：摧。

崫：巖。

岞：《廣韻》"崒"音"窄"。《正字通》"岞"同"崒"。

岭：鉗。

尋：叶"潛"。

奐、殖、陵、含、渌、跱、凌、嫭：五臣作"涣、植、凌、合、緑、時、陵、沮"。善注："'嫭''姐'古字通。"

魏：郭璞《山海經音》音"巍"，一音"隗"。五臣作"隗"。

孫枝：《風俗通》："梧桐生於嶧山之陽，崫石之上，採東南孫枝爲琴，極清麗。"《花木考》："凡木本實末虚，惟桐小枝堅實，其本中虚，故世所以貴。孫枝者貴其實也，實故絲中有木聲也。"①

鍾山之玉：《淮南子》："鍾山之玉，炊以爐炭，三日三夜而色澤不變，則至德天地之精也。"

龍鳳：向曰："琴有龍脣鳳足。"

謬、硌、懊：舊"聊、洛、郁"三音。

興：去。

昶：敞。

愲、咿：善音"胃、伊"。

苊：叶音見《思玄賦》。

敏：《漢書注》："合韻，音'美'。"

昶：善注與"暢"同。

拊：善作"持"。

腕：去。

按：何曰："宋本'桉'。"

柲：祕。六臣作"秘"。

縿：衫。

擽："略、歷"二音。

冽：王肅《周易音》音"例"。

廣陵：《異苑》："稽康少嘗晝寢，夢人身長丈餘，自稱黃帝伶人。其夜，復夢長人來，授以《廣陵廣曲》。及覺，撫琴而

---

① 《丹鉛總錄·花木卷》注釋爲："凡木本實而末虛，惟桐反之。試取其小枝削之，皆堅實如蠟，而其本皆虛故。世所以貴孫枝者貴其實也。"【校】《花木考》爲《丹鉛總錄》之《花木卷》，"惟桐小枝堅實，其本中虛"應爲"惟桐反之。試取其小枝削之，皆堅實如蠟，而其本皆虛故"。文中句末多"實故絲中有木聲也"一句。

作，其聲正妙，都不遺忘。"① 劉潛《琴議》："杜夔妙於《廣陵散》，稽中散就其子猛求得此聲。東坡題跋'中散'作《廣陵散》，一名《止息》。"何薳《春渚紀聞》："政和五年二月十五日，烏戍小隱，聽照曠道人彈《廣陵散》，音節殊妙。"②案：《廣陵散》不自中散一人終始，故善注'謂其曲猶存，未詳所起'。今以《琴議》《紀聞》兩條廣異聞，信善說。

東武太山：僧居月《琴曲譜録》："《東武太山操》，仲尼製。"

煩：《字典》叶"汾沿切"。

蔡氏五曲：《琴歷》："蔡邕有五弄。"

欨：許。

而長：五臣有"之"字。

注

列子傳："子"改"仙"。

内郡人："郡"改"軹"。

未生者："未"改"末"。

曰離婁："曰"上增"注"字。

杜樹："杜"改"社"。

琴道曰：下增"伯夷"二字，删下"詠"字，"聲"字改

---

① （南朝·宋）劉敬叔《異苑》（卷七）："少嘗晝寢，夢人身長丈餘，自稱黄帝伶人，骸骨在公舍東三里林中，爲人發露，乞爲葬埋，當厚相報。康至其處，果有白骨，脛長三尺，遂收葬之。其夜，復夢長人來，授以《廣陵散曲》。及覺，撫琴而作，其聲正妙，都不遺忘。"【校】文中"伶人"後脱"骸骨在公舍東三里林中，爲人發露，乞爲葬埋，當厚相報。康至其處，果有白骨，脛長三尺，遂收葬之"。文中"《廣陵廣曲》"應爲"《廣陵散曲》"。

② 何薳《春渚紀聞》："政和五年二月十五日，烏戍小隱，聽照曠道人彈此曲，音節殊妙。"【校】文中"《廣陵散》"應爲"此曲"二字。

"音"。

信人："信"改"魯"。

臣遭寵："遭"改"尊"。

笙賦

篠：平。

劌：俗"列"字。

熟簧：銑曰："簧以熟銅爲之。"

榰：搞。

攡鯏、橄、僇：善"歷狎、激、留"四音。六臣"橄"作
"憿"，舊音"激"。

鰊、憀、減、汎、搐：舊"雪、留、汕、逢、捻"五音。

悁：冑。

濩、宛、死：五臣作"護、菀、落"。

纂纂：銑曰："棗花也。"

母：《字典》叶"敉"。

瓷：慈。

注

古咄喑："喑"改"喈"。

橫次、大者、大一、六七："次"改"吹"，"大"改"小"，
"大一"改"尺二"，"六"改"八"，刪"七"字。

嘯賦

成公子安：翰曰："臧榮緒《晉書》曰：'東郡白馬人。少有
俊才而口吃，張華一見甚善之，時人以其貧賤，不重其文，仕

爲中臺郎。’”

晞、機、奏、駱：五臣作“希、幾、走、驛”。

踦：善作“婍”。

跌：善注：“與‘蹰’通。”

物：《唐韻正》符沸反。

引：舊去聲。

硼：舊音“烹”。

砳、矅：善音“勞、翟”。

恒曲：善無“恒”字，有二“曲”字。

注

見天：“天”改“夫”。

賦癸

高唐　《吳船錄》：“陽臺、高唐觀，人云在來鶴峰上。”①
《漁洋詩話》：“巫峽中神女廟在箜篌山麓，茅茨三間，而神像
幽閒，娬嫿可觀，其西即高唐觀也。”

序　《通考》：“東坡《答劉沔書》② 曰：‘宋玉賦《高唐》
《神女》，其初略陳所夢之因，如子虛、亡是公相與問答，皆

---

① （宋）范成大《吳船錄》（卷下）：“神女廟乃在諸峰對岸小岡之上，所謂陽雲
　臺、高唐觀，人云在來鶴峰上，亦未必是。”【校】文中“陽臺”應爲“陽雲
　臺”。

② 【按】《答劉沔都曹書》。

賦矣，而蕭統謂之敘，此與兒童之見何異？'"① 案：《高唐》《神女》二賦入賦無問答一語，與《子虛》《上林》竟體問答不同。

於：五臣無。

陽臺：五色線陽臺乃神女廟名。《寰宇記》："巫山縣西有陽臺古城，即襄王所遊之地，亦曰陽雲臺。高一百二十丈，南枕長江。"

廟：《方輿勝覽》："神女廟在巫山縣，治西北三百五十步有陽臺。"② 王士禎《蜀道驛程記》："巫溪東一山，枕江之北，與巫山隔水相望曰箜篌山，其嶺即神女廟。"

嶜、晰、偈：舊"隊、析、傑"三音。

曰可：五臣有"也"字。

注

人應：改"今之"。

賦

儀：通"擬"。

---

① （南宋）馬端臨《文獻通考》（卷二百四十八）《經籍考七十五》："東坡蘇氏《答劉沔書》曰：'梁蕭統《文選》，世以爲工，以軾觀之，拙於文而陋於識者莫統若也。宋玉賦《高唐》《神女》，其初略陳所夢之因，如子虛、亡是公相與問答，皆賦矣，而統謂之敘，此與兒童之見何異？'"【校】"《通考》"應爲"《文獻通考》"。"宋玉"前脱"梁蕭統《文選》，世以爲工，以軾觀之，拙於文而陋於識者莫統若也"。
② （宋）祝穆《方輿勝覽》（卷五十七）："神女廟在巫山縣西北二百五十步有陽臺。"【校】文中"西北"前多"治"字，"三百五十步"應爲"二百五十步"。

阺、嶵、滴、躓、怊、惏悷：舊"池、轟、曳、隻、超、憭
戾"七音。善注："'滴'音'裔'。"

畎：叶音見《東京賦》。

會、谿：並叶入聲。

霈：沛。

狔：尼。

丹：何曰："一作'朱'。"

蒂：帶。

鼻：去。

巑：攢。

屼：黿。

互、牾：五臣作"牙、梧"。

崝：《集韻》"崝"或作"崢"。

姊："姐"本字。

巢、縠：《字典》"巢"叶"愁"。縠，訖力切。

紬：善音"抽"。

蓋：《韻補》叶"既"。

滯：五臣無。

注

充尚、方令、辭銷："充"改"元"，"令"改"仙"，"辭"
改"解"。

李音、役令、誼也、如著："音"改"奇"，"令"下增"銜"
"枚"二字，"誼"改"謹"，"著"改"箸"。

籟蒿："籟"改"藾"。

神女賦序

明日以白玉：沈括《補筆談》："'明日以白玉'，人君與其臣語不當稱'白'，又其賦既稱'王覽其狀'，即是宋玉之言。不知'望予帷而延視'者，稱'予'者誰？以此考之，則'其夜王寢，夢與神女遇者'，宋玉也。'明日以白玉'以'白王'也。'王'與'玉'字互書之耳。"何曰："姚寬《西溪叢語》楚襄王與宋玉遊高唐之上，見雲氣之異，問宋玉，玉曰：昔先王夢遊高唐，與神女遇，玉爲《高唐》之賦。先王，謂懷王也。宋玉是夜夢見神女，寤而白王，王令玉言其狀，使爲《神女賦》。後人遂云襄王夢神女，非也。今《文選》本'王、玉'字差誤。"

嬬：舊音"唾"。

挽：《淮南》注："音'脫'。"

含：五臣作"合"。

賦

姣、嬟、原：五臣作"妖、嫕、愿"。嬟音"匧"，嫕音"翳"。

西施：司馬彪《莊子注》："夏姬也。"

似：何曰："一作'以'。"

娓：詭。

首、覆：並去聲。

頩：許彥周《詩話》普庚切。

不可親附：洪邁《容齋三筆》："《高唐》《神女》二賦其爲寓言，托興甚明，予嘗即其辭而味其旨，前賦云：'先王嘗遊高唐，夢一婦人願薦枕蓆，王因幸之。'後賦云'襄王夢與神女遇'，則是王父子皆與此女荒淫，然其賦則云：'遷延引身，不可親附。'然則神女但與懷王交御,雖見夢於襄,而未嘗及亂也,玉之意可謂正矣。"①

記:叶"究"。

注

美妓:改"至姣"。

聲類曰:删。

謂復更遠也:何曰:"一無此五字。"

《登徒子好色賦》題注

并序:六臣同案此賦無序,二字誤加。

---

① 洪邁《容齋三筆》(第三卷十九則):"高唐神女賦宋玉《高唐》《神女》二賦,其爲寓言托興甚明。予嘗即其詞而味其旨,蓋所謂發乎情,止乎禮義,真得詩人風化之本。前賦云:楚襄王望高唐之上有雲氣,問玉曰:'此何氣也?'對曰:所謂朝云者也。昔者先王嘗游高唐,夢見一婦人,曰,妾巫山之女也,願薦枕席。王因幸之。'後賦云:'襄王既使玉賦高唐之事,其夜王寢,夢與神女遇,覆命玉賦之。若如所言,則是王父子皆與此女荒淫,殆近於聚麀之醜矣。然其賦雖篇首極道神女之美麗,至其中則云:澹清靜其愔嫕兮,性沈詳而不煩,意似近而若遠兮,若將來而復旋。褰餘幬而請御兮,願盡心之惓惓。懷正亮之絜清兮,卒與我乎相難,顑薄怒以自持兮,曾不可乎犯干。歡情未接,將辭而去。遷延引身,不可親附。願假須臾,神女稱遽。闇然而冥,忽不知處。然則神女但與懷王交御,雖見夢於襄,而未嘗及亂也。玉之意可謂正矣。"【校】"予嘗即其詞而味其旨"後脱"蓋所謂發乎情,止乎禮義,真得詩人風化之本。""前賦云"後脱"楚襄王望高唐之上有雲氣,問玉曰:'此何氣也?'對曰:所謂朝云者也。昔者"等内容。"襄王"後脱"既使玉賦高唐之事,其夜王寢"十二字。"夢與神女遇"後脱"覆命玉賦之。若如所言"九字。"則是王父子皆與此女荒淫"後脱"殆近於聚麀之醜矣。然其賦雖篇首極道神女之美麗,至其中則云:澹清靜其愔嫕兮,性沈詳而不煩,意似近而若遠兮,若將來而復旋。褰餘幬而請御兮,願盡心之惓惓。懷正亮之絜清兮,卒與我乎相難,顑薄怒以自持兮,曾不可乎犯干。歡情未接,將辭而去"等内容。"遷延引身,不可親附"前多"然其賦則云"五字。"然則神女但與懷王交御"前脱"願假須臾,神女稱遽。闇然而冥,忽不知處"十六字。

賦

齨：硯。

僂：舊音“縷”。

邪臣：何曰：“舊讀‘邪臣’爲‘句’。”

章華：《春秋後語注》：“徐廣曰‘華容有章華亭。’”

注

登徒姓：何曰：“以《國策》參考，登徒蓋以官爲氏。”①

師古：下增“注”字。

洛神

曹子建：翰曰：“魏武第三子。”《魏志·本傳》：“黃初三年，封鄄城王；四年，封雍丘；太和三年，徙封東阿；六年封陳王，薨年四十一。”

題注

甄逸女：何曰：“《魏志》無‘子建求甄逸女’事。”②

序

三年：何曰：“按《魏志》丕以延康元年十月廿九日禪代，十一月遽改元黃初。陈思實以四年朝洛陽，而賦云三年，不欲亟

---

① （清）何焯《義門讀書記》（卷四十五）：“以《戰國策》參考，登徒子蓋以官爲民。”【校】文中“《國策》”應爲“《戰國策》”的省稱。文中“以官爲氏”應爲“以官爲民”。

② （清）何焯《義門讀書記》：“《魏志》：‘后三歲失父，後袁紹納爲中子熙妻。曹操平冀州，丕納之于鄴。安有子建嘗求爲妻之事？’”【校】文中引用部分係概略而成。

奪漢年，猶發喪悲哭之志。"①

賦

麗人：劉向《別錄》："昔有麗人善雅歌。"

霞：叶音見《蜀都賦》。

芳澤：銑曰："香油也。"

左以：六臣"以"作"倚"。

瑅：第。

竦、瓜：何曰："王子敬書作'擢、媧'。"

牽牛：《春秋運斗樞》："牽牛神名略。"《石氏星經》："牽牛名入關。"②《荊楚歲時記》："河鼓、黃姑，牽牛也。"

羅襪：《實錄》、馬縞《古今注》、《廣博物志》並云："羅襪，魏文帝吳妃所作。"案：張衡《南都賦》云"羅襪躡蹀而容與"，三書誤也。

愛兮：五臣無"兮"字。

太陰：《論衡》："日晝行千里，夜行千里。行太陰則無光，行太陽則能照。"

愁：善作"怨"。

注

聖足："足"改"人"。

---

① 【按】（清）何焯《義門讀書記》："謂《魏志》及諸詩序并云四年朝，此云三年，誤。一云：《魏志》三年不言植朝，蓋《魏志》略也。按：《魏志》：'丕以延康元年十一月廿九日禪代，十一月改元黃初。陳思實以四年朝雒陽，而賦云三年者，不欲亟奪漢年，猶之發喪悲哭之志也。注家未喻其微旨，責躬詩表云，前奉詔書，臣等絕朝，豈緣略也。'"

② 【校】"入關"應爲"天關"。

文選音義卷五

吳郡　余蕭客（仲林）輯著
同郡　薛起鳳（家三）、冷晉案（上列）參定

詩甲

補亡

束廣微：《文士傳》：“陽平元城人。漢太子太傅疎廣後也。王莽末，廣曾孫孟達自東海避難元城，改姓，去‘疎’之足，以爲束氏。晳博學多識，問無不對，三十九歲卒。元城爲之廢市。”

南陔

居：何曰：“讀如‘誰居’之‘居’，猶‘彼其之子’。”①
注 存其義：“存”改“有”。

白華

跗：膚。
注 正望：“望”改“室”。

---

① （清）何焯《義門讀書記》（卷四十六）：“居，當讀如‘誰居’之‘居’，猶詩云：‘彼其之子也。’注以爲未仕者，於文義未妥。”【校】文中脱“詩云”二字，句末脱“注以爲未仕者，於文義未妥”一句。

由庚

于、緯： 善作"在是"。

星變其躔： 五臣作"星躔其變"。

崇丘

繁： 五臣作"煩"。

由儀

平： 五臣作"于"。

加： 六臣作"功"。

述祖德

謝靈運： 丘淵之《新集録》："陳郡陽夏人。"

題注 陳群： "群"改"郡"。

徙封： "封"改"付"。

詩一 綴： 何曰："集作輟。"

注 辛垣： "辛"改"新"。

紹曰： "紹"改"詔"。

二 横流： 孫綽子："仲尼見滄海橫流，故務爲舟航。"

燕魏何曰： "獻武乘符堅衰敗，克復兗、青、司、豫四州。"

遠圖： 何曰："獻武移鎮東陽，于道疾，篤上疏曰：'去冬，奉司徒道子告括囊遠圖。'"

諷諫 《漢書》：[1] "韋孟作詩諷諫，後遂去位，或曰其子孫

---

[1] 《漢書·韋賢傳》。

好事，述先人之志而作是詩。"

豕韋：案：《鄭語》及杜預《左傳注》、孔穎達《春秋正義》
"豕韋"有二。一彭姓，祝融後。與大彭爲商伯，商武丁滅
之。一劉姓，堯後。彭姓豕韋滅，劉姓承其國爲豕韋。殷末封
於唐，周成王滅唐，遷之於杜。宣王殺杜伯，其子隰叔奔晉，
四世及士會，食邑於范氏。孟詩曰"迭彼大彭，勳績惟光"。
孟五世孫玄成作詩自劾責曰："赫矣我祖，侯于豕韋，賜命建
伯，有殷以綏。"則孟之先爲武丁所滅彭姓之豕韋矣。孟詩又
曰："至于有周，歷世會同。王赧聽譖，實絕我邦。"玄成詩
又曰："宗周至漢，群後歷世。"蓋《西京》《内外傳》未行，
故孟與玄成詩得肆其鋪張，合二姓豕韋並爲其祖，又益加誕妄
以欺世。

王赧：洪邁《容齋四筆》："韋孟《諷諫》云'王赧聽譖'云
云，應劭曰'王赧聽讒受譖，絕豕韋氏'云云。觀孟之自叙
乃祖，而乖疏如是。周至赧王僅存七邑，救亡不暇，豈能絕侯
邦乎？周之積微久矣，非因絕豕韋一國，然後五服崩離也。其
妄固不待攻，而應劭又從而實之，尤爲可笑。"

唉：《莊子釋文》音"熙"。

是放：五臣作"田獵"。

苗：叶"密于切"。

瞯：俞。

縱：五臣作"樂"。

思：叶入聲。

霸：《字典》叶"播"。

覽：善叶"濫"。

注 歡聲："歡"改"歎"。

勵志

熠熠田：六臣下“熠”字作“耀”，“田”作“出”。

蒲：匍。

蕉：鑣。

蓑：裒。

瀾：五臣作“潤”。

注 爲代：六臣上有“來者”二字。

上責躬應詔詩表

垢：何曰：“《魏志》作‘活’。”

貴：《魏志》六臣作“責”。

永無：何曰：“《魏志》作‘無復’。”

責躬

于漢：《魏志》作“炎漢”。

伊余 咨：五臣“余”作“爾”，“咨”作“啓”。

時惟篤類：何曰：“《魏志》作‘時篤同類’。”

小臣、受土、生：《魏志》：“臣作子，‘受土’作‘授玉’，‘生’作‘性’。”

光光大使，我榮我華：何曰：“《志》①作‘朱紱光大，使我榮華’。”

壚：舊音“盧”。

麔：沈重《周禮音》音“貍”。

注 舛而不殊：“舛”改“舍”，“殊”改“誅”。

---

① 爲《三國志·魏志·陳思王植傳》的省稱。

韋伯："韋"改"常"。

應詔

士女：善作"女士"。

漂：何曰："《魏志》作'灂'。"

沫：舊叶"眛"。

注 在西："在"改"有"。

關中

關中 翰曰："晉惠帝元康六年，氏齊萬年與楊茂於關中反亂。既定，帝命諸臣作關中詩。"

時、親、稜、偄、色：五臣作"乃、薪、精、爲、邑"。向曰："邑，安也。"

援：舊音"院"。

稔：茬。

被：六臣作"彼"。

以萬爲一：何曰："《三國志·國淵傳》：'破賊文書，舊以一爲十。'"

晶：迥。

湳：南。

訟：平。

注 漢明帝："明"改"冲"。

左扶風："左"改"右"。

公讌

(劉) 車、平：五臣作"居、年"。

五官中郎將　《續漢志》：“五官中郎將一人，比二千石，主五官郎。”

棲：叶“猜”。

墮：五臣作“隨”。

諧：《字典》叶“奚”。

懷：叶音見《南都賦》。

宴玄圃

淳曜：銑曰：“晉之先黎爲高辛氏火官，有淳美光曜之感。”

河汾：何曰：“司馬氏河內溫人。”

讘：五臣作“謳”。

秀：叶“數”。

注 殷道：六臣“道”作“馗”。

始其：“其”改“萁”。

大將軍

臻：箋。

昔、弁：五臣作“晉、卉”。

服藻：五臣作“藻服”。

注 毛萇曰屆：“毛萇”改“鄭玄”。

晉武帝　《晉世譜》：“世祖諱炎，字安宇。”《晉書·武紀》：“字安世。”

華林園：五臣無“園”字。

應吉甫：《魏志》：“應璩子。”

時、肆、裳：五臣作"是、肄、常"。

理：何曰："《晉書》'理'作'義'，下'義'作'理'。"

踐、辯：並上聲。

靖：何引潘曰："讀'踐'。"

射御：五臣"射"作"躬"。

亦爲：何曰："《晉書》作'則有'。"

失：試。

戲馬臺

（宣遠） 劉澄之《永初山川記》："彭城西南有戲馬臺。"《元和郡縣圖誌》："臺在彭城縣東南二里，項羽所造戲馬於此。"

集：五臣無。

題注 東郡："東"改"陳"。

詩 巢幕：《藝苑雌黃》："《左氏傳》：'猶燕之巢于幕上。夫幕，非燕巢之所，言其至危也。'故《西征賦》'甚玄燕之巢幕'，丘希範《與陳伯之書》'燕巢飛幕之上'，蓋用此意。後人因此言燕事，多使'巢幕'，似乎無謂。"①

扶光：濟曰："日也。"

---

① （宋）嚴有翼《藝苑雌黃》："《左氏傳》云：'吳公子札聘於上國，宿於戚，聞孫林父擊鐘曰：夫子之在此，猶燕之巢於幕上。夫幕，非燕巢之所，言其至危也。'故潘岳《西征賦》云：'危素卵之累殼，甚玄燕之巢幕。'丘希範《與陳伯之書》云：'將軍魚游沸鼎之中，燕巢飛幕之上，不亦惑乎？'蓋用此意。後人因此言燕事，多使'巢幕'，似乎無謂。"【校】文中"《左氏傳》"後脫"云：吳公子札聘於上國，宿於戚，聞孫林父擊鐘曰：夫子之在此"等內容。"《西征賦》"前脫"潘岳"二字。"《西征賦》"後脫"云危素卵之累殼"七字。"《與陳伯之書》"後脫"云將軍魚游沸鼎之中"九字。"燕巢飛幕之上"後脫"不亦惑乎"四字。

樂遊

未、照、睨、皾：五臣作"來、昭、瞻、腠"。

注 爲裏：《漢書注》："'爲'下有'蓋'字。"

戲馬臺

（靈運）《宋武述征記》："九月九日王登戲馬臺宴百僚，賦詩作者百餘人。謝靈運最爲工。"

腓：善音"肥"。

嵎：《孟子音義》音"愚"，善作"山"。

道：六臣作"渚"。

注 禮以養："禮"改"孔"。

讌曲水

嶂：障。

昭、壇：五臣作"韶、疆"。

陛：上聲。

悛：詮。

注 豚魚：何曰："宋本亦作：'豚魚吉，信及豚魚。'其誤如此，今人惟宋本是信，不可解。"

父曰：六臣"曰"作"也"。

釋奠

言：叶"寅"。

虞庠：何曰："宋本脫此二句。"

憬：熲。

值：治。

丞、肆、性：五臣作“承、肆、任”。

彥：去。

巾卷：何曰：“《宋書·禮樂志》：‘國子太學生冠葛巾，服單衣，以爲朝服，執一卷經以代手板。此所謂巾卷也。’注未審細胡三省于王儉事，下注：‘經卷尤憒憒矣。’”①

街：規。

馗：《三國志注》：“古‘逵’字。”

注 更補：“補”改“鋪”。

送張徐州 何曰：“按詩有‘匪親孰爲寄’之語。”五臣無“張”字，是。

丘希範：向曰：“希範時爲中郎，武帝弟宏爲徐州刺史，應詔送王。”《梁書》：“吳興烏程人。”

吹：去。

積：舊音“恣”。

注 吾使：“使”改“吏”。

徐州：何曰：“此徐州乃魯國薛縣，與南北兩徐州無與。”②

---

① （清）何焯《義門讀書記》（卷九）：“《宋書·禮樂志》：‘國子太學生冠葛巾，服單衣，以爲朝服，執一卷經以代手板。此所謂巾卷也。’注未審細胡三省于王儉事，下注：‘巾卷則尤憒憒矣。’”【校】文中“經卷”應爲“巾卷則”三字。

② （清）何焯《義門讀書記》（卷九）：“此徐州從人與‘邾’同，乃魯國薛縣也，與南北兩徐州無與。若引此，則趙人祭西門，更如何牽合耶？”【校】文中“徐州”後脱“從人與邾同”五字，句末脱“若引此，則趙人祭西門，更如何牽合耶？”一句。

應詔

岨：善作"阻"。

送應氏

一 焚：《字典》叶"汾沿切"。

擗：舊音"闢"。

無行、常：五臣"無"作"不"，"常"作"生"。

注 新立、二井："新"改"所"，"二"改"一"。

二首注 送也："送"改"近"。

征西

孫子荊：《文士傳》："太原中都人。"

三命：何引王厚齋云："《孝經援神契》：'命有三科，有受命以保慶，有遭命以譎暴，有隨命以督行。'" 按：《白虎通·壽命篇》略同。

呭嗟：呭音"敦"，入聲。鄧展《漢書注》音"豽"。《石林詩話》："'呭嗟'猶言'呼吸'。"

聃：舊音"貪"。

夭、抱：並上聲。

繞：五臣作"擾"。

金谷

金谷 石崇《金谷詩叙》："遂各賦詩，以叙中懷。或不能者，罰酒三斗。"

簫管：《金谷詩叙》："時琴瑟笙筑，合載車中，道路並作。及住，令與鼓吹遞奏。"

慕：五臣作“耀”。

注 請軍：“請”改“諸”。

陳琳：“琳”改“球”。

《王撫軍庾西陽集別》題注

爲豫：《宋書·王弘傳》：“‘豫’上有‘遷監江州’四字，無‘爲’字。”

詩 反：五臣作“及”。

榜：舊音“迸”。

注 曰險、爲隈：“險”“隈”並改“隩”。

方山 山謙之《丹陽記》：“山形方如印，故曰方山，亦名天印山。秦始皇鑿金陵，此方是其斷者。”① 《輿地志》：“湖熟西北有方山，頂正方上有流水。”②

相：五臣作“指”。

甌：謳。《方言注》音“憂”。

痾：阿。

新亭：《丹陽記》：“新亭，吳舊亭也。隆安中，丹陽尹司馬恢

---

① （晋）山謙之《丹陽記》：“山形方如印，故曰方山，亦名天印山。秦始皇鑿金陵，此山是其斷者。”【校】文中“此方”應爲“此山”。

② （宋）張敦頤《六朝事蹟編類》：“又《輿地志》云：‘湖熟西北有方山，山頂正方，上有池水。’”【校】文中“頂正方”應爲“山頂正方”，脫“山”字。“流水”應爲“池水”。

移創今地。"① 《通鑑注》:②"新亭去江寧十里,近臨江渚。"
《六朝事迹》:"宋孝武即位于新亭,僕射王僧達改爲中興亭。"
題注 思里:"思"改"興"。

謝朓:"眺"改"朓"。

詩 洞庭:《輿地志》:"洞庭,古蒼梧之野。"

注 郭裦:"郭"改"鄭"。

魏郡:六臣下有"百姓"二字。

別范安成

識路:何曰:"《楚辭》:'魂識路之營營。'"

詩乙

詠史

(王) 所共:善作"共所"。

綆:梗。

三良

患:舊平聲。

攬:五臣作"攬"。

---

① (晋)山謙之《丹陽記》:"新亭,吳舊亭也。故基淪毀,隆安中,丹陽尹司馬恢移創今地。"【校】文中"隆安中"前脱"故基淪毀"四字。

② 爲《資治通鑑注》。

詠史

（左）一 廬：纑。

二 珥：《楚辭補注》音“餌”。

三首注 遊海：“遊”改“逃”。

四 楊子宅：《成都記》：“成都縣百步有嚴君平、司馬相如、楊雄宅，今草玄亭餘迹尚存。”①《寰宇記》：“子雲宅在華楊縣少城西南角，一名草玄堂。”②《全蜀總志》：“在府治西，成都縣治其舊址也，今藩司前有墨池、草玄亭。”

注 陳威：何曰：“當作‘陳咸’。”

五首注 修道：改“也隨”。

七 宅：何讀“鐸”。

籍：何曰：“‘籍’從‘昔’，讀‘鵲’，乃諧聲，陳以爲當讀‘酌’，誤矣。”③

在：五臣作“其”。

詠史

（張）題注 終於家：俞曰：“舊刻六臣本無‘終於家’三字，多‘協見朝廷貪禄位者衆，故咏此詩以刺之’十六字。”

---

① （宋）李昉等《太平御覽》（卷一百八十）：“《成都記》：‘成都縣南百步有嚴君平、司馬相如、揚雄宅，今草玄亭餘迹尚存。’”【校】文中“成都縣”後脱“南”字，“楊雄”應爲“揚雄”。

② （宋）樂史《太平寰宇記》（卷七十二）：“子雲宅在益州少城西南角，一名草玄堂。”【校】文中“華楊縣”應爲“益州”。文中《寰宇記》爲《太平寰宇記》的省稱。

③ （清）何焯《義門讀書記》（卷四十六）：“‘籍’從‘昔’，讀‘鵲’，乃諧聲，陳第以爲當讀‘酌’，誤矣。”【校】文中“陳”後脱“第”字。

詩注 行犯："犯"改"祀"。

珥貂："珥"改"加"。

覽古

盧子諒：濟曰："徐廣《晉紀》云：'諶善屬文，西晉末投劉琨，琨以爲從事中郎，後爲段匹磾別駕。'"《盧諶傳》："選尚武帝女滎陽公主，拜駙馬都尉，未成禮而公主卒。"①

和璧：《録異記》："歲星之精墜于荆山，化而爲玉。側而視之，色碧。正而視之，色白。卞和得之，獻楚王，後入趙，獻秦始皇，一統天下，琢爲受命璽。李斯篆其文，歷世傳之，爲傳國寶。"

患：《字典》叶"懸"。

關：《韻補》叶"涓"。

張子房

興亂：何曰："《尚書·説命》云：'與亂，罔不亡。''興'字當爲傳寫之誤。"

三殤：《東坡志林》："苟戾暴三傷，此謂上中下傷，言秦無道，戮及孥稚也。"② 《通考》："陳氏曰：東坡謂五臣荒陋，'三殤'引'苟政猛於虎，以夫與父爲殤'，非是。然此説乃

---

① 出自《晉書》（卷四十四）："選尚武帝女滎陽長公主，拜駙馬都尉，未成禮而公主卒。"“滎陽公主”應爲“滎陽長公主”，文中脱“長”字。

② （宋）蘇軾《東坡志林》（卷一）："苟戾暴三殤，此禮所謂上中下殤，言暴秦無道，戮及孥稚也。"【校】文中二“傷”字均應爲“殤”。“此謂”應爲“此禮所謂”。“秦”前脱“暴”字。

本於善也。"①

薄：舊音"博"。

搶：鏘。

幽叟：《録異記》："堯舜時，五星自天而霣，一是土之精，墜于穀城山下，其精化爲圯橋老人，以兵書授張子房。"②

薄：何曰："韋昭曰'氣往迫之爲薄'。"

一方：翰曰："瞻時爲豫章太守，遥以和此。"

注 王逸楚辭注：五字删，增"莊子堯治天下之民"八字。

見四："見"下增"在"字。

秋胡

時：五臣作"人"。

所：善作"此"。

此：六臣作"比"。

注 謂道中："謂"改"畏"。

五君詠 《宋書·顔延之傳》："出爲永嘉太守，甚怨憤，乃作《五君詠》。劉湛及彭城王義康以其辭旨不遜，大怒，時延

---

① （南宋）馬端臨《文獻通考》（卷二百四十八）《經籍考》七十五："陳氏曰：後人并李善元注合爲一書，名《六臣注》，凡六十卷。東坡謂五臣乃俚儒之荒陋者，反不及善。如謝瞻詩'苛慝暴三殤'，引'苛政猛於虎，以舅與夫爲殤'，非是。然此説乃本於善也。"【校】《通考》爲《文獻通考》的省稱。"陳氏曰"後脱"後人并李善元注合爲一書，名《六臣注》，凡六十卷。""謂五臣"後脱"乃俚儒之"四字，"荒陋"後脱"者反不及善如謝瞻詩苛慝暴"十一字。"以夫與父"應爲"以舅與夫"。

② （唐）杜光庭《録異記》（卷七）："帝堯時，有五生自天而霣。一是土之精，墜於穀城山下，其精化爲圯橋老人，以兵書授張子房。"【校】"堯舜"應爲"帝堯"。"五星"應爲"有五生"。"自天而霣"應爲"自天而霣"。

之已拜，欲黜爲遠郡，太祖乃以光禄勳車仲遠代之，延之屏居里巷，不與人間者七載。"①

劉參軍注

神將："將"改"遊"。

阮始平　《野客叢書》："徐羨之不悦延年出爲始安太守，謝晦謂延年曰：'昔荀勗忌阮咸，出爲始平郡。今卿爲始安，可謂二始。'延年後，復爲劉湛，出爲永嘉太守，怨憤之甚，故有是作。"

官：五臣作"宦"。

一麾：《潘子真詩話》："屢薦不入官，一麾乃出守。蓋謂山濤三薦咸爲吏部郎，武帝不能用，荀勗一麾之，則左遷始平太守。"沈括《夢溪筆談》："自杜牧爲《樂遊原》詩云'擬把一麾江海去，樂遊原上望昭陵'，始謬用'一麾'，自此遂爲

---

①　（梁）沈約《宋書·顏延之傳》："出爲永嘉太守。延之甚怨憤，乃作《五君詠》以述竹林七賢，山濤、王戎以貴顯被黜，詠嵇康曰：'鸞翮有時鎩，龍性誰能馴。'詠阮籍曰：'物故不可論，塗窮能無慟。'詠阮咸曰：'屢薦不入官，一麾乃出守。'詠劉伶曰：'韜精日沉飲，誰知非荒宴。'此四句蓋自序也。湛及義康以其辭旨不遜，大怒。時延之已拜，欲黜爲遠郡，太祖與義康詔曰：'降延之爲小邦不政，有謂其在都邑，豈動物情，罪過彰著，亦士庶共悉，直欲選代，令思愆里閭。猶復不悛，當驅往東土。乃志難恕，自可隨事録治。殷、劉意咸無異也。'以光禄勳車仲遠代之。延之與仲遠世素不協，屏居里巷，不豫人間者七載。"【校】《五君詠》後脱"以述竹林七賢"至"此四句蓋自序也"等內容。"劉湛及彭城王義康"應爲"湛及義康"，文中多"劉""彭城王"等四字。"太祖"後脱"與義康詔曰：'降延之爲小邦不政，有謂其在都邑，豈動物情，罪過彰著，亦士庶共悉，直欲選代，令思愆里閭。猶復不悛，當驅往東土。乃志難恕，自可隨事録治。殷、劉意咸無異也'"等內容。"延之"後脱"與仲遠世素不協"七字，"與"應爲"豫"。

故事。"

守：去。

注 聲高：下增"聲高"二字。

向常侍

觀書：《向秀別傳》："秀與稽①康、呂安爲友，趣舍不同，康傲世不羈，安放逸邁俗，而秀雅好讀書。"

注 十人："人"改"家"。

詠史

（鮑）

注

市師："師"改"帥"。

車載："載"改"戴"。

霍將軍

涼：五臣作"窮"。

瀚海：良曰："北海名。"

隴頭：何曰："隴頭、玉門皆非幽、并，不待梁元帝《關山月》詩，地理錯誤。"②

---

① 文中"稽"應爲"嵇"。
② （清）何焯《義門讀書記》（卷四十六）："曰隴頭、曰玉門，皆非幽、并地，不待梁元帝《關山月》詩，地理謬誤也。"【校】"隴頭、玉門"應爲"曰隴頭、曰玉門"，脱二"曰"字。"皆非幽、并"後脱"地"字，"地理錯誤"應爲"地理謬誤"，句末脱"也"字。

麟閣：《廟記》："麒麟閣，蕭何造。"張晏《漢書注》："武帝獲麒麟時作此閣，圖畫其象，遂以爲名。"① 案：《漢書》："圖畫麒麟閣十一人，并宣帝中興輔佐。霍去病，武帝元狩六年薨，不得與麒麟閣。"

注 涿郡："郡"改"邪"。

《百一》題注

在仕："仕"改"事"。

自侮：六臣"侮"作"誨"。

詩 譽：舊平聲。

如：五臣作"知"。

注 韓詩："詩"改"子"。

十重：下增"緹"字。

遊仙

何敬祖：《晉書》："何曾子驕奢簡貴，亦有父風。一日之供以錢二萬爲限。"②

柏：《字典》叶"搏"。

石：何讀"芍"。

注 緱山："山"上增"氏"字。

---

① 《漢書》顏師古注："張晏曰：'武帝獲麒麟時作此閣，圖畫其象於閣，遂以爲名。'"【校】"張晏《漢書注》"應爲"《漢書·顏師古注》張晏曰"。"圖畫其象"後脱"於閣"二字。

② （唐）房玄齡《晉書》（列傳第三）："而驕奢簡貴，亦有父風。衣裘服翫，新故巨積。食必盡四方珍異，一日之供以錢二萬爲限。"【校】"驕奢簡貴"前無"何曾子"三字，文中此處脱"而"字。"亦有父風"後脱"衣裘服翫，新故巨積。食必盡四方珍異"等内容。

遊仙

（郭）一 窟：五臣作"客"。

萊：《韻補》音"黎"。

羝：低。

注 以取："以"改"必"。

二 道士：《樓觀本紀》："周穆王尚神仙，因尹真人草制樓觀，遂召幽逸之人，置爲道士。"

注 而媒："而"改"爲"。

三 洪崖：《列仙傳》："洪崖先生姓張氏，堯時已三千歲。"

注 放迹："迹"改"遊"。

龍輴："輴"改"轎"。

四 向：五臣作"令"。

注 推心："推"改"拊"。

五首注 之珠：何曰："宋本作'皆何'。"

六 縣：舊平聲。

涌：五臣作"浮"。

頤：叶"骸"。

九 垓：銑曰："九天也。"

注 捕導："捕"改"補"。

四人：何曰："宋本'四'作'五'。"

七首注 管仲晏子：何曰："宋本無'仲''子'二字。"

招隱

（左）一 雲：何曰："《宋本》'雪'。"①

---

① （清）何焯《義門讀書記》（卷四十六）："招隱（左）一 雲：'雲'字當從《宋本》作'雪'爲更佳。"【校】"《宋本》'雪'"應爲"'雲'字當從《宋本》作'雪'爲更佳"。文中引用時作簡略處理。

二 彈冠：何曰："此本'新沐者必彈冠'非王貢事。"

撰：五臣作"極"。

反招隱

首陽：曹大家《幽通賦注》："夷齊餓于首陽山，在隴西。"[1]
馬融《論語注》："在河東蒲坂縣，華山之北，河曲之中。"《說
文》："在遼西。"戴延之《西征記》："洛陽東北去首陽山二十
里，山上有伯夷叔齊祠。"《史記正義》："是今清源縣首陽山，
在岐陽西北。"《一統志》："在山西平陽府，蒲州東南三十里，
即《禹貢》雷首山也，伯夷叔齊隱此，上有夷齊墓并廟。"[2]

南州

殷仲文：《殷仲文傳》：[3]"謝靈運嘗云'若殷仲文讀書半袁豹，
則文才不減班固'，言其文多而見書少也。"

題注 擅道：六臣"擅"作"檀"。

詩注 輲輿：下增"後"字。

遊西池

有來：五臣無此二句。

注 中取："取"改"坂"。

---

① （唐）張守節《史記正義》："曹大家注《幽通賦》云：'夷齊餓于首陽山，
在隴西首。'"【校】文中出處爲《史記正義》，"注"字在"《幽通賦》"
前，"《幽通賦》"後脫"云"字，"在隴西"後脫"首"字。

② （明）李賢《大明一統志》（卷十三）："在山西平陽府，蒲州東南三十里，即
《禹貢》雷首山也，殷伯夷叔齊隱此，上有夷齊墓并廟。"【校】"《一統
志》"應爲"《大明一統志》"。文中衍"在山西平陽府"一句。"伯夷"前
脫"殷"字。

③ 出自《晉書·殷仲文傳》。

泛湖

橈：舊音"饒"。

瀏瀏：五臣作"飅飅"，音"劉"。

從游　濟曰："從宋高祖。"

晚出

嵐：婪。

登池上樓

智：何曰："一作'習'。"①

空林：六臣下有"衾枕昧節候，褰開暫窺臨"二句。注曰："善無。"

遊南亭

觀：善作"覯"。

良知：向曰："友"。

注 客會："會"改"舍"。

遊赤石

首夏：何曰："唐人省試命題作'夏首'。"

壖：人緣切。

注 飭智："飭"改"飾"。

---

① （清）何焯《義門讀書記》（卷四十六）中"《登池上樓》"的注釋中無關於"智"的注釋。

石壁

清暉：《老學庵筆記》：“國初尚《文選》，當時文人專意此書，故草必稱‘王孫’，梅必稱‘驛使’，月必稱‘望舒’，山水必稱‘清暉’。”

憺：淡。

登石門

抗：五臣作“枕”。

排：《字典》叶“鎜”。

《於南山往北山》題注

永歸：“永”改“未”。

灙：鄭玄《毛詩音》：“濛，在容反。”善注：“‘灙’與‘濛’同。”

天雞：《楊文公談苑》：“淮南張佖知舉進士，試《天雞弄和風》詩。佖但以《文選》中詩句出題，未曾詳究。有進士白試官云：‘《爾雅》天雞有二，未知孰是？’佖大驚不能對，亟取《爾雅》，檢《釋蟲》有：‘螒，天雞，小蟲，黑身赤頭，一名莎雞。’《釋鳥》有：‘鶡，天雞，赤羽。’江東士人深於學問有如此者。”[1] 案：善注引《釋鳥》。

---

[1] （宋）楊億《楊文公談苑》：“淮南張佖知舉進士，試《天雞弄和風》，佖但以《文選》中詩句爲題，未嘗詳究也。有進士白試官云：‘《爾雅》螒，天雞；鶡，天雞。天雞有二，未知孰是？’佖大驚不能對，亟取《爾雅》，檢《釋蟲》有‘螒，天雞，小蟲，黑身赤頭，一名莎雞，一名樗雞’。《釋鳥》有‘鶡，天雞，赤羽。《逸周書》曰：文鶡若彩雞，成王時蜀人獻之’。江東士人深於學問有如此者。”【校】文中“《天雞弄和風》”後多“詩”字。“天雞有二”前脫“螒，天雞；鶡，天雞”兩句。“莎雞”後脫“一名樗雞”四字。“赤羽”後脫“《逸周書》曰：文鶡若彩雞，成王時蜀人獻之”一句。

從斤竹澗

峴：賢，上聲。

《觀北湖田收》題注

十一年：六臣"一"作"二"。案：《宋書》《南史》少帝景平並止二年，汲古本"十一年"、六臣本"十二年"並誤。

詩 爭光：五臣作"文映"。

仟：千。

注 滿也：六臣"滿"作"儲"。

侍遊蒜山　銑曰："觀詩意乃不得從駕，恐題之誤。"

園縣：何曰："《宋書·文帝紀》：'元嘉二十六年二月己亥，車駕陸道幸丹徒，謁京陵。'"

故里：濟曰："晉之東遷，劉氏來居晉陵丹徒之京口，故曰故里。"何曰："《文帝紀》'晉安帝義熙三年生于京口'。"

春江：何曰："其還也，車駕水路發丹徒。"

曲阿　《大業拾遺記》："曲阿，秦時名'雲陽'。太史云：'東南有天子氣，故鑿此岡令曲阿，因名。'"

胤：翰曰："繼也。"

行藥　良曰："昭因疾服藥，行而宣導之。"

照：何曰："宋本作'昭'。"

遊東田　何曰：“齊武帝文惠太子立樓館于鍾山下，號曰東田。”①

悰：竇。

蕑閣：葉廷珪《海録》：“芝閣也。”

從冠軍

市井：何曰：“《南史·江淹传》景素爲荆州淹從之鎮。少帝即位，多失德，景素專據上游，咸勸因此舉事。淹每從容進諫，景素不納，末章托意賈生，示不欲如市賈，相求爲同惡也。”②

幸：五臣作“奉”。

注 城淵、山靈：“城”改“承”，“山”改“仙”。

《鍾山》題注

棐子：“棐”改“裴”。

詩 地險：六臣作“險峭”。

互、無、爲：五臣作“分、何、終”。

昆明池：《御覽京都記》曰：“從北望鍾山似宮亭，湖望廬岳，齊武帝理水軍于此中，號曰昆明池，故沈約《登覆舟山詩》曰‘南瞻儲胥館，北望昆明池’即此爾。永嘉末有龍見于湖

---

① （清）何焯《義門讀書記》（卷四十六）：“齊武帝時，文惠太子立樓館于鍾山下，號曰東田。”【校】文中“齊武帝”後脱“時”字。

② （清）何焯《義門讀書記》（卷四十六）：“《宋史·江淹傳》：‘景素爲荆州淹從之鎮。少帝即位，多失德，景素專據上游，咸勸因此舉事。淹每從容進諫，景素不納，末章托意賈生，蓋示不欲如市賈，相求爲同惡也。’”【校】《南史·江淹傳》應爲《宋史·江淹傳》。文中“示不欲如市賈”前脱“蓋”字。

内，故改爲玄武湖。"

注 爲關："關"改"闕"。

神仙者："仙"改"山"。

頂経："経"改"經"。

此中："此"改"其"。

瓦者：六臣"瓦"作"兀"。

《宿東園》注

厲疾："厲"改"號"。

杜預："杜"改"任"。

遊沈道士館　翰曰："道士沈恭。"

望仙：何曰："西岳華山碑曰'孝武皇帝立宮其下，宮曰集靈宮，殿曰存仙殿，門曰望仙門。'"

遇可：五臣無此二句。

注 遇風：改"遙興"。

《古意》題注

長史：何曰："《南史·到漑傳》：'湘東王爲會稽，到漑爲輕車長史，行府郡事。'"

徐敬業：何曰："《徐勉傳》：'徘出宮坊者，歷年，以足疾出爲湘東王友。'"①

詩 上谷：何曰："上谷北邊郡，樓蘭在西域，齊梁詩筆地理多

---

① （清）何焯《義門讀書記》（卷四十六）："《徐勉傳》：'徘出宮坊者，歷稔，以足疾出爲湘東王友。'"【校】文中"歷年"應爲"歷稔"。

不可考。"①

陴：脾。

詩丙

詠懷　《阮籍傳》：②"作《詠懷詩》八十餘篇，爲世所重。"

阮嗣宗：《魏氏春秋》："阮瑀子。"

二首注　交甫：上增"鄭"字。

伯且君：何曰："'且'字衍，宋本同。"

四　永世：五臣作"千載"。

注　歲夜："夜"改"後"。

五　託、媚：五臣作"訖、美"。

八　趙李：何曰："《漢書·外戚傳》：'鴻嘉後隆于內寵，班婕妤侍者李平得幸，立爲婕妤。其後，趙飛燕姊弟亦從微賤興，趙、李並稱，當指此序。傳有及趙、李諸侍中'引滿舉白、談笑大噱'之語'。"③

九　鉤：善作"拘"。

十一　詩書：六臣作"書詩"。

---

① （清）何焯《義門讀書記》（卷四十六）："上谷北邊郡，而樓蘭在西域，齊梁中詩筆地理多不審。"【校】"樓蘭"前脫"而"字。"多不可考"應爲"多不審"。

② 出自《晉書·阮籍傳》。

③ （清）何焯《義門讀書記》（卷四十六）："《漢書·外戚傳》鴻嘉後，隆于內寵，班婕妤侍者李平得幸，立爲婕妤。上曰：'始衛皇后亦從微起，乃賜平姓衛。'所謂衛婕妤也。其後，趙飛燕姊弟亦從微賤興，踰制越禮，寖盛于前，趙、李並稱，當指此序。傳有及趙、李諸侍中'引滿舉白、談笑大噱'之語。注誤也。"【校】"立爲婕妤"後脫"上曰：始衛皇后亦從微起，乃賜平姓衛。所謂衛婕妤也"這一句。"亦從微賤興"後脫"踰制越禮，寖盛于前"八字。

悟：善作"悟"。

十二 相：五臣作"自"。

鶉火中：何曰："嘉平六年九月，司馬廢帝爲齊王。十月，立高貴鄉公，嗣宗詩蓋爲此。"①

十四首注 有飲："飲"改"飢"。案：《韓非子》作"有飲"。

十五 出：五臣作"山"。

十六 閑游：五臣作"游閑"。

以：五臣作"用"。

秋懷

晏：按。

琴：六臣作"瑟"。

淺：五臣作"波"。

串：沈璇《爾雅注》："古患反。"

注 蔑比："比"改"彼"。

臨終

所、若、邁：五臣"所"作"嬌"，無"若"字，"邁"下多"其"字。

太行：何曰："亦讀如字，《列子》作'大形'。"

汲：桓。

---

① （清）何焯《義門讀書記》（卷四十六）："嘉平六年二月，司馬師殺李豐、夏侯泰初等。三月，廢皇后張氏。九月，遂廢帝微齊王。十月，立高貴鄉公。嗣宗詩蓋謂此也。"【校】"九月"應爲"二月"，"司馬廢帝爲齊王"應爲"司馬師殺李豐、夏侯泰初等"。"十月"前脫"三月，廢皇后張氏。九月，遂廢帝微齊王"二句。"爲此"應爲"謂此"。句末脫"也"字。

注 四時："時"改"皓"。

幽憤

繾：同"禩"。

爰及冠帶，憑寵自放：善無。

尚：善作"上"。

昔慙：《石林詩話》："嵇康《幽憤詩》'昔慙柳下，今愧孫登'，蓋志鍾會之事。"[①]

孫登：王隱《晉書》："孫登即阮籍所見者也，嵇康執弟子禮而師焉。"《孫登別傳》："字公和，汲郡人。"

嚴鄭：《三輔決錄》："子真名樸，君平名遵。"

滄浪：《地說》："水出荆山東南，流爲滄浪之水。"

奮、予情、予獨：五臣"奮"作"勵"，二"予"字作"子"。

注 抱僕："僕"改"璞"。

發論："論"改"語"。

朋叡："朋"改"明"。

鄭于："于"改"子"。

七哀

（曹）向曰："七哀謂：痛而哀，義而哀，感而哀，怨而哀，耳目聞見而哀，口歎而哀，鼻酸而哀也。"吴兢《樂府古題要解》："《七哀》起於漢末。"

---

① 《石林詩話》："嵇康《幽憤詩》云：'性不傷物，頻致怨憎。惜慙下惠，今愧孫登。'蓋志鍾會之悔也。"【校】文中"《幽憤詩》"脱"云性不傷物，頻致怨憎"九字。"之事"應爲"之悔也"。

依：何曰："烏皆切，白詩猶如此用。"

七哀

(王) 二首注 曰昳：六臣 "昳" 作 "映"。

七哀 張孟陽：《晉書》："安平人。"

一 壘壘：舊平聲。

掃：何讀 "暑"。

注 文帝：何曰："《靈帝紀》'葬文陵'、注中'文帝''文'字'靈'之誤。"①

二 烏：五臣作 "鳥"。

蜻蜓：善音 "精列"。

悼亡

一 克、栖：五臣作 "尅、飛"。

隟：古文 "隙"。

注 無生："生" 上增 "形非徒無，形而本無" 八字。

二 髣髴：六臣上 "髣" 字作 "髴"。

涕目：五臣作 "淚自"。

注 卒歌：何曰："非卒歌乃病，而預爲遺令，欲立石墓前云云，已而復愈。"

---

① （清）何焯《義門讀書記》（卷四十六）："《後漢靈帝紀》：靈帝所葬者曰文陵，則注中'文帝'乃'靈帝'之誤也。"【校】"葬'文陵'" 應爲 "靈帝所葬者曰文陵"，"注" 前脫 "則" 字，"'文帝''文'字'靈'之誤" 應爲 "'文帝'乃'靈帝'之誤也"。

廬陵王

雲陽：《越絕書》："無錫縣西，故雲陽縣。"

結、灑：五臣作"切、瀝"。

注 見徐："見"改"則"。

甚也：何曰："宋本無'也'字。"

拜陵廟

軫：五臣作"軾"。

壯：善作"牡"。

注 冬助："冬"改"各"。

逸晉、如遇：六臣"逸"作"隱"，"如"作"知"。

容依："依"改"衣"。

銅雀臺

陸翽《鄴中記》："臺在彰德府臨漳縣。"《劉公嘉話》："北齊高洋毀銅雀臺，築三箇臺。"

繐：舊音"歲"。

井幹：翰曰："銅雀臺，一名井幹樓。"

《哭范僕射》題注

義與："與"改"興"。

傳舍言也：《釋名》作"傳傳"也。

誦詩：詩上增"古"字。

任彥昇：《梁書》："樂安博昌人。"

詩 運阻：五臣無此二句。

值：治。

注 東廡：改“吏部”。

贈答一

《贈蔡子篤》題注

官名：上增“百”字。

詩 邦：叶音見《海賦》。

江行：何曰：“《藝文類聚》‘行’作‘衡’。”

與：上聲。

風、翻：並叶“弗沿切”。

注 鹿醢：“鹿”改“麇”。

《贈士孫》題注

今詩：“詩”改“時”。

詩 處：五臣作“起”。

居：叶音見《西京賦》。

所之：何曰：“宋本‘之’作‘主’。”

澧：舊音“禮”。

注 詞高：“詞”改“高”。

贈文叔良

賢：五臣作“貞”。

異于：善作“于異”。

注 之告、視聽、以于：“之”字删，“視”改“親”，“于”改“干”。

之天：“之”改“知”。

言江漢：此下五句考六臣本即良注，但辭小異。

贈五官

一 鐙：善注與“燈”同。

甘、歡：善作“其、歎”。

三 鐙：五臣作“燈”。

四 霜氣：五臣作“氛霜”。

注 儀制：“制”改“注”。

贈從弟

一 華紛何擾弱：六臣作“華葉紛擾溺”。

贈答二

贈徐幹

（曹）注 窗間：上增“楯”，下增“子”字。

贈丁義 六臣“義”作“儀”。向曰：“《魏志》云儀有文才’。”《魏略》：“丁義，沛郡人，與臨淄侯親善。”《魏志》：“文帝即王位，誅丁儀、丁翼。”

澤：鐸。

獲：鑊。

客：《字典》叶“恪”。

惜：何讀“削”。

注 人寒：六臣下有"公曰：善，遂出裘發粟"八字。

贈王粲

攬、自：五臣作"攬、遂"。

又贈

西京：何曰："《魏志》曰：'建安二十三年七月，治兵，遂西征劉備。九月至長安，此其事也。征魯未嘗至長安，自陳倉以出散關也。'又曰：注以《王粲傳》建安二十一年從征吳。二十二年春，道病卒，故以爲征張魯。按：《文帝書》徐、陳、應、劉一時俱逝，獨不言粲，則粲亡在二十二年後矣。"案：《文帝書》但敘疫死親故，粲既征吳道卒，不復與鄴下疾疫，故不及粲，非《本傳》與《帝書》牴牾。①

岑：五臣作"峯"。

贈白馬

《續漢書》："東郡有白馬縣。"何曰："按：《彪傳》：②'是時爲吳王，五年改封壽春縣，七年乃徙白馬。'"

---

① （清）何焯《義門讀書記》（卷四十六）："《魏志》曰：建安二十三年秋七月，治兵，遂西征劉備。九月至長安，此其事也。征魯未嘗至長安，自陳倉以出散關也，注誤。李氏注：此詩以爲征張魯時作者，蓋以《魏志·王粲傳》，粲以建安二十一年從征吳。二十二年春，道病卒。若二十三年西征，爲粲已亡故也。按：《文帝書》云：徐、陳、應、劉一時俱逝，獨不言粲，則粲亡在二十二年後矣。"【校】"建安二十三年"後脱"秋"字。"自陳倉以出關也"後脱"注誤"二字。"又曰注"應爲"李氏注"。"《王粲傳》"前脱"此詩以爲征張魯時作者，蓋以《魏志》"等十四字。"《王粲傳》"前多"以"字，其後脱"粲以"二字。"故以爲征張魯"此句衍，"道病卒"後脱"若二十三年西征，爲粲已亡故也"一句。

② 《三國志·魏志·楚王彪傳》。

王彪：《魏志》：“武皇帝孫姬生楚王彪。”何曰：“《魏氏春秋》曰：是時待遇諸國法峻，任城王暴薨，諸王既有友干之痛，植及白馬王彪還國，欲同路東歸，以敘隔闊之思，而監國使者不聽，植發憤告離而作詩。”①

東路：何曰：“東，一作‘道’。”

難進、孤獸：何曰：“《魏氏春秋》‘難進’作‘何念’，‘孤獸’一連在‘歸鳥’一連上。”

何留：善本“何”作“可”。

一往形不歸：《世説》：“魏文帝忌弟任城王驍壯，因在卞后閣共圍棊，並噉棗，文帝以毒置諸棗蔕中，自選可食者而進，王弗悟，遂中毒卒。”

喑：《春秋左氏音義》：“子夜反。”

憂思：何曰：“今本《魏志》無‘憂思’二句。”

贈丁翼　　《文士傳》：“廙少有才姿，博學洽聞。”何曰：“《魏志》‘翼’作‘廙’。”

謳：吁。

贈秀才

二　疇：向曰：“匹也。”

三　出遊：五臣作“遊之”。

注　得魚也、得兔也：二“得”字改“在”。

---

① （清）何焯《義門讀書記》（卷四十六）：“是時待遇諸國法峻，任城王暴薨，諸王既懷友于之痛，及白馬王彪還國，欲同路東歸，以敘隔濶之思，而監國使者不聽，植發憤，告離而作詩。”【校】“干”應爲“于”，“及白馬王彪還國”前衍“植”字。

四 手揮五絃：《晉書》："顧愷之每重嵇康四言詩，因爲之圖，恒云：'手揮五弦易，目送歸鴻難。'"

注 平帷："帷"改"帳"。

贈山濤

司馬紹統：何曰："彪本高陽王睦長子，少好色蕩行，爲睦所責，不爲嗣。由此不交人事，專精群籍。"①

倥：控。《楚辭補注》音"孔"。

傯：《集韻》"傯"音"總"，俗作"傯"。

馳：五臣作"遲"。

注 幽昧："幽"改"悠"。

之北：何曰："《宋本》'北'作'山'。"

答何劭

一 辱殆：五臣作"殆辱"。

注 隃魚："隃"改"儵"。

贈張華

何敬祖：良曰："臧榮緒《晉書》云：'何劭，姿望甚長者，爲太子師，與華相善。'"

廣武：何曰："廣武、壯武地名互異。"

---

① （清）何焯《義門讀書記》（卷四十六）："彪本高陽王睦長子，少好色蕩行，爲睦所責，不得爲嗣。由此不交人事，而專精學習，博覽群籍。按：此則其求知于山公，蓋非獲己，不容概譏之也。"【校】文中二"睦"字皆應爲"睦"。"專精群籍"應爲"而專精學習，博覽群籍"。脫何焯按語"此則其求知于山公，蓋非獲己，不容概譏之也"。

注 嬴縮："嬴"改"嬴"。

氣臑："臑"改"腜"。

贈馮文熊①

晉：《周禮釋文》音"箭"。

問：五臣作"門"。

迪：《字典》迪叶"鐸"。

洽：六臣作"給"。

非：善作"悲"。

注 高縱："縱"改"蹤"。

功記："功"改"工"。

答賈長淵序

云爾：五臣無。

詩、泯、振：舊並平聲。

祚：五臣作"祖"。

蛇：駝。

狂狷：五臣作"狷狂"。

注 丁德："德"改"敬"。

陳竇："竇"改"實"。

與士龍

予：與。

林：善作"外"。

———————————

① 【校】應是《贈馮文羆》。

注 以哭："哭"改"琴"。

贈尚書

二 潢：何曰："宋本'黄'。"

贈顧交阯

裔：叶音見《東京賦》。

五嶺：鄧德明《南康記》："大庾，一也；桂陽甲騎，二也；九真都龐，三也；臨賀萌渚，四也；始安越城，五也。"

贈從兄

背：《謝氏詩源》："堂北曰背，堂南曰襟。故陸士衡詩曰'安得忘歸草，言樹背與襟'。言前後皆樹庶幾其忘也。"

注：爲魄經："爲"改"謂"。

答張士然

（士衡）嘉穀：何曰："保州行臺東偏起嘉穀，軒芝產於梁予集，嘉穀垂重穎，靈芝冠衆芳，爲室中桃符云。"

《爲顧彦先贈婦（士衡）》題注

令彦："令"改"全"。

一 緇：滓。

浙江：《山海經注》："江出歙縣玉山。"

注 章白："白"改"句"。

六翻："翻"改"飜"。

二 弦：五臣作"絃"。

括：六臣作"筈"，舊音"括"。

《贈馮文熊》[①] 注

常者：改"惡金"。

贈弟

岳：何讀"獄"。

贈陸機

黃、符：何曰："宋本'黃'作'王'，'符'作'圖'。"

安：善作"宣"。

注 祖授："祖"改"沮"。

捷爲："捷"改"犍"。

悉統："統"改"總"。

贈陸機

潘正叔：《文士傳》："滎陽人，祖勗，尚書左丞。"《晉書》："潘岳從子。"

羽：何曰："宋本'乃'。"

僂："樓、僂"二音。

注 季凡："凡"改"扎"。

---

① 【校】應是《贈馮文罷》。

贈河陽

處: 善作 "密"。

注 使追: 下增 "使" 字。

贈侍御史

廈: 六臣作 "厦"。

文選音義卷六

吳郡　余蕭客（仲林）輯著
同郡　包超（靜山）、陳家穀（莘洲）參定

詩丁

贈答三

贈何劭
傅長虞：《晉書》：“傅玄子。”
序 家艱：六臣下有“心存目替”四字。注曰：“善無。”
詩注 臣瓚：“瓚”改“瓚”。

答傅咸　何曰：“按詩乃贈傅，非答。”①

爲顧彦先贈婦（士龍）　向曰：“集云：《爲顧彦先贈婦》
二首，《爲婦答》亦二首，此是婦答。”
二 總章：何曰：“《後漢·獻帝紀》：‘總章始復備八佾之
舞。’注：總章，樂官名，古之《安世樂》，是女伎兼領于

---

① （清）何焯《義門讀書記》（卷四十六）：“按：詩乃贈傅，非答也。”【校】文中“非答”後”脱“也”字。

總章耳。"①

清彈：何曰："王僧虔《論三調歌》曰：'今之清商，實由銅雀。'然'清彈'謂'清商樂'也。"

《答兄機》注

酸者：六臣無"酸者"至"通義"二十四字，有"故言南北以報之《楚辭》曰'江河廣而無梁'"十六字。

向曰、濟曰："向曰"即向注，"濟曰"呂延濟注，下篇注"翰曰"李周翰注，"銑曰"張銑注，并五臣注誤入。

答盧諶

劉越石：王隱《晉書》："中山魏昌人，爲段日磾所害。"何曰："善曰：'《王隱晉書》曰：劉琨，字越石，中山静王之後也。初辟太尉隴西秦王府，未就，尋爲博士，未之職。永嘉中爲并州刺史，與盧志親善。志子諶，琨先辟之，後爲從事中郎。段辟磾領幽州，求爲別駕，諶牋詩與琨，故有此答。'"

序 苦言、經通：何曰："善曰：'張平子書曰：酸者不能不苦於言。'董仲舒對策曰：'天地之常經，古今之通義。'"

悲：五臣作"喜"。

歡然以喜：五臣無。

當於：六臣"於"作"與"。

___

① （清）何焯《義門讀書記》（卷四十六）："《後漢書·獻帝紀》：'總章始備八佾之舞。注云：總章，樂官名，古之《安世樂》，是女伎兼領于總章耳。'"【校】文中"《後漢·獻帝紀》"爲"《後漢書·獻帝紀》"的省稱。"備"前多"復"字。

妄：善作"忘"。

奚：五臣有"非"字。

注 宾零："宾"改"寞"。

詩 域：郁。

因：六臣作"滘"。

播：波。

新婚：六臣下有"不慮其敗，惟義是敦"二句。注曰：善無。

伴、竿：並上聲。

情：五臣作"憤"。

虛滿伊何蘭桂移植：善無。

東、西：翰曰："東幽州，西并州。"

光光段生出幽遷喬：善脱。

注 善馬："馬"改"鳥"。

來救、原太原："來"改"求"，下"原"字改"守"。

勒圍：下增"演"字。

《重贈盧諶》題注

激諶：下增"諶"字。

詩 叟：舊協平聲。《蔡寬夫詩話》："秦漢以前字書未備，既多假借，而音無反切，平側皆通用。魏晉間此體猶在。劉越石'握中有白璧，本自荆山璆，惟彼太公望，昔在渭濱叟'。潘安仁'位同單父邑，愧無子賤歌，豈敢陋微官，但恐忝所荷'是也。"

鴻門：《劉琨傳》："琨爲匹磾所拘，自知必死，爲五言詩《贈其別駕盧諶》。遠想張陳，感鴻門、白登之事用以激諶。"①

夕陽：《宋子京筆記》："山東曰朝陽，山西曰夕陽，指山之處耳。後人便用'夕陽忽西流'。"②

贈劉琨書

庶：五臣作"度"。

府朝：翰曰："謂琨爲司空，三公有府朝也。"

注 曰於山："於"改"行"。

詩覬：舊音"冀"。

罷：五臣作"羅"。

退：叶音見《魏都賦》。

䃴：低。

---

① （唐）房玄齡《晉書·劉琨傳》："斯謀未果，竟爲匹磾所拘。自知必死，神色怡如也。爲五言詩《贈其別駕盧諶》曰：'握中有懸璧，本自荊山球。惟彼太公望，昔是渭濱叟。鄧生何感激，千里來求식。白登幸曲逆，鴻門賴留侯。重耳憑五賢，小白相射鈎。能隆二伯主，安問黨與讎！中夜撫枕歎，想與數子遊。吾衰久矣夫，何其不夢周？誰云聖達節，知命故無憂。宣尼悲獲麟，西狩泣孔丘。功業未及建，夕陽忽西流。時哉不我與，去矣如雲浮。朱實隕勁風，繁英落素秋。狹路頌華蓋，駭駟摧雙輈。何意百煉剛，化爲繞指柔。'琨詩托意非常，攄暢幽憤，遠想張陳，感鴻門、白登之事，用以激諶。"【校】文中《劉琨傳》出自《晉書·劉琨傳》。"爲匹磾所拘"前多"琨"字，脫"斯謀未果竟"五字。"自知必死"後脫"神色怡如也"一句。文中《贈其別駕盧諶》詩的內容全部沒有引用。"遠想張陳"前脫"琨詩托意非常，攄暢幽憤"十字。

② （宋）宋祁《宋景文公筆記》："山東曰朝陽，山西曰夕陽，故《詩》曰：'度其夕陽。'又曰：'梧桐生矣，於彼朝陽。'指山之處耳。後人便用'夕陽爲斜日'誤矣，予見劉琨詩'夕陽忽西流'，然古人亦誤用久矣夫。"【校】"《宋子京筆記》"亦稱"《宋景文公筆記》"。"山西曰夕陽"後脫《詩》曰：'度其夕陽。'又曰：'梧桐生矣，于彼朝陽'二句。"後人便用"後脫"'夕陽爲斜日'誤矣，予見劉琨詩"十二字。句末脫"然古人亦誤用久矣夫"一句。

識：試。

注 下大、而北："大"改"六"，"北"改"比"。

崔瞿："瞿"改"曜"。

鄭子："鄭"改"慎"。

是人斯：上增"孰"字。

自麃："自"改"斯"。

年夫："夫"改"矣"。

苔焉以："苔"改"嗒"，"以"改"似"。

夫差以："夫差"改"勾踐"。

《贈崔溫》注

自武："自"改"何"。

贈魏子悌①

易：入。

晉昌：何曰："即指越石晉陽之敗。"又曰："《晉地理志》惠帝改新興郡爲晉昌，統九原、雲中、定襄、廣牧、晉昌五縣在并州，所統一國五郡之中。"②

---

① 【校】應是《答魏子悌》。

② （清）何焯《義門讀書記》（卷四十六）："注引王隱《晉書》曰：'惠帝以燉煌土界闊遠，分立晉昌郡。'又曰：'晉昌護匈奴中郎將，別領户，然時匹磾爲此職，諶在匹磾所，難斥言之，故曰晉昌也。'按：晉昌艱即指越石晉陽之敗。越石父母令狐泥所害，諶父母兄弟亦爲劉聰所害，陽與昌音相近，傳寫誤也。晉雖設晉昌護匈奴中郎將，考匹磾生平未爲此職，安得而附會之。況晉昌乃燉煌所分，遠在隴右，而匹磾方爲幽州刺史，尤如風馬牛之不相及也。"【校】文中所引部分與原文出入較大，"又曰，《晉地理志》惠帝改新興郡爲晉昌，統九原、雲中、定襄、廣牧、晉昌五縣在并州，所統一國五郡之中"，《義門讀書記》中無此句。"《晉地理志》"爲《晉書·地理志》的省稱。

於安城

江南：五臣作"南江"。

已：五臣作"亦"。

跣："頠、咼"二音。

注 秘書監：何曰："靈運爲秘書監，在元嘉中義熙乃秘書丞也。"

西陵 《水經注》："浙江又逕固陵城北，今之西陵也。有西陵湖，亦謂之西城湖。"沈建《樂府廣題》："西陵在錢塘江之西。"《會稽志》："西陵城在蕭山縣西十二里，謝惠連有《西陵阻風獻康樂詩》，吳越改曰西興。"[①]

栧：舊音"曳"。

浙：六臣作"淛"，注同。

盛：六臣作"惑"。

還舊園

扳：何曰："宋本作'版'。"

注 弔魏：下增"武帝文曰庶聖靈之響像"十一[②]字。

---

① （宋）施宿《會稽志》（卷一）："西陵城在蕭山縣西一十二里，皮光業《吳越武肅王廟碑》云：'漁浦黿石，翼張下營。蕭山西陵，鱗次列砦。'則西陵即王屯兵之所，今城基在明化寺之南。居民猶有得其斷磚遺甓者，初武肅王既都錢塘，憎名西都以爲西陵，非吉語，遂改曰西興。"【校】文中"十二里"前脫"一"字，"十二里"後衍"謝惠連有《西陵阻風獻康樂詩》"一句，"《西陵阻風獻康樂詩》"應爲"《西陵遇風獻康樂詩》"。"改曰西興"前衍"吳越"二字，脫"皮光業吳越武肅王廟碑云：漁浦黿石，翼張下營。蕭山西陵，鱗次列砦。則西陵即王屯兵之所，今城基在明化寺之南。居民猶有得其斷磚遺甓者，初武肅王既都錢塘，憎名西都以爲西陵，非吉語，遂"等内容。

② 所增應爲十字。

偏國：六臣下有"老子曰"三字。

別也："別"改"引"。

與從弟惠連　六臣下有"可"字。何曰："宋本無。"

近：上聲。

姥：同"母"。

注　文子、平也："子"改"字"，"也"改"沙"。

二里許："許"改"餘"。

山峰："峰"改"隋"。

《酬從弟》注

老子曰行：六臣"老"作"孝"，無"曰"字。

嘉二："嘉"改"文"，"二"改"秦"。

贈答四

贈王太常

玉水記方流：王定保《唐摭言》："白樂天及第，省試《玉水記方流》詩。"①

鄉臺　何曰："顏、王皆瑯琊臨沂人。"

閞：舊音"鼇"。

---

① （五代十國）王定保《唐摭言》（卷三）："白樂天一舉及第，詩曰：'慈恩塔下題名處，十七人中最少年。'樂天時年二十七。省試《性習相近遠賦》《玉水記方流詩》。"【校】文中"及第"前應有"一舉"二字。"及第"後脫"詩曰：'慈恩塔下題名處，十七人中最少年。'樂天時年二十七"等內容，"省試"後脫"《性習相近遠賦》"六字。

夏夜

惻：何曰："宋本誤'側'。"

和謝監

淮：濰。

答顏延年

王僧達：《宋書》："太保弘少子。"
題注 行府："府"改"軍"。

荅呂法曹

向曰："呂僧珍，齊王法曹。"
玉：五臣作"此"。

在郡

籑：善音"臺"。
蕳：六臣作"菑"，注同。

蹔使

領：善作"顧"。
雲：五臣作"煙"。

酬王晉安

梢梢：郭璞《爾雅音》音"朔"。

奉答内兄

始、富：五臣作"如、當"。

臣：改"丞"。

札：《字典》叶"櫛"。

注 家承、植禮："承"改"丞"，"植"改"禎"。

駕馬："駕"改"駑"。

贈張徐州

范彦龍：濟曰："范雲，字彦龍，武興人，仕齊，爲竟陵王子良文學。"《梁書》："南鄉舞陰人。"

草草：五臣作"慅慅"，舊音"草"。

注 後來：六臣"後"作"投"。

《古意》注

鄭安："安"改"玄"。

《贈郭桐廬》注

初士："士"改"仕"。

河陽

一連、潁、槁：五臣作"違、欵、敲"。

幹：六臣作"斡"，注同。

劭：舊協平聲。

注 昨日：改"鑿石"。

毛萇詩：六臣無"詩"字。

二 時：五臣作“峙”，舊音“止”。

荷：《國語補音》：“負荷之‘荷’，亦音‘何’。”

在懷縣

一 伏：何曰：“《初學記》作‘秋’。”

春秋：六臣：“此四句屬第二首。”

喜、思：舊並去聲。

二 司：舊音“伺”。

《迎大駕》注

杜文：“杜”改“侯”。

假爲深識：何曰：“宋本此句注在‘嶮澁’之下。”

赴洛

一 潛：叶“尋”。

二 肅：《韻補》叶“瑟”。

愈：五臣作“念”。

赴洛

二 嵩、几：五臣作“高、枕”。

注 新賦：“賦”改“序”。

始作鎮軍

逝：善作“遊”。

降：五臣作“涉”。

辛丑 王質《紹陶録·栗里譜》："晉安帝隆安五年辛丑，君年三十七，七月適江陵，有赴假還江陵，夜行塗中詩。"

題注 甲子：何曰："當云自永初以來不書甲子，詩自《丙辰歲八月中下潠田舍穫》稻一篇外無復書者，丙辰晉安帝義熙十二年也。又三年己未，恭帝立，改元元熙。又一年庚申，宋代晉改元永初，辛丑乃隆安五年，至癸卯桓靈寶始篡，甲辰宋公始建義商歌之云，不爲此發。"①

詩 西：五臣作"南"。

親月舡：善作"新秋月"。

永初

悟：五臣作"晤"。

注 常浮："常"作"而"。

富春渚

且汲：何曰："宋本作'旦及'。"

注 當與："當"改"嘗"。案：《列子》作"當與"。

沐然："沐"改"林"。

---

① （清）何焯《義門讀書記》（卷四十六）："當云自永初以來不書甲子，詩自《丙辰歲八月中于下潠田舍穫》稻一篇外無復書者，丙辰義熙十二年也。又三年己未，恭帝立，改元元熙。又一年庚申六月，宋代晉改元永初。"【校】"《丙辰歲八月中于下潠田舍穫》"應爲"《丙辰歲八月中于下潠田舍穫》"。"八月中"後脫"于"字。"庚申"後脫"六月"二字。文中衍"辛丑乃隆安五年，至癸卯桓靈寶始篡，甲辰宋公始建義商歌之云，不爲此發"一句。

七里瀬

代：何曰："宋本'世'。"

注：不驚："不"改"下"。

孤嶼　《寰宇記》："孤嶼在溫州南四里永嘉江中，嶼有二峰，謝靈運所登，後人建亭其上。"①

初去郡

促、聲：五臣作"俶、情"。

矑：舊音"具"。

初發石首城

曾：何曰："宋本'魯'。"

注 又曰：刪。

道路

斷、竿、散：並上聲。

情：何曰："宋本'尋'。"

懷故：五臣作"故懷"。

暧：煖。

注 以怒："以"改"取"。

---

① （宋）樂史《太平寰宇記》（卷九十九）："孤嶼山在州南四里永嘉江中，渚長三百丈，濶七十步，嶼有二峯。"【校】"《寰宇記》"應爲"《太平寰宇記》"。"永嘉江中"後脫"渚長三百丈，濶七十步"九字。"嶼有二峰"後衍"謝靈運所登，後人建亭其上"一句。

入彭蠡

圻：舊音"祈"。

靈：何曰："宋本'露'。"

綴：五臣作"輟"。

詩戊

北使洛

艱：善作"難"。

瀔：穀。

哓：《方言注》："丘尚切。"案：善注引毛詩"哓行之人"，當爲"嗟"字別體。

始安郡

囿：于六切。

之宣城

天際識歸舟：《芥隱筆記》："謝靈運有'雲中辨煙樹，天際識歸舟'。"

屢：去。

注 多譽："多"改"名"。

敬亭山

多：五臣作"夕"。

注 機歌："歌"改"歎"。

休沐

重闈: 五臣 "重" 作 "闈"。

注 貴戡: "戡" 改 "賤"。

晚登三山

如練:《藝苑厄言》："謝山人謂玄暉 '澄江净如練', '澄' '淨' 二字意重, 欲改爲 '秋江净如練'。余不敢以爲然, 蓋 '江' '澄' 乃净耳。"

繢: 善注:"與 '鬢' 同。"

《京路》注

休暢: 改 "怵惕"。

早發定山

濺濺: 善作 "淺淺"。

春: 六臣作 "眷"。

新安

濟涸: 何曰:"《續漢書·郡國志》: '温蘇子所都, 濟水出, 王莽時大旱, 遂枯絶。'"①

----

① (清) 何焯《義門讀書記》(卷四十六):"《續漢書·郡國志》: '温蘇子所都, 濟水出, 王莽時久旱枯絶。非用《吳越春秋》事。'"【校】文中 "王莽時大旱, 遂枯絶" 應爲 "王莽時久旱枯絶", 句末脱 "非用《吳越春秋》事" 一句。

假：何曰："《文苑英華》作'可'。"①

衣巾：善作"布衣"。

從軍

一 問、畫：善作"聞、盡"。

相公：《日知録》："'相公'二字似始見此。"案：《魏武紀》：建安十三年爲丞相，十九年爲魏公，二十一年爲王，此篇二十年作。蓋以丞相魏公稱相公。

中：何曰："宋本作'人'。"

已揮：六臣下有"竊慕負鼎翁，願厲朽鈍姿"二句。注曰："善無。"

二 怦：《廣韻》音"怦"。

三 多、得：五臣作"兩、能"。

四 白馬：《郡縣志》："白馬山在白馬縣東北三十里。"②《開山圖》曰："有白馬群行山，馬悲鳴則河決，馳走則山崩，津與縣蓋取此爲名。"

完士：《史記索隱》："江邃曰：漢令稱'完而不髡曰耐'，是完士未免從軍也。"何曰："完，當作'軍'。"

猶：善作"獨"。

注 請授：改"謹受"。

---

① （清）何焯《義門讀書記》（卷四十六）："當從《文苑英華》作'可'爲是。"【校】文中"《文苑英華》"前脱"當從"二字。"可"字後脱"爲是"二字。

② （唐）李吉甫《元和郡縣志》（卷十六）："白馬山在縣東北六十里。"【校】文中《郡縣志》應爲《元和郡縣志》。"縣"前無"白馬"二字。"三十里"應爲"六十里"。

有後：“有”改“胥”。

五 入譙：何曰：“《魏志》‘十一月至譙。’”

鄽：廛。

士女：善作“女士”。

馗：求。五臣作“逵”，俗“馗”字。

宋郊祀歌

一 竂：杜子春《周禮注》讀“毳”，鄭興《周禮注》讀“穿”。

注：雜友：“雜”改“難”。

樂府

（古）

飲馬長城窟 吳兢《解題》：[1] “古詞或云蔡邕之辭。”

鯉魚：《玄散堂詩話》：“試鶯以朝鮮厚繭紙作鯉魚函，兩面俱畫鱗甲，腹下令可以藏書，此古人尺素結魚之遺制也。”《丹鉛餘錄》：“古樂府‘尺素如殘雪，結成雙鯉魚’，據此詩，古人尺素結爲鯉魚形，即緘也，非如今人用蠟。《文選》‘客從遠方來，遺我雙鯉魚’即此事也。下云‘烹魚得書’亦譬況之言，非真烹也。”[2]

---

① 應爲《樂府古題要解》。

② （明）楊慎《丹鉛餘錄》（卷三）：“古樂府詩‘尺素如殘雪，結成雙鯉魚。欲知心裏事，看取腹中書’。據此詩，古人尺素結爲鯉魚形，即緘也，非如今人用蠟。《文選》‘客從遠方來，遺我雙鯉魚’，即此事也。下云‘烹魚得書’亦譬況之言耳，非真烹也。”【校】文中“古樂府”後脫“詩”字。“結成雙鯉魚”後脫“欲知心裏事，看取腹中書”兩句。“亦譬況之言”後脫“耳”字。

書中：何曰："宋本'中'作'上'。"

憶：入。

長歌 王僧虔《技録》："平調有七曲，一長歌行。"

待：善作"行"。

乃：何曰："宋本'徒'。"①

怨歌

班婕妤：《古題要解》："徐令彪之姑，況之女，美而能文。"

樂府

（魏武）

短歌行 王僧虔《録》："平調曲二。"

杜康：《謝氏詩源》："杜康造酒，因名酒曰杜康。"何曰："《說文》'帚'字下注云：'古者少康作箕帚酒。少康，杜康也，卒葬長垣。'"②

明：何曰："《宋書》'明明如月'一聯在'呦呦鹿鳴'一聯上。"

注 非酒："非"改"若"。

苦寒 王《録》清調有六曲，一《苦寒行》。何曰："此篇征

---

① （清）何焯《義門讀書記》中無此注釋。

② （清）何焯《義門讀書記》（卷四十七）："《說文》'帚'字下注云：'古者少康作箕帚、秫酒。少康，杜康也。葬長垣。'"【校】文中"箕"應爲"箕帚"，脱"帚"字。"葬長垣"前衍"卒"字。

高幹時作。"

太行：何曰："山在晉陽，高誘誤。"

案：《漢志》、《續漢志》、張湛《列子注》、《通鑑地理通釋》並同誘注。

薄、宿：五臣無"薄"字，"宿"上有"所"字。

哀：《芥隱筆記》音"衣"。

樂府

（魏文）

善哉行　王《録》瑟調曲。五臣"善"作"苦"。何曰："宋本《燕歌行》在《善哉行》前。"①

壘：平。

迴轉：六臣作"轉薄"。

注 孺之："之"改"子"。

燕歌行　王《録》平調曲五。

注 鄭文："文"改"玄"。

樂府

（曹）

---

① （清）何焯《義門讀書記》（卷四十七）中有关"燕歌行"的注釋爲："秋風之變，七言之祖。魏世已作《燕歌行》，十六國之機兆動矣。極于梁元帝，而文武之道盡于江陵之敗。"

箜篌 《釋名》：“師延所作。”《解題》：“漢武帝依琴造坎侯，言坎坎應節也，後訛爲‘箜篌’。大樂部箜篌二十三絃。”

引：張永《技録》：“相和有四引：一《箜篌引》。”案：郭茂倩《樂府》《箜篌謡》言‘結交當有終’，始與《箜篌引》異。此篇不合麗玉本事，當從《樂府》題《箜篌謡》。

箏：《風俗通》：“蒙恬所造。”顏師古《急就篇注》：“箏亦瑟類，本十二絃，今則十三。”王應麟《急就篇補注》：“秦人薄義父子争瑟分之，因爲名。”

可再：五臣作“再來”。

注 使秦：“使”改“挾”。

美女 六臣本《名都》篇在《美女》篇前。

注 中霄：“霄”改“宵”。

白馬

月支：良曰：“射帖也。”

俯身散馬蹄：《典論》：“尚書令荀彧言：‘聞君善左右射，此實難能。’余言執事未睹夫項發口縱，俯馬蹄而仰月支也。”

注 三枝、一枝：“枝”“枝”並改“枚”。

名都

光：六臣作“麗”。

鬥雞：《鄴都故事》：“魏明帝太和中築鬥雞臺，故曹植詩云‘鬥雞東郊道，走馬長楸間’是也。”

騁：何曰：“宋本作‘馳’。”

蹲：《韻補》叶"汾沿切"。

王明君　《古題要解》："石崇有妓曰綠珠，善歌舞，以此曲教之，而自製王明君歌，其文悲雅。"《古今樂録》："清商曲七曲之一。"

石季倫：小名録，勃海清河人。苞之子，生于青州，故小字齊奴。苞六男，崇是小子。

君子行　王《録》平調曲四。

納履：何曰："《兼明書》諸經傳無'納履'之語。按：《曲禮》曰'俯而納屨'。低頭着屨，則似取瓜，故爲人所疑也。履且無帶，着時不必低頭，故知'履'當爲'屨'。"①

樂府

（陸）

猛虎行　王《録》平調曲三。

盜泉：《論語譔考讖》："水名盜泉，仲尼不漱。"

《君子行》注

少傾、食熟："傾"改"選"，"食"改"飯"。

---

① （清）何焯《義門讀書記》（卷四十七）："邱光庭《兼明書》云：諸經傳無'納履'之語。按：《曲禮》曰：'俯而納屨。'《正義》曰：'俯，低頭也。納，猶着也。'低頭着屨，則似取瓜，故爲人所疑也。履無帶，着時不必低頭，故知'履'當爲'屨'，傳寫誤也。"【校】文中"《兼明書》"應爲"邱光庭《兼明書》"，脱"邱光庭"三字。"低頭着屨"前脱《正義》曰：'俯，低頭也。納，猶着也。'"等句。"履且無帶"應爲"履無帶"，衍"且"字。文中句末脱"傳寫誤也"四字。

從軍行 王《録》平調曲六。

飄飄：何曰："郭作'飈飈'。"

沙：蓑。

焦：何曰："宋本'集'"。

豫章行 王《録》清調曲二。

尋：何曰："一作'情'"。

注 鄭伯："伯"改"玄"。

苦寒

澗、喧：五臣作"磵、嚾"。"磵"音"謙"，舊注："'嚾'音'歡'"。

注 誰文："誰"改"説"。

門有車馬客行 王《録》瑟調曲。

《君子有所思行》注

靈根：下增"靈根"二字。

説文、獻公："文"改"苑"，"公"下增"公"字。

長安 六臣本"日出東南隅"行在"長安有狹邪"行前。

傾蓋：虞喜《志林》："傾蓋者，道行相遇，軿車對語，兩蓋相切，小欹之義。"

子：何曰："宋本作'一'。"

悲哉　六臣本《吳趨行》《塘上行》在《悲哉行》前。

遊客：何曰："《樂府》作'客遊'，宋本'遊客'。"①

吳趨

楚妃：張永《技録》："吟歎四曲，一曰《楚妃歎》。"《樂録》："楚莊王夫人樊姬。"《琴曲譜録》："《楚妃歎》，息嬀製。"

謳：吁。

祥：何曰："《樂府》及《吳郡志》作'鮮'。"②

葩：叶音見《思玄賦》。

日出

高崖：五臣"崖"作"岸"。

注 鴻興："鴻"作"龍"。

前緩聲　六臣本《前緩聲歌》在《長歌行》前。

山：六臣作"仙"。

枝、湯：五臣作"底、暘"。

注 逢羽："逢"改"建"。

---

① （清）何焯《義門讀書記》（卷四十七）："《樂府》作'客遊'，然似與發端'遊客'二字相應也。按：宋本亦作'遊客'。"【校】文中"《樂府》作'客遊'"一句後脱"然似與發端'遊客'二字相應也"一句。"宋本"前脱"按"字，"宋本"後脱"亦作"二字。

② （清）何焯《義門讀書記》（卷四十七）："祥，當作鮮。江淹雜儗、許徵君自序詩注中引此句作'鮮風'，《樂府》及《吳郡志》皆作'鮮'，如詩度其鮮原之鮮，詁爲善風，亦與泠泠相貫，慶雲恰對。"

塘上行　《鄴中故事》：“魏文帝后甄氏爲郭后譖賜死，臨終作《塘上行》。”王《録》清調曲五。

會吟　何曰：“‘會’謂‘會稽’。”
文命：《越傳》：“禹到大越，上苗山，大會計，爵有德，封有功，因而更名苗山，曰會稽。”
曖：哀，去聲。

樂府

（鮑）

東武　銑曰：“太山下小山名。”
召：五臣作“召”。
鎌：舊音“廉”。
怨：叶音見《北征賦》。

結客
埳：坎。郭象《莊子音》：“音‘陷’。”
壈：盧感切。
注 城皋、伊闕：“城”改“成”，“關”改“闕”。

東門行　王《録》瑟調曲。
復還：何曰：“一作‘還復’。”

苦熱
罔：善音“罔”。

瀘：《丹鉛總錄》："瀘水乃今之金沙江，即黑水也，在滇蜀之交。"①

注 廣曰：六臣"曰"作"四"。

露雨："露"改"霧"。

交挍："挍"改"接"。

白頭吟　王《錄》楚調曲。

玷：五臣作"點"。

漢帝益嗟稱：伶玄《飛燕外傳》："飛燕緣主家大人得入宮。宮中素幸者從容問帝，帝曰：'豐若有餘，柔若無骨，遷延謙畏，若遠若近，禮義人也，寧與女曹婢脅肩者比邪？'"②

放歌行　王《錄》瑟調曲。

非、信：五臣作"排、言"。

---

① （明）楊慎《丹鉛總錄》（卷一）："瀘水乃今之金沙江，即黑水也，其水色黑，故以瀘名之耳。《沉黎古志》：'孔明南征，由今黎州路黎州，四百餘里至兩林蠻，自兩林南瑟琶部，三程至嶲州，十程至瀘水。瀘水四程至弄棟，即姚州也。今之金沙江在滇蜀之交。'"【校】"即黑水也"後脱"其水色黑，故以瀘名之耳。《沉黎古志》：孔明南征由今黎州路，黎州四百餘里至兩林蠻，自兩林南瑟琶部三程至嶲州，十程至瀘水。瀘水四程至弄棟，即姚州也"等內容。"在滇蜀之交"前脱"今之金沙江"五字。

② 《飛燕外傳》舊本題漢伶元撰。末有元自序，稱字子于，潞水人。《飛燕外傳》："飛燕緣主家大人得入宮召幸，其姑妹樊嫕爲丞光司帝者，故識飛燕與射鳥兒事，爲之寒心。及幸，飛燕瞑目牢握，涕交頤下，戰栗不迎帝。帝擁飛燕，三夕不能接，略無譴意。宮中素幸者從容問帝，帝曰：'豐若有餘，柔若無骨，遷延謙畏，若遠若近，禮義人也，寧與女曹婢脅肩者比邪？'"【校】"召幸"後脱"其姑妹樊嫕爲丞光司帝者，故識飛燕與射鳥兒事，爲之寒心。及幸，飛燕瞑目牢握，涕交頤下，戰栗不迎帝。帝擁飛燕，三夕不能接，略無譴意"等內容。

升天

解玉：向曰："解玉珮謂去仕。"何曰："謂服玉屑。"

注 焉明、神士："焉"改"馬"，"士"改"女"。

列女："女"改"仙"。

鼓吹

鼓吹　郭茂倩《樂府》："齊隨王鼓吹曲，永明八年謝朓奉鎮西隨王教於荆州，道中作，四曰《入朝曲》。"[1]　案：《樂府》八首，此第四。[2]

挽歌

挽歌　何曰："《風俗通義》言：'漢末時，賓婚嘉會，皆作魁壘，酒酣之後，續以挽歌。'又《後漢·周舉傳》：'陽嘉六年三月上巳，大將軍梁商大會賓客，讌于洛水，酒闌倡罷，繼以《薤露》之歌，坐中聞者，皆爲掩涕。'蓋漢末時尤尚之，故魏武父子皆有此作，謂挽歌始田橫賓客，恐不然。《纂文》云：'《虀露》，今挽歌也。'宋玉對問已有《陽阿》《薤露》矣。推而上之，則《左傳》哀十一年，公孫夏命其徒歌《虞殯》。杜注云：'送葬歌曲，示必死。'《莊子》亦有'紼挽'

---

[1]　（北宋）郭茂倩《樂府詩集》（卷二十）："齊隨王鼓吹曲，永明八年，謝朓奉鎮西隨王教於荆州道中作。一曰《元會曲》，二曰《郊祀曲》，三曰《鈞天曲》，四曰《入朝曲》，五曰《出藩曲》，六曰《校獵曲》，七曰《從戎曲》，八曰《送遠曲》，九曰《登山曲》，十曰《泛水曲》。《鈞天》已上三曲頌帝功，《校獵》已上三曲頌藩德。"【校】"四曰"前脱"一曰《元會曲》，二曰《郊祀曲》，三曰《鈞天曲》"等内容，"《入朝曲》"後脱"五曰《出藩曲》，六曰《校獵曲》，七曰《從戎曲》，八曰《送遠曲》，九曰《登山曲》，十曰《泛水曲》。《鈞天》已上三曲頌帝功，《校獵》已上三曲頌藩德"等内容。

[2]　【校】"八首"應爲"十首"。具體内容參見上條注釋。

之文。司馬紹統注：'挽，哀歌也。'"① 案：何此辨本劉孝標《世説注》、郭茂倩《樂府》。

繆熙伯：《文章敍録》："東海蘭陵人。"

者：《字典》叶"阻可切"。

挽歌

（陸）

一 慌：善注："與'荒'同。"

送：六臣作"進"。

臺、能：《韻補》叶"題、尼"。

殺子：何曰："此用芋尹、申亥殺二女殉靈王。宋本'殺'作'救'。"②

注 若有："有"改"存"。

二：六臣本二、三首互换。

---

① （清）何焯《義門讀書記》（卷四十七）："《風俗通義》言：'漢末時，京師賓婚嘉會皆作魁櫑，酒酣之後，續以挽歌。'又《後漢書·周舉傳》：'陽嘉六年三月上巳日，大將軍梁商大會賓客。讌於洛水，酣飲極歡，及酒闌唱罷，繼以薤露之歌。坐中聞者，皆爲掩涕。'蓋漢末尤尚之，故魏武父子皆有此作。論其出拔莫過陳思王，首録熙伯，拘限本詞也。謂挽歌始于田橫賓客，恐亦不然。《纂文》云：'《薤露》，今之挽歌也。'宋玉對問已有《陽阿》《薤露》矣。推而上之，《左傳》哀十一年，公孫夏命其徒歌《虞殯》。杜注云：'送葬歌曲。'《莊子》亦有'紼挽'之文。司馬紹統注：'紼，引柩索也。挽，哀歌也。'"【校】文中"賓婚"前脱"京師"二字，"櫑"應爲"櫑"。"《後漢·周舉傳》"爲"《後漢書·周舉傳》"的省稱。"皆有此作"後脱"論其出拔莫過陳思王，首録熙伯，拘限本詞也"一句。"田橫賓客"前脱"于"字，"恐"後脱"亦"字。"今"後脱"之"字，"司馬紹統注"後脱"紼，引柩索也"一句。

② （清）何焯《義門讀書記》（卷四十七）："此用芋尹、申亥事。"【校】文中"申亥"後衍"殺二女殉靈王"，脱"事"字。文中"宋本'殺'作'救'"原本無。

泯：舊平聲。

注 海水：“水”改“東”。

挽歌　《陶集·擬挽歌辭三首》，此第三。

嚴霜九月中：《陶集》：“趙泉山曰‘嚴霜九月中’與《自祭文》‘律中無射之月’相符，知挽歌將遊之夕作。”①

歌

（荆）

序 宋如意：《燕丹子》：“宋意脉勇之人，怒而面青。”《水經注》：“漸離擊筑，宋如意和之。”《藝文》作“宋意”。

和之：五臣有“歌”字。

《歌》注 蕭：何曰：“蕭蕭至末此，李同周翰注，宋本無。”

扶風歌一首　《樂府》作九首。

烈烈、歸、競：五臣作“洌洌、飛、竟”。

《孺子妾歌》題注

靖王：下增“子”字。

詩己

雜詩上

---

① （晉）陶潛《陶淵明集》（卷四）：“趙泉山曰‘嚴霜九月中，送我出遠郊’，與《自祭文》‘律中無射之月’相符，知挽辭乃將逝之夕作。”【校】文中“嚴霜九月中”後脱“送我出遠郊”一句。“將遊之夕作”應爲“將逝之夕作”。

古詩

一 飯：上聲。

二 婦：阜。

四 輟：坎。

五 悲：叶"披"。

杞梁妻：何曰："《水經注》引《琴操》云：'殖死，妻援琴作歌曰：悲莫悲兮生別離，樂莫樂兮新相知。'"①

鳴鶴：五臣作"鴻鵠"。

八：何曰："劉彥和曰：'《孤竹》一篇，則傅毅之詞。'"②

九首注 嘉禾："禾"改"木"。

十 河漢女：《焦林大斗記》："天河之西有星，煌煌與參俱出，謂之牽牛。天河之東有星，微微在氐之下，謂之織女。"

幾許：周密《癸辛雜識前集》："以星歷考之，牽牛去織女隔銀河七十二度。"

脉脉：何曰："《廣韻》'嘆'字下篆引此作'嘆嘆'。"③

十一 所遇無故物：《世說》④："王孝伯在京，行散至其弟王睰

---

① （清）何焯《義門讀書記》（卷四十七）："《水經注》引《琴操》云：'殖死，妻援琴作歌曰：樂莫樂兮新相知，悲莫悲兮生離別。'"【校】"悲莫悲兮生別離，樂莫樂兮新相知"與原文出處順序顛倒，應是"樂莫樂兮新相知，悲莫悲兮生離別"。

② （清）何焯《義門讀書記》（卷四十七）："孤竹是興，女蘿是比。劉彥和云：'古詩佳麗，或稱枚叔。其《孤竹》一篇，則傅毅之詞。'"【校】"劉彥和"前脫"孤竹是興，女蘿是比"一句。文中"曰"應爲"云"。文中"劉彥和曰"後脫"古詩佳麗，或稱枚叔"一句。《孤竹》前衍"其"字。

③ （清）何焯《義門讀書記》（卷四十七）："脉，當從'見'，從'目'亦可通，從'月'則乖其義。《廣韻》'嘆'字下篆列此作'嘆嘆不得語'。"【校】"《廣韻》"前脫"脉，當從'見'，從'目'亦可通，從'月'則乖其義"一句。"嘆嘆"後脫"不得語"三字。

④ 《世說新語·文學第四》。

戶前，問古詩中何句爲最？睹思未答。孝伯詠'所遇無故物，焉不得速老'，此句爲佳。"

榮名：何曰："諺曰'人貌榮名'。"

注 亦將："亦"改"方"。

十二：一、二、五、六、九、十、十二、十九共八首。徐陵《玉臺新詠》題曰"枚乘古詩"。

燕趙：何曰："一作'趙燕'。"

中：六臣作"巾"。

十四 生：五臣作"來"。

十五 仙：善作"山"。

十七 札：叶音見陸韓卿《奉答內兄希叔詩》。

十八 長相思：《侯鯖錄》："《文選·古詩》云：'著以長相思，緣以結不解。'注：'被中著綿謂之長相思，綿緜之意。緣，被四邊綴以絲縷，結而不解之義。'余得一古被，四邊有緣。"① 案：《侯鯖錄》所引本翰注。

解：《字典》叶"几"。

注 詩序："序"改"箋"。

十九 淚下：五臣作"下淚"。

與蘇武　《漁隱叢話前集》："李陵與蘇武贈答五言詩，後人所擬。"

---

① （宋）趙令畤《侯鯖錄》（卷一）："《文選·古詩》云：'文彩雙鴛鴦，裁爲合歡被。著以長相思，緣以結不解。'注：'被中著綿，謂之長相思，綿緜之意。緣，被四邊綴以絲縷，結而不解之義。'余得一古被，四邊有緣，真此意也。"【校】"著以長相思"前脫"文彩雙鴛鴦，裁爲合歡被"二句。"綿緜"應爲"綿緜"。"四邊有緣"後脫"真此意也"四字。

李少卿：翰曰："《漢書》云'隴西成紀人。'"

二子：五臣作"別"。

盈：何曰："《容齋隨筆》：'盈字，惠帝諱。漢法觸諱者有罪，不應陵敢用。東坡云'後人所擬'，爲可信也。'《野客叢書》：'《古文苑》枚乘《柳賦》曰：盈玉縹之清酒。'《玉臺新詠》枚乘新詩曰'盈盈一水間'。觀此，知惠帝之諱，在當時蓋有不諱者。"① 案：韋孟《諷諫詩》"王赧聽譖，實絕我邦"，嚴夫子《哀時命》"舉世以爲恒俗"。"邦"字高祖諱，"恒"字孝文諱，漢人不但惠帝諱不避。

古詩

蘇子卿：銑曰："《漢書》云'京兆人'。"

題注 後中："後"改"杪"。

二乖：《芥隱筆記》："公回切。"

四嚴：五臣作"凝"。

江漢：《通考》："東坡《答劉沔書》② 曰：'李陵、蘇武贈別長安，詩有'江漢'之語，而蕭統不悟。'"案：四詩惟第三首決爲奉使別家人之作，前二首似是送別，非武自遠行。此篇辭旨渾含題又總曰："古詩何以知其必爲，長安贈別不當有'江

---

① （宋）王楙《野客叢書》（卷五）："僕觀《古文苑》所載枚乘《柳賦》曰'盈玉縹之清酒'，《玉臺新詠》載枚乘新詩曰'盈盈一水間'。梁普通間，孫文韜所書《茅君碑》謂：'太元真君諱盈，漢景帝中元間人。'觀此二事，知惠帝之諱，在當時蓋有不諱者。"【校】"《古文苑》"前脫"僕觀"二字，"《古文苑》"後脫"所載"二字，"墓"應爲"臺"，文中《玉臺新詠》後脫"載"字，"盈盈一水間"後脫"梁普通間，孫文韜所書《茅君碑》謂：'太元真君諱盈，漢景帝中元間人'"等內容。"觀此"後脫"二事"二字。

② 應爲《答劉沔都曹書》。

漢'語。"蔡條《西清詩話》所辨寔足訂東坡之誤，但坡亦不
以此詩爲在使中所作。

海隔：五臣作"隔海"。

四愁詩序

愁詩：五臣有"依"字。

注 文類："類"改"穎"。

詩 二 金：五臣作"琴"。

悵：舊平聲。

三 褕：舊音"逾"。

四 青玉案：呂少衛《語林》："小隸。"案：古"盌"字。鞏豐
《耳目後志》：①"張平子《四愁詩》'何以報之青玉案'，謂
'青玉盌'。"

雜詩

（王）

冀寫：五臣作"寫我"。

飇：五臣作"飄"。

雜詩

（魏文）

題注 抱中作：何曰："子桓不從西征，集云'抱中作者，後人
妄加'。"

詩二 吳會：何曰："陸務觀以爲吳都會稽，又曰秦置會稽郡，

---

① 應爲《後耳目志》。

治吳，謂之吳會。《吳書・朱桓傳》：'除餘姚長，……遷盪寇校尉，使部伍吳、會爲二郡。'此'吳會'爲吳郡、會稽之明徵。"①

朔風

云飛：何曰："宋本'云'作'雲'。"②

雜詩

（曹）

二 可：善作"何"。

四 日夕宿：六臣作"夕宿瀟"。

五 遠行：五臣作"行遠"。

雜詩

傅休奕：《晉書》："北地泥陽人。"

雜詩

（張）

固：五臣作"涸"。

---

① （清）何焯《義門讀書記》（卷四十七）："陸務觀以爲吳郡與會稽也。按：秦置會稽郡，治吳，故謂之吳會。《吳書・朱桓傳》：'除餘姚長，遷盪寇校尉，使部伍吳會爲二郡。'此吳會爲吳與會稽之明徵。"【校】文中"吳都會稽"應爲"吳郡與會稽"，此句句末脫"也"字。"又曰"應爲"按"字，"吳郡會稽"應爲"吳與會稽"。

② （清）何焯《義門讀書記》中無此注釋。

情詩
（張）

一愒：《爾雅釋文》：“苦蓋反”。

思友人　六臣本善注：“攄與歐陽建俱以名稱相得，故作此詩思之。”
曹顏遠：《晉書·良吏傳》：“譙國譙人，祖肇。”
淹、揚：五臣作“浩、蕩”。
注 共撰：“操”改“撰”。

感舊
富貴他人合：《芥隱筆記》：“‘富貴他人合，貧賤親戚離’，蓋用《慎子》‘家富則疏族聚，家貧則兄弟離’語。”①
郡、所：五臣作“群”“皆”。

雜詩
（王）

懷、思：五臣無“懷”字，“思”下有“栖”字。
注 其壯：“壯”改“狀”。

雜詩
棗道彥：《晉書》：“本姓棘，其先避仇改焉。”翰曰：“《晉書》

---

① （宋）龔頤正《芥隱筆記》：“‘富貴他人合，貧賤親戚離’，《文選》曹顏遠詩。又見《晉書·殷浩傳》：蓋用《慎子》‘家富則疏族聚，家貧則兄弟離’語。”【校】文中“貧賤親戚離”後脫“《文選》曹顏遠詩。又見《晉書·殷浩傳》”等內容。

云：'據美容貌，善文辭'。"

雜詩

張季鷹：《文士傳》："有清才美望，博學善屬文，造次立成，辭義清新。"《世說》：①"張季鷹縱任不拘，時人號爲'江東步兵'。"

軓：叶"丁"。

雜詩

（景陽）

三 綦：舊音"其"。

注 無治："無"改"而"。

四 榷、高：五臣作"榷、喬"。

遟：《説文》："籀文'遲'字。"

五 歐：五臣作"甌"。

璵璠：舊音"余煩"。《逸論語》："璠璵，魯之寶玉。孔子曰'美哉，璠璵！遠而望之，煥②若也；近而視之，瑟若也。一則理勝，一則孚勝。'"

注 車海："車"改"東"。

七 聞：善作"間"。

依：六臣作"衣"。

注 我爲：倒。

九首注 無虛："無"改"爲"。

---

① 爲《世說新語》的省稱。
② 應爲"奐"。

十 蜺：舊音“麗”。

在、足：五臣作“火、之”。

注 黑蜺：六臣下有“黑”字。

王逸曰屛號：“王逸”改“《楚辭》”。

仲子弔：“仲”改“曾”。

雜詩下

時興 芒：五臣作“邙”。

摵：瑟。

棠：綏，上聲。

雜詩

（陶）

一 本集《飲酒詩》廿之五。

結廬在人境：《邐齋閑覽》：“荆公嘗言‘結廬在人境，而無車馬喧，問君何能爾，心遠地自偏’，由詩人以來無此句。”

望：集作“見”。《漁隱叢話前集》：“東坡云：淵明意不在詩，詩以寄其意爾。‘采菊東籬下，悠然望南山’，則既采菊又望山，意盡於此，無餘蘊矣，非淵明意也。‘采菊東籬下，悠然見南山’，則本自采菊，無意望山，適舉首而見之，故悠然忘情，趣閑而景遠。此未可於文字精觕間求之。”案：“見”字似勝“望”字，然有意望山亦未乖，淵明本事不至如東坡所書，《西清詩話》《冷齋夜話》《老學庵筆記》並和坡言：“斯未得其平允。”

二 本集《飲酒詩》之七。

注 釀似：“釀”改“醴”。

繆子：六臣"繆"作"繮"。

咏貧士　　《陶集》七首，此第一。

讀《山海經》　　《陶集》十三首，此第一。

詠牛女
矖："屍、灑"二音。

擣衣
腰帶：《實録》："古有革帶，秦二世始名腰帶。"

望所遲客
翰曰："遲，待也。"

田南
亦、能：五臣作"丘、皆"。
岫：六臣作"田"。

石門
潭、特：五臣作"灊、持"。
注 滑美："滑"改"酯"。

雜詩
王景玄：《宋書》："瑯琊臨沂人，太保弘弟子。"《南史》："吏部尚書，江湛舉爲吏部郎，確乎不拔，終贈秘書監。"

題注 王徽、王鑠:"徽"改"徵","鑠"改"鑠"。

詩 怨:舊平聲。

注 劉渠:"渠"改"熙"。

《數詩》注

善建:"建"改"見"。

酖月 翰曰:"時昭爲秣陵令。"

帷、發:五臣作"入、繞"。

始出尚書省

餐荼:良曰:"屬王防人之口,比于鬱林王,猶爲寬政,人苦其政甚於餐荼,方之苛法,則餐荼艸如薺焉。"①

洒:舊音"洗"。

棨:善音"啓"。

涕:上聲。

乘、終:五臣作"因、得"。

注 七歌:"歌"改"牧"。

宮府:"宮"改"官"。

---

① 《六臣注文選》(卷三十):"良曰:'屬王暴虐,殺國人以止謗者。召穆公諫曰:'防民口甚於防川。'王不聽之,國莫敢言,道路以目。比之於鬱林王,則猶爲寬政矣。人苦其政甚於餐荼,方之苛法,則餐荼艸如薺焉。"'【校】文中"屬王防人之口"應爲"屬王暴虐,殺國人以止謗者。召穆公諫曰:防民口甚於防川。王不聽之,國莫敢言,道路以目"等句。"比于"應爲"比之於",脫"之"字。"猶爲寬政"應爲"則猶爲寬政矣",脫"猶""矣"二字。

直中書省

萬年：方勺《泊宅編》："徽宗興畫學，同試諸生，以'萬年枝上太平雀'爲題，在試無能識其何木，遂皆黜不取，或密以叩中貴，中貴曰：'萬年枝，冬青木也。太平雀，頻伽鳥也。'"① 何曰："即《詩·山有杻》《疏》中所謂萬年樹，蓋檍也。"②

紅藥：《詩名物疏》："《圖經》云：'芍藥春生紅芽作叢，夏開花有紅白紫數種。'"③

駘蕩：何曰："《三輔黃圖》：'駘蕩宮，言春時景物駘蕩滿宮中也。'"

注 南萬："南"改"有"。

《觀朝雨》注

有娥：④ "娥"改"娀"。

---

① （宋）方勺《泊宅編》（卷一）："徽宗興畫學，嘗自試諸生，以'萬年枝上太平雀'爲題，無中程者。或密扣中貴，答曰'萬年枝，冬青木也；太平雀，頻伽鳥也。'"【校】文中"同試諸生"應爲"嘗自試諸生"。"爲題"後衍"在試無能識其何木，遂皆黜不取"二句，"爲題"後應爲"無中程者"四字。"或密以叩中貴"衍"以"字。"中貴曰"應爲"答曰"。

② （清）何焯《義門讀書記》（卷四十七）："即《詩·山有杻》《疏》中所謂萬年樹，蓋檍也。"【校】何焯《義門讀書記》中"《詩·山有杻》"應爲"《詩·山有樞》"。

③ （明）馮復京《六家詩名物疏》（卷二十一）："《圖經》云：'春生紅芽作叢，莖上三枝五葉，似牡丹而狹長，高一二尺，夏開花有紅白紫數種。'"【校】文中"春生"前衍"芍藥"二字，"作叢"後脫"莖上三枝五葉，似牡丹而狹長，高一二尺"等內容。

④ 應爲"蛾"。

登孫權故城

璽:《山陽公載記》:"袁術將僭號,聞孫堅得傳國璽。乃拘堅夫人而奪之。"

吳山:何曰:"《顏氏家訓》作'吳臺',謂'姑蘇'。"①

祀忽:何曰:"《左傳》:'不祀忽諸。'"

轉:去。五臣作"囀"。

注 奔商:"商"改"尚"。

和王著作

翰曰:"王融。"

八公山:鄭樵《通志》:"在壽州壽陽縣。"

孟諸:何曰:"睢陽乃今歸德,八公山在今壽州,則孟諸在西。"

宗衰:何曰:"謝玄破堅處。《通典》云:'在郡西十五里。'"

注 群謝録:"群"改"陳郡"二字。

蓋寓:"寓"改"寓"。

怨情

班、雙:五臣作"團、飛"。

和謝宣城

神交:《江表傳》:"孫權報陸遜表曰:'孤與子瑜可謂神交。'"

及:五臣作"反"。

---

① (清)何焯《義門讀書記》(卷四十七):"《顏氏家訓》作'吳臺',爲姑蘇也。"【校】文中"謂'姑蘇'"應爲"爲姑蘇也"。

注 漢書典："書"改"官"。

詣庶子：六臣"庶"作"世"。

餘：五臣作"無"。

注 佳地："地"改"城"。

學省：五臣"土"有"直"字。

三月

巳、嘤：五臣作"日、鷪"。

幘：舊音"責"。

詩庚

擬古

（陸）

擬今日良宴會

梁甫吟：李勉《琴説》："曾子撰。"

賤：叶"棧"。

擬迢迢牽牛星

織女：《荊楚歲時記》："《佐助期》云：'織女，神名收陰。'"

擬東城一何高

三閭：《困學紀聞》："王逸曰：'三閭之職，掌王族三姓，曰昭、屈、景。'"

豐：五臣作"澧"。

擬西北有高樓

岩岩：善作"苔苔"。①

得：五臣作"能"。

《擬鄴中詩》序

唐景：翰曰："唐勒景差。"

武帝：五臣有"時"字。

王粲

長夜飲：陸游《筆記》：②"古所謂長夜之飲，或以爲達旦，非也。薛許昌《宮詞》云：'畫燭燒闌煖復迷，殿帷深密下銀泥。開門欲作侵晨散，已是明朝日向西。'此所謂長夜之飲也。'"

徐幹

齊、仍、繫：五臣作"秦、乃、繼"。

劉楨

紀：五臣作"宛"。

應瑒

陽：《玉藥辨證》："枝梗切。"

---

① 李善無此注釋。

② 《老學庵筆記》之省稱。

梁：五臣作"涼"。

注 黃蓋：下增"于"字。

阮瑀

（羽）

篋：《北堂書鈔》："篋，亦作'笳'。"

弄：五臣作"音"。

平原侯植

沼、藻：並上聲，五臣"藻"作"蒲"。

裛裛：善作"裏裏"。

《倣曹子建》題注

孫巖宋書："孫巖"改"沈約"。案：《隋‧經籍志》："《宋書》六十五卷，齊冠軍録事參軍孫巖撰。"何改"沈約"，非。

擬古

（劉）

擬行行重行行

上道：六臣"上"作"長"。

蠚：舊音"將"。

依古

訊：五臣作"誶"，音"崇"。

擬古

（鮑）

一 鞚：舊音“控”。

二 德：六臣作“得”。

注 載曰：“載”改“或”。

三 兩説：良曰：“謂本末之説。”

代君子有所思

昧：叶“未”。

雜體　六臣注有“并序”二字。載序曰：“夫楚謡漢風，既非一骨；魏製晉造，固亦二體。譬猶藍朱成彩，雜錯之變無窮；宮商爲音，靡曼之態不一。故蛾眉詎同貌，而俱動於魄；芳草寧共氣，而皆悦於魂。不其然歟？至於世之諸賢，各滯所迷。莫不論甘而忌辛，好丹而非素。豈所謂通方廣恕，好遠兼愛者哉？及公幹、仲宣之論，家有曲直，安仁、士衡之評。人立矯抗，況復殊于此者乎？又貴遠賤近，人之常情；重耳輕目，俗之恒蔽。是以邯鄲托曲於李奇，士季假論于嗣宗，此其效也。然五言之興，諒非復古。但關西鄴下，既已罕同。河外江南，頗爲異法。故玄黃經緯之辨，金碧浮沈之殊。僕以爲亦合共美并善而已。今作三十首詩，斅其文體，雖不足品藻淵流，庶亦無乖商搉而已。”①

---

① 《六臣注文選》（卷三十一）之《雜體詩三十首（并序）》：“夫楚謡漢風，既非一骨；魏製晉造，固亦二體。譬猶藍朱成彩，雜錯之變無窮；宮商爲音，靡曼之態不極。故蛾眉詎同貌，而俱動於魄；芳草寧共氣，而皆悦於魂，不期然歟？至於世之諸賢，各滯所迷。莫不論甘而忌辛，好丹而非素。豈所謂通方廣恕，好遠兼愛者哉？及公幹、仲宣之論，家有曲直，安仁、（轉下頁）

古離別：五臣作"別離"。

君在天一涯：五臣作"君行在天涯"。

李都尉

髮：五臣作"友"。

陳思王

悇：吝，俗作"悇"。

注 紉秋蘭：改"連蕙若"。

王侍中

若、三：六臣作"枯、二"。

稽中散

明：何曰："本作'若'。"①

張司空

玉臺：何曰："似謂鏡臺。"②

（接上頁）士衡之評。人立矯抗，況復殊於此者乎？又貴遠賤近，人之常情；重耳輕目，俗之恒蔽。是以邯鄲托曲於李奇，士季假論于嗣宗，此其效也。然五言之興，諒非複古。但關西鄴下，既已罕同。河外江南，頗爲異法。故玄黃經緯之辨，金碧浮沈之殊。僕以爲亦合共美并善而已。今作三十首詩，斅其文體，雖不足品藻淵流，庶亦無乖商榷云爾。"【校】文中"不一"應爲"不極"。"商榷而已"應爲"商榷云爾"。

① （清）何焯《義門讀書記》中無此注釋。

② （清）何焯《義門讀書記》（卷四十七）："玉臺似指鏡臺。"【校】文中"似謂"應爲"似指"。

潘黃門

萱：任昉《述異記》：“吴中書生呼爲療愁花。”

寐：《字典》叶“蜜”。

《左記室》注

惡死、苦也：“惡”改“要”，“也”改“心”。

實唯：“唯”改“河”。

張黃門

礎：善音“楚”。

苔：五臣作“苕”。

盧中郎

虚、喻：五臣作“虖、踰”。

注 一日：“日”改“曰”。

張廷尉：何曰：“五臣‘張’作‘孫’是。”

兆：上聲。

棰：追，上聲。

許徵君：檀道鸞《續晉陽秋》：“魏中領軍允玄孫，早卒。”

《謝僕射》注

虚動、離并：“動”下增“起”字，“離”改“雖”。

謝臨川

鄣：五臣作“漳”。

晰、沵：舊音“折、血”。

顔特進

榮重餽：五臣上有“承”字，無“餽”字。

瑱：電。

謝法曹

汭：爇。

袂：舊入聲。

崿嵊：舊音“呼乘”。

王徵君

矚：六臣作“瞩”，並音“燭”。

袁太尉　向曰：“爲御史中丞時，從宋高祖拜廟并祭南郊之作。”

謝光禄

舲：《楚辭補注》音“靈”。

樂、昭：五臣作“藥、照”。

注 傍潯：“潯”改“深”。

休上人：《摩訶般若經》：“何名上人，佛言‘若菩薩一心行阿耨菩提，心不散亂，是名上人。’”《十誦律》：“人有四種：

一麄人，二濁人，三中間人，四上人。"

日暮碧雲合：《邅齋閑覽》："日暮碧雲合，佳人殊未來。今人遂用爲休上人詩故事。"

注 以興："以"改"於"。

文選音義卷七

吳郡　余蕭客（仲林）輯著

同郡　江雲鶴（信源）、江聲（鯨濤）參定

離騷：班固《離騷贊序》：“離，猶遭也。騷，憂也。明己遭憂作辭也。”《後山詩話》：“子厚謂屈氏《楚辭》，如《離騷》乃效《頌》，其次效《雅》，最後效《風》。”

經：何曰：“賈誼曰：‘屈原被讒，放逐作《離騷賦》。若用此語，去經之名，則無吳、楚僭王之疑矣。’”① 案：洪興祖《楚辭補注》：“後世尊之爲經，非屈原意。”

帝高陽之苗裔：王逸《楚辭章句序》：“‘帝高陽之苗裔’，則‘厥初生民，時惟姜嫄’也；‘紉秋蘭以爲佩’，則‘將翱將翔，佩玉瓊琚’也；‘夕攬洲之宿莽’，則《易》‘潛龍勿用’也；‘駟玉虬而乘鷖’，則‘時乘六龍以御天’也；‘就重華而敶詞’，則《尚書》‘咎繇之謨謨’也；‘登崑崙而涉流沙’，則《禹貢》之敷土也。”

考：劉子玄《史通》：“作者自叙，其流出於中古。《離騷經》：‘首章上陳氏族，下列祖考，先述厥生，次顯名字。’”②

降：乎攻切。

---

① （清）何焯《義門讀書記》（卷四十八）：“賈生曰：屈原被讒，放逐作《離騷賦》，若用此語，去經之名，則無吳、楚僭王之疑矣。”【校】文中“賈誼”應爲“賈生”。

② （唐）劉子玄《史通》（卷九）：“作者自叙，其流出於中古。按屈原《離騷經》，其首章上陳氏族，下列祖考，先述厥生，次顯名字。”【校】文中“中古”後脫“按屈原”三字。“首章”前脫“其”字。

覽、攬、乘、峻、興：五臣作"鑒、擥、策、陖、與"。"陖"音"峻"。

能：耐。

於：六臣作"與"。

紉：人。六臣作"紐"。

搴、緯繡、珵：《補注》"蹇、徽畫、呈"四音。

阰、佪、忳、薋、纕、糈、橓、廡、根：舊"毗、面、屯、兹、相、所、殺、麋、張"九音。

莽：姥。

不撫、度也：五臣無"不"字、"也"字。

菌桂：《本草》："菌桂，花白蘂黃，正圓如竹。"

茝：采。

隘：字與叶"益"。①

荃：《遯齋閑覽》："蓀則今人所謂石菖蒲者。"《補注》："'荃'與'蓀'同。"

齊：《楚辭》作"齎"。《補注》音"賫"。

怒：《匡謬正俗注》音"弩"。

舍：《韻補》叶"戍"。

天：《淮南子》："九天：中央鈞天，東方蒼天，東北變天，北方玄天，西北幽天，西方昊天，西南朱天，南方炎天，東南陽天。"

故也：何曰："他本有曰'黃昏以爲期兮，羌中道而改路'。王逸無。"

化：《楚辭音》："音'花'。"

---

① "字與"應爲"《字典》"。

畹：《説文》：“田三十畝曰畹。”

索：徐邈《尚書音》：“音‘素’。”

落：《補注》：“秋花無自落者，當讀如‘我落其實而取其花’之‘落’。”史正志《菊譜》：“叙荆公詩‘黄菊飄零滿地金’，歐陽曰‘春花不比秋花落，憑仗詩人仔細看’，荆公笑曰‘歐九不學故也’。不見《楚詞》云‘夕飡秋菊之落英’云云。噫！荆公蓋拗性自文耳。《詩》之《訪落》，訓‘落’爲‘始’，蓋謂花始敷也。草之精秀者爲英，本菊之始英，以其精華所聚而飡之，不然殘芳剩馥豈堪咀嚼乎？”①

英：《西溪叢語》：“沈約云：‘英，葉也。言食秋菊之葉。’據《神農本草》：‘菊服之，輕身耐老。三月采葉。’《玉函方》王子喬《變白增年方》：‘甘菊三月上寅采，名曰玉英。’是‘英’謂之‘葉’也。”

顑：坎。

頷：菡。

---

① （宋）史正志《史氏菊譜》：“王介甫武夷詩云：‘黄昏風雨打園林，殘菊飄零滿地金。’歐陽永叔見之，戲介甫曰：‘秋花不落春花落，爲報詩人子細看。’介甫聞之笑曰：‘歐陽九不學之過也。豈不見《楚辭》云‘夕餐秋菊之落英’。東坡，歐公門人也，其詩亦有‘欲伴騷人賦落英’，與夫‘卻繞東籬嗅落英’，亦用《楚辭》語耳。王彦賓言：‘古人之言有不必盡循者，如《楚辭》言秋菊落英之語。’余謂詩人所以多識草木之名，蓋爲是也。歐、王二公文章擅一世，而左右佩紉，彼此相笑，豈非於草木之名猶有未盡識之，而不知有落有不落者耶？王彦賓之徒又從而爲之贅疣，蓋益遠矣。若夫可餐者，乃菊之初開，芳馨可愛耳。若夫衰謝而後落，豈復有可餐之味？《楚辭》之過，乃在於此。或云《詩》之《訪落》，以‘落’訓‘始’也，意‘落英’之‘落’，蓋謂始開之花耳。然則介甫之引證，殆亦未立思歟？或者之説，不爲無據，余學爲老圃而頗識草木者，因并書於《菊譜》之後。”【校】文中“《菊譜》”應爲“《史氏菊譜》”，“黄菊”應爲“殘菊”，“春花不比秋花落，憑仗詩人仔細看”應爲“秋花不落春花落，爲報詩人子細看”。“《楚詞》”應爲“《楚辭》”。文中引用與原文有很大出入。

挐：五臣作"拏"，音"牽"。

謇：塞。

涕、替：何曰："四句以'涕''替'首尾相叶。"

轙：機。

悔：上聲。

詠、婷、筳篿：善"啄、脛、廷專"四音。

侂傺：音"詫制"。黃伯思《翼騷》：① "些、只、羌、誶、蹇、
紛、侂傺者，楚語也。"

態、安、懲：《字典》叶"梯、煙、長"三音。

鳥之、復脩、蕭艾、車其、局顧：五臣無"之、復、蕭、其、
顧"五字。

女嬃：舊音"須"。賈逵《離騷經章句》："楚人謂女曰嬃。"
《荆州記》："秭歸縣一百里有屈平故宅，方七頃，累石爲屋
基。今其地名樂平，宅東北六十里有女嬃廟。"

舷：袞。

予：上聲。

羽：五臣有"山"字。

野：劉昌宗《周禮音》："音'與'。"

蓰：施。

九歌：《山海經》："西南海之外，赤水之南，流沙之西，有人珥
兩青蛇，乘兩龍，名曰夏后開。開上三嬪于天，得《九辯》與
《九歌》以下。"郭璞注："皆天帝樂名，開登天而竊以下用之。"②

五子：淮南王《離騷傳》："五子胥也。"

---

① 應是（宋）黃伯思《東觀餘論·翼騷序》。

② （晉）郭璞注《山海經》（卷十六）："皆天帝樂名也，啓登天而竊以下用
之。"【校】文中"開"應爲"啓"。

巷：《經世大典注》"衖"音"弄"。《唐韻》"衖"同"巷"。

家：姑。

嚴、脩、須臾、霓、引：五臣作"儼、循、逍遙、電、列"。

菹醢：《淮南子》："醢鬼侯之女，菹梅伯之骸。"

差：《楚辭音》讀"蹉"。

輔：上聲。

柄：芮。

正：平。

縣圃："縣"音"玄"。《穆天子傳》："春山之澤，清水出泉，溫和無風，飛鳥百獸之所飲食，先王之所謂縣圃。"

崦嵫：《補注》："音'淹茲'。"《山海經》："鳥鼠同穴，山西南曰崦嵫。"

索：色。

屬：《九經補韻》讀爲"注"。

雷師：《春秋合誠圖》："軒轅，主雷雨之師。"

御：舊音"迓"。

妒：《字典》叶"當古切"。

馬：姥。

佩：叶"敝"。

貽：異。

在：叶音見《西都賦》。

窮石：《淮南注》："山名，在張掖。"

槃：《字典》叶"便"，平聲。《楚辭》五臣作"盤"。

有娀：《淮南子》："有娀在不周之北，長女簡翟，少女建疵。"

既以：舊注王逸本無"以"字。

忍：五臣有"而"字。

古：《楚辭釋文》音"故"。

迎、調：《字典》叶"遇、同"。

媒：叶"縻"。

傅巖：《尸子》："傅巖在北海之州。"① 孔安國《尚書傳》："在虞虢之界。"

使、爲：五臣"使"下有"夫"字，無"爲"字。

茅：矛。

從流：五臣作"流從"。

芬：五臣有兩"芬"字。

誠難：《楚詞》六臣無。

待：《字典》叶"啼"。

西海：《博物志》："張騫渡西海，至大秦。大秦之西烏遲國，烏遲國之西復言有海。"

戲：舊平聲。

注

爲客鄉因：王逸注下有"以爲氏。屈原自道本與君同祖，共出顓頊"十六字。

以修用："修"改"循"。

有種蒔："有"改"猶"。

陰陽之精藥：逸注"陰陽"作"正陰"。

所祐爲："祐"改"私"。

德之者："之"改"人"。

的明、其人："的"改"曉"，"明"下增"得"字，"其"改"真"。

---

① （清）汪繼培輯校：《尸子》："傅巖在北海之洲。"【校】"州"應爲"洲"。

反用幽："用"改"目"。

可貴兹："兹"改"重"。

行芬芳：下增"誠難"二字。

九歌：《補注》："《九歌》十一首，名九者，取簫韶九成、啓《九辯》《九歌》之義。"①

東皇太一：向曰："太一，星名。祠在楚東，以配東帝。"

辰良：《夢溪筆談》："'吉日兮辰良'，蓋相錯成文，則語勢矯健。如杜子美詩云'紅豆啄餘鸚鵡粒，碧梧棲老鳳凰枝'，韓退之云'春與猿吟兮秋鶴與飛'，皆用此體。"②

瑱：舊音"鎮"。

蒸：《補注》："一作'烝'。"

---

① （宋）洪興祖《楚辭補注》（楚辭卷第二）："《九歌》十一者，《九章》九首。皆以九爲名者，取簫韶九成、啓《九辯》《九歌》之義。"【校】文中"首"應爲"者"，"《九歌》十一首"後脱"《九章》九首"四字，"名九者"應爲"皆以九爲名者"。

② （宋）沈括《夢溪筆談》（卷十四·藝文一）："韓退之集中《羅池神碑銘》有'春與猿吟兮秋與鶴飛'，今驗石刻，乃'春與猿吟兮秋鶴與飛'。古人多用此格，如《楚詞》'吉日兮辰良'，又'蕙肴蒸兮蘭藉，奠桂酒兮椒漿'。蓋欲相錯成文，則語勢矯健耳。杜子美詩：'紅稻啄餘鸚鵡粒，碧梧棲老鳳凰枝。'此亦語反而意全。韓退之《雪詩》'舞鏡鸞窺沼，行天馬度橋'亦效此體，然稍牽強，不若前人之語渾成也。"【校】文中"吉日辰良"應爲"吉日兮辰良"，脱"兮"字。"吉日辰良"前脱"韓退之集中《羅池神碑銘》有'春與猿吟兮秋與鶴飛'，今驗石刻，乃'春與猿吟兮秋鶴與飛'。古人多用此格，如《楚詞》"等内容。"吉日辰良"後脱"又'蕙肴蒸兮蘭藉，奠桂酒兮椒漿'"二句詩。"則語勢矯健"應爲"則語勢矯健耳"。"如杜子美詩云"應爲"杜子美詩"。"紅豆"應爲"紅稻"。"韓退之云：'春與猿吟兮秋鶴與飛'皆用此體"原文中無此內容，應爲"韓退之《雪詩》'舞鏡鸞窺沼，行天馬度橋'亦效此體，然稍牽強，不若前人之語渾成也。"

倡：平。

注 吉辰：“吉”改“良”。

雲中君 英：央。

懺：同“忡”。

湘君 劉向《列女傳》：“舜陟方死於蒼梧，二妃死於江湘之間，俗謂之湘君。”① 《補注》：“娥皇爲正妃，故曰君，其二女女英，自宜降曰夫人，故《九歌》謂娥皇爲君，謂女英帝子，各以其盛者，推言之也。”②

歸、承：五臣作“末、采”。

參差：《風俗通》：“舜作《簫》，其形參差，象鳳翼。”③

橈：饒。

溆陽：《補注》：“今澧州有溆陽浦。”何曰：“漢之陽也。《史記》：‘沱、溆既道。’”

俳：費。

末：《字典》叶“蔑”。

湘夫人 《山海經注》：“天帝二女處江爲神。《離騷》《九

---

① 出自（宋）洪興祖《楚辭補注》。

② （宋）洪興祖《楚辭補注》：“堯之長女娥皇，爲舜正妃，故曰君。其二女女英，自宜降曰夫人也。故《九歌》詞謂娥皇爲君，謂女英帝子，各以其盛者，推言之也。”【校】文中“娥皇”前脱“堯之長女”四字。“正妃”前脱“舜”字。“夫人”後脱“也”字。

③ （東漢）應劭《風俗通義》（卷六）：“舜作《簫韶》九成，鳳凰來儀。其形參差，像鳳之翼。”【校】文中《風俗通》應爲“《風俗通義》”，漢唐人多引作《風俗通》。“簫”應爲“《簫韶》九成，鳳凰來儀”。“象”應爲“像”，“鳳”後脱“之”字。

歌》所謂湘夫人。"①

余:《楚詞》六臣作"予"。《補注》音"與"。

登白蘋:五臣無"登"字,"蘋"作"蘋"。

張:去。

罶、茢、榤:《補注》"增、渥、綿"三音。

蓋:叶音見《高唐賦》。

播:《楚辭》作"𢴯"。《補注》:"古'播'字。"

蕙:五臣作"蓮"。

石蘭、葺、兮杜:五臣"蘭"下有"兮"字,"葺"下有"之"字,"兮"下有"以"字。

襟:舊音"牒"。

者:"渚、覩"二音。

少司命　《史記·天官書》:"文昌六星,四曰司命。"②《晉書·天文志》:"三台六星,兩兩而居,西近文昌二星曰上台,爲司命。"③案:《大司命》曰:"何壽夭兮在予。"王逸《少司

----

① (晉)郭璞注《山海經》(卷五):"天帝之二女而處江爲神,即《列仙傳》江妃二女也。《離騷》《九歌》所謂湘夫人。"【校】文中"天帝"後脱"之"字,"二女"後脱"而"字,"《離騷》"前脱"即《列仙傳》江妃二女也"一句。

② (西漢)司馬遷《史記·天官書》:"斗魁戴匡六星曰文昌宫:一曰上將,二曰次將,三曰貴相,四曰司命,五曰司中,六曰司禄。"【校】文中"文昌六星"應是"斗魁戴匡六星曰文昌宫"。"四曰司命"前脱"一曰上將,二曰次將,三曰貴相"三句。

③ (唐)房玄齡《晉書·天文志》(志第一):"三台六星,兩兩而居,起文昌,列抵太微。一曰天住,三公之位也。在人曰三公,在天曰三台,主開德宣符也。西近文昌二星曰上台,爲司命。"【校】文中"兩兩而居"後脱"起文昌,列抵太微。一曰天住,三公之位也。在人曰三公,在天曰三台,主開德宣符也"等内容。

命注》曰："言司命擁護萬民，長少使各得其命，蓋並指三台上台二星之司命。"

華：五臣作"枝"。

與女遊：《補注》："古本無此二句。"

艾：《補注》："麗姬，艾封人之子，故美女謂之艾。"

注 可爲："可"改"何"。

山鬼

來：鼇。

三秀：王逢原《藏芝賦·序》："《離騷》《九歌》自詩人所紀之外，地所常產，目所同識之草盡矣，而芝復獨遺説者，遂以《九歌》之'三秀'爲芝，予以其不明。"①

蔓：舊叶"莫盤反"。

柏：叶音見何敬祖《遊仙詩》。

蕭蕭：《補注》《文苑》作"搜搜"。

九章

涉江

圌：去。

欸：陳芳《芸窗私志》："今人暴見事之不然者，必出聲曰欸。烏開切，乃歎聲也。"《楚辭》六臣作"欸"，舊音"哀"。

---

① （宋）吳仁傑《離騷草木疏》（卷一）："王令逢原作《藏芝賦·序》云：'《離騷》《九歌》自詩人所紀之外，地所常產，所同識之草盡矣，而芝後獨遺説者，遂以《九歌》之"三秀"爲芝，予以其不明。'【校】文中內容出自"（宋）吳仁傑《離騷草木疏》"。"所同"前衍"目"字。

辰陽：《水經注》："沅水東逕辰陽縣東，南合辰水。舊治在辰水之陽，故取名焉。《楚詞》所謂'夕宿辰陽'也。沅水又東歷小灣謂之枉渚。"①

苟：五臣作"等"。

溆：《補注》："叙呂切。"

僱：蟬。

佪：回。

行：叶"雄"。

醓：《韻補》叶"喜"。

又何：五臣無"何"字。

注 劍也："劍"改"鋏"。

卜居

呃、喔咿嚅唲：舊音"足、握伊儒兒"五音。

滑稽：舊注："滑音骨。"　《史記索隱》："滑如字，稽音'計'。"王叡《炙轂子》："滑稽者，轉注之器也。若漏卮之類，以比人言語捷給，應對不窮也。"②　《補注》："滑稽，酒

---

① （北魏）酈道元《水經注》（卷三十七）："沅水又東逕辰陽縣南，東合辰水。水出縣三山谷，東南流，獨母水注之，水源南出龍門山，歷獨母溪，北入辰水。辰水又逕其縣北，舊治在辰水之陽，故即名焉。《楚辭》所謂'夕宿辰陽'者也。……沅水又東歷小灣，謂之枉渚。"【校】文中"沅水東逕辰陽縣東，南合辰水"應作"沅水又東逕辰陽縣南，東合辰水"。"南合辰水"後脫"水出縣三山谷，東南流獨母水注之。水源南出龍門山，歷獨母溪，北入辰水。辰水又逕其縣北，辰水又右會沅水"等句。"沅水又東歷小灣，謂之枉渚"一句亦屬於本卷內容，但文中省略其與前句間的諸多內容，此處因省略內容篇幅過大，就不再將原文內容引述於此。

② （唐）王叡《炙轂子錄》："滑稽，轉注之器也。若今人以一器物底下穿孔注之不已，亦若漏卮之類。以類人言語捷給，應對不窮。"【校】文中"亦若漏卮之類"前脫"若今人以一器物底下穿孔注之不已"一句。

器。轉注吐酒終日不已。”

廉真：六臣“真”作“貞”。

明：《楚辭音》音“芒”。

通：《字典》叶“湯”。

漁父

新沐：《荀子·不苟篇》：“新浴者振其衣，新沐者彈其冠，人之情也。其誰能以己之僬僬，受人之掝掝者哉。”本此。

枻：曳。

滄浪：《永初山川記》：“夏水，古文以爲滄浪，漁父所歌也。”

九辯

一

落：五臣有“兮”字。

憭、冹：善音“了、血”。《楚辭音》：“‘憭’音‘流’。”

愪：曠。

悢：舊音“朗”。《補注》音“亮”。

廩：通“壇”。

憐：鄰。

喟：“嘲、鄒”二音。

晰：制。

二

化：呵。

瞀：茂。

怦：烹。

三

茷：舊音"於"。

邑、委：五臣作"䒧、矮"，音"邑、逶"。

葥：《楚辭釋文》音"朔"。

伾：匡。

四

曾華：舊注逸無"華"字。

狺：舊音"銀"。

五

駒：何曰："《楚辭》作'駬'。"①

喽、舉、鋙：《補注》"嫛、偲、語"三音。

鉏：齟。李軌《周禮音》："測魚反。"

合：叶音見《思玄賦》。

餧：委。

招魂　《補注》："李善以《招魂》爲《小招》，以有《大招》故也。"

些：娑，去聲。《夢溪筆談》："今夔、峽、湖、湘及南江獠

---

① （清）何焯《義門讀書記》（卷四十八）："《楚詞》俱作'蹢跳'。據朱子云：作'駒跳'者非。"【校】文中"《楚辭》"應爲"《楚詞》"。"作"字前脫"俱"字。"駬"應爲"蹢跳"二字。脫"據朱子云：作'駒跳'者非"一句。

人，凡禁咒句尾皆稱'些'，乃楚人舊俗。"①

十日：《歸藏易》："羿斃十日。"

赤蟻若象：鄺露《赤雅》："赤蟻若象，渾身帶大刀，負萬鈞，雜食虎豹蛇虺，遺卵如斗，人取爲醬，是名蚳醢。"②

壺：《字典》叶"虎"。

增冰：《尸子》："朔方之寒，地凍厚六尺，北極左右有不釋之冰。"③

久：《韻補》叶"几"。

佻：通"駾"。

瞑："眠、銘"二音。

都：叶"碪"。

土伯：何曰："《日知録》曰：'或云地獄之説，本於《招魂》；長人土伯，則夜叉羅刹之倫也；爛土雷淵，則刀山劍樹之地也。雖文人寓言，而意已近之。於是魏晉以下，遂演其説，而附之釋氏之書。'"④

---

① （宋）沈括《夢溪筆談》（卷三·辨證一）："今夔、峽、湖、湘及南、北江獠人，凡禁咒句尾皆稱'夢'。此乃楚人舊俗。"【校】"些""夢"二字爲異體字。"乃"字前脱"此"字。

② （明）鄺露《赤雅》（卷下）："赤蟻若象，渾身帶火，力負萬鈞，雜食虎豹蛇蟲，遺卵如斗山。人取爲醬，是名蚳醢。"【校】文中"大"應爲"火"。"刀"應爲"力"。"虺"應爲"蟲"。"斗"後脱"山"字。

③ （清）汪繼培《尸子》（卷下）："朔方之寒，冰厚六尺，木皮三寸，北極左右有不釋之冰。"【校】"地凍"應爲"冰"。"六尺"後脱"木皮三寸"四字。

④ （清）顧炎武《日知録》（卷三十）："或曰地獄之説，本於宋玉《招魂》之篇；長人土伯，則夜叉羅刹之倫也；爛土雷淵，則刀山劍樹之地也。雖文人之寓言，而意已近之矣。於是魏晉以下之人，遂演其説，而附之釋氏之書。"【校】《義門讀書記》中無此注譯。文中所引出自《日知録》。"《招魂》"前脱"宋玉"二字，"《招魂》"後脱"之篇"二字。"文人"後脱"之"字。"近之"後脱"矣"字。"以下"後脱"之人"二字。

齹、胅、鬜、矓、粔：《補注》"疑、梅、萭、霍、巨"五音。舊注：胅音"妹"。

拇、駈、幬、睩、矊、陂陁、輘、籹、餕、歙、琨：舊注"母、丕、儔、禄、綿、波、馳、凉、女、張、俞、昆"十二音。《爾雅釋文》："'拇'音'畝'。"《補注》："'陂陁'音'坡馳'。"

牛、寒：《字典》叶"奚、賢"。

災：叶"兹"。

修門：伍端休《江陵記》："南關三門，其一名修門。"

網户：蘇鶚《演義》："罘罳織絲爲之，象羅網交文之狀，蓋宫殿籓户之間。"《演繁露》："網户朱綴刻方連者以木爲户，其上刻爲方文，互相連綴。朱，其色也；網，其狀也。"

突：郭璞《爾雅音》："'窔'音'杳'。"《韻會》："'突'同'窔'。"

蘭：《韻補》音"連"。

絓：卦。五臣作"挂"。

瓊：《韻補》叶"强"。

衆：《九經補韻》音"終"。

蛇：移。

屏風：《名醫别録》："防風，一名屏風。"

大苦：陸機《詩疏》："苓，大苦，可爲乾菜。"

腱：健。皇侃《禮記講疏》："紀偃反。"《禮記隱義》："筋之大者。"

臑："耎、而"二音。

齏：《春秋左氏音義》音"郎"。

爽、蜜勺：《補注》爽叶"霜"。古本"蜜"作"䕡"。

餌：《方言》：“餤也。”《文昌雜録》：“今餚餤是。”

酏：舊音“駄”。

娛：《六書故》：“‘娛’‘嬉’通。”

槙：舊音“田”。《補注》音“殿”。

結：計。

先：《韻補》音“辛”。

簿：博。《古博經》：“博法，二人相對坐向局，局分爲十道，①兩頭當中名爲水，用碁十二枚，六白六黑，又用魚二枚置於水中，其擲采以瓊爲之，瓊畟方寸三分，長寸五分，銳其頭，鑚刻瓊四面爲眼，亦名爲齒。二人互擲采行碁，碁行到處即竪之，名爲驍碁，即入水食魚，亦名牽魚。每牽一魚獲二籌，翻一魚獲二籌。”鮑宏《博經》：“瓊有五采：刻爲一畫者謂之塞；刻爲兩畫者謂之白；刻爲三畫者謂之黑。一邊不刻者五塞之間，謂之五塞。”叶“百”。

梟：五臣作“鳧”。

牟：張端義《貴耳集》：“《楚詞·招魂》‘成梟而牟’，‘牟’即‘盧’也。”案：《貴耳集》“牢”字即“牟”字誤。②

五白：張湛《列子注》：“明瓊，齒五白也。”

簇：巨。

揲：同“戛”。

夜：《補注》：“一作‘夕’。”

假：格。

---

① “十道”應爲“十二道”。
② （宋）張端義《貴耳集》（卷下）：“《楚辭·招魂》‘成梟而牟’，‘牟’即‘盧’也。”【校】文中二“牢”字皆應爲“牟”字。《貴耳集》中“牟”字并未出錯，此處乃余蕭客引用錯誤，其後“案”中批注亦是錯誤的。

漸：尖。

錯：叶"策"。

既：五臣無。

不可：何曰："《楚詞》下多一'以'字。"

楓：叶"弗含切"。

心：《楚辭音》："蘇含切。"

招隱士

繚：《補注》："居休切。"

嚪：《字典》叶"侯"。

王孫遊：《補注》："樂府有王孫遊出此。"

蝯：袁。

聊：留。

岆：善音"血"。

蟪、碕礒、霳：舊"惠、綺蟻、髓"四音。

恫：何曰："宋本作'洞'。"①

硱：困。《楚詞釋文》"苦本切"。何曰："宋本作'硍'。"②

磳磈：音"增傀"。何曰："宋本作'磈磳'。"

硊：危，上聲。

白鹿：《抱朴子》："白鹿，壽千歲，滿五百歲色純白。"③《晉徵祥記》："白鹿色若霜，不與他鹿爲群。"《述異記》："鹿千

---

① （清）何焯《義門讀書記》中無此注釋。

② 同上條。

③ （東晉）葛洪《抱朴子》（内篇卷一）："虎及鹿兔皆壽千歲，壽滿五百歲者，其毛色白。"【校】文中"白鹿"應爲"虎及鹿兔"。"壽千歲"前衍"皆"字。"滿五百歲"前脱"壽"字、後脱"者"字。"色純白"應爲"其毛色白"。

年化爲蒼，又五百年化爲白，又五百年化爲玄。”

倚：上聲。

滰：《集韻》音“躧”。

廎：加。五臣作“麂”，舊音“加”。

注 荊棘、走住：何曰：“宋本‘棘’作‘刺’，‘住’作‘注’。”

七發 六臣本善注：“乘事梁孝王，恐孝王反，故作《七發》以諫之。”① 何曰：“劉彥和云：‘七竅所發，發乎嗜欲，始邪末正，所以戒膏粱之子也。’”②

一

疾而、至於、衣裳、深遠：五臣無“而、於、裳”三字，“遠”下有“矣”字。

轜：善音“色”。

朣：毳。

腥：舊音“呈”。

厚：叶“五”。

燖：潛。《周禮音義》音“尋”。

瘱：蕠。蘇林《漢書注》音“萎”。

醼：同“宴”。

---

① 《六臣注文選》（卷三十四）：“善曰：‘《漢書》云：‘枚乘，字叔，淮陰人也。善屬辭賦，爲吳王濞郎中令，吳王反，乘諫不從，乃事梁孝王。孝王薨，歸於淮陰。武帝即位知其賢，以蒲輪徵之。乘死於路。孝王時，恐孝王反，故作《七發》以諫之。’【校】文中引用有所簡略。

② （南朝·梁）劉勰《文心雕龍·雜文》：“蓋七竅所發，發千嗜欲，始雅末正，所以戒膏粱之子也。”【校】何焯《義門讀書記》並無此段注釋。文中內容出自劉勰《文心雕龍·雜文》，“七竅”前脫“蓋”字。“邪”應爲“雅”。

二

遡、琴摯、暢：五臣作“素、班爾、張”。

鴉鳴：善音“渴旦”。

約：善注：“亦‘的’字。”

瀸：“尖、漸”二音。

蚑：祈。

三

犓：芻。

山膚：銑曰：“雄白。”

注 風賦：“風”改“諷”。

四

服處：五臣作“處服”。

季：五臣作“秀”。

五

湫：善注：“與‘寂’同。”

蕎、嬿：舊音“儔、宴”。

杜連：良曰：“即田連善鼓琴者。”

窕：善注：“當爲‘挑’。”

起游：五臣有“之”字。

六

游、喜：五臣作“遡、嘉”。

大宅：梁丘子《黃庭經注》："面爲靈宅，一名大宅，以眉目口之所居，故爲宅。"

圻：通"垠"。

未既、而游：五臣"既"下有"也"字，無"而"字，"游"下有"之"字。

七

瞝：曠。

怠：叶"題"。

潵：敢。

頮、沋：舊音"悔、尤"。

傴：於，上聲。

澄：沂。

乒：浜。

庉：豚，上聲。

座：舊音"底"。《唐韻》音"窒"。

跐：曳。

踣："裴、訇"二音。《爾雅音義》音"赴"。

八首注

芳鉺："鉺"改"餌"。

七啓序

王粲作：王粲所作，名《七釋》。

一

背洞溪：五臣"溪"作"壑"。傅毅《七激》："背洞壑，臨絶谿。"

文裘：《五經要義》："諸侯黼裘以誓田，雜羔狐爲黼文也。"翰曰："鹿裘。"

逝、化：五臣作"遊、巧"。

譆：善注："與'嘻'通。"

分：《韻補》叶"丰"。

二

粺、苓：善注："粺與稗通，苓與蓮同。"

蓚：《詩釋文》："蓚，敕六反。"善注：蓚與蓚同。

玄熊：《雅翼》："熊，人足，黑色。"①

寒：李濟翁《資暇集》："《七啓》'寒芳連之巢龜'，五臣改'寒'爲'搴'。搴，取也。何以對下句之'膾'耶？況此篇全説修事之意，獨入此'搴'字，于理未安。"②

注 韓雞本：下增"法"字。何曰："此韓乃三韓，亦有韓羊韓兔。"③

珠柱：何曰："似即'江瑶柱'。"

---

① （宋）羅願《爾雅翼》（卷十九）："熊類大豕，人足，黑色。"【校】文中"《雅翼》"應爲"《爾雅翼》"。"熊"後脱"類大豕"三字。

② （唐）李匡文《資暇集》（卷上）："又子建《七啓》云：'寒芳蓮之巢龜，鱠西海之飛鱗。'五臣亦改'寒'爲'搴'。搴，取也。何以對下句之'膾'耶？況此篇全説修事之意，獨入此'搴'字，於理甚不安。"【校】文中"《七啓》"前脱"又子建"三字。"《七啓》"後脱"云"字。"連"應爲"蓮"。"巢龜"後脱"鱠西海之飛鱗"一句。

③ （清）何焯《義門讀書記》（卷四十九）："此韓乃三韓之韓，亦有韓羊韓兔。"【校】文中"三韓"後脱"之韓"二字。

三

緄：袞。

四

罘：邳。

曰予：五臣有"性"字。

五

名、從我：五臣"名"作"容"，無"我"字。

六

洞、揮、裾、翔：五臣作"彤、彈、袖、翻"。

七

轢：舊音"力"。

蜺：舊叶去聲。

八

世：叶"說"。

穴：《字典》叶"胡桂切"。

注 五被："五"改"伍"。

記威："記"改"斗"。

恐安國：六臣"恐"作"孔"。

七命

一

趫、聾、轂：何曰："《晉書》作'超、籠、穀'。"五臣"趫"作"越"。

話：《廣韻》音"譆"。

注 而效："而"改"願"。

二

嶒崚、嵉：舊"層稜、啼"三音。

岫：輦。

左：五臣"左"作"右"，"右"作"左"。

號鐘：《軒轅木紀》："帝之琴名號鐘。"

三

歡、鳧、雲：何曰："《晉書》作'觀、鵁、靈'。"

蘭：舊音"囂"。

三翼：《水戰兵法內經》："大翼一艘，廣一丈五尺三寸，長十丈；中翼一艘，廣一丈三尺五寸，長九丈；小翼一艘，廣一丈二尺，長五丈六尺。"

四

素節：《梁元帝纂要》："秋曰素商，節曰素節。"

旌、債：何曰："《晉書》作'譖、攢'。"①

---

① （清）何焯《義門讀書記》中無此注釋。

犴、猇：舊音"牽""喜"。

猭：㝅。

睒：瑲。何曰："'樅'字從《廣韻》。《玉篇》：'從日，電光；從目，目光。'"①

皎：效，上聲。

甌：《晉書音義》音"瓦"。

賁石：五臣"石"作"育"。

歡極樂殫，迴節而旋：五臣無。

注 待獲、射者："待"改"持"，"獲"下增"待"字，"者"下增"中"字。

五

鋌：挺。

鏷：僕。《晉書》作"鍱"，《音義》音"葉"。

流綺、鴻：何曰："《晉書》'流'上有'既而'二字，'鴻'作'龍'。"

舒辟無方：《池北偶談》："《劍俠傳》載：'种諤畜一劍，可屈置盒中，縱之復直。'張景陽《七命·論劍》曰：'若其靈寶，則舒屈無方，斯之謂歟。'"

六

瞷：善作"閑"。

赴、電：五臣作"越、雷"。

---

① 《義門讀書記》《玉篇》中皆無此注釋。

七

髀："俾、弭"二音。

燀：闡。

酟、腊：舊音"添、昔"。

寒：何曰："《晉書》作'嘉'。"

羞：《韻補》音"秀"。

殼：《字典》叶"寇"。

荆、豫：何曰："'荆、豫'字，借對高似孫《緯略》第十卷中所辨得之。"

烏程：《漁隱叢話後集》："余以《湖州圖經》考之，烏程縣以古有烏氏、程氏居此，能醞酒，因此名焉。其荆溪則在長興縣西南六十里，此溪出荆山。張協《七命》云：'酒則荆南烏程，荆南則此荆溪之南也。'"

八

徵、尋：五臣作"運、從"。

詔

漢武帝：向曰："《漢書》云：'諱徹，景帝中子。'"

踶：弟。《莊子音義》："徒兮反。"《通俗文》："小踶，謂之踶。"

夫：五臣無。

泛：捧。

跖：如淳注："音'拓'。"善音"尺"。

賢良詔　"武紀元、光年詔、賢良曰"云云，於是董仲舒、公孫弘等出焉。

畫象：《白虎通》：“畫象者，其衣服象五刑也。犯墨者蒙巾；犯劓者以赭著其衣；犯髕者以墨蒙其髕，象而畫之；犯宮者扉；犯大辟者布衣無領。”①

北發：《孔子三朝記》：“北發渠搜，南撫交阯。”師古注：“北發非國名。”

孛：舊音“勃”。

不敏：善無。

注 在金：下增“城”字。

九錫文

潘元茂：向曰：“《文章志》云：‘陳留中牟人。’”

一人尺土：《魏志》作“率土之民”。

遹：《廣韻》音“銛”。

兆：五臣作“挑”。

眭：舊音“雖”。

綏爰：鄭玄《尚書注》：“爰，於也。”

常山：五臣無。

使使：五臣只一“使”字。

御史大夫慮：《續漢書》：“郗慮，山陽高平人，少受業于鄭玄。”《江表傳》：“慮從光祿勳遷爲大夫。”

戎輅：五臣無。

---

① （東漢）班固《白虎通》（卷四）：“五帝畫象者，其衣服象五刑也。犯墨者蒙巾；犯劓者以赭著其衣；犯髕者以墨蒙其髕處而畫之；犯宮者履雜扉；犯大辟者，布衣無領。”【校】文中“畫象者”前脱“五帝”二字。二“髕”字皆應爲“臏”字。“扉”應爲“履雜扉”。

昬：何曰："《三國志注》'鄭玄曰勉也'。"

注 建康："康"改"安"，本條"建康"同。

長安建："長安"改"安邑"。

萬四："四"改"一"。

奔遼東：上增"尚"字。

關上："上"改"中"。

宣德皇后令

在不：五臣作"不在"。

脩張良廟教

傅季友：丘淵之《文章録》："歷尚書令，任光禄大夫，元嘉三年，以罪伏誅。"《南史》："北地靈州人，晉司隸校尉咸之玄孫。"

神交：善作"交神"。

窅：杳。

原：善作"京"。

修楚元王墓教　翰曰："墓在彭城。"

永明　《南齊書》："武帝即位，改元永明。"

九年策秀才：《丹鉛總録》："趙武靈王云：'俗辟民易，則是吳越無秀才也。秀才之名始此，後再見于《賈誼傳》。'"①

---

① （明）楊慎《丹鉛總録》："趙武靈王《論胡服》云：'俗辟民易，則是吳越無秀才也。秀才之名始此，後再見于《賈誼傳》。'"【校】"趙武靈王"脱"《論胡服》"。

文五首：《通考》："齊尚書都令史駱宰議策秀才格，五問並得爲上，四、三爲中，二爲下，一不合與第。詔從宰議。"①

王元長：《南齊書》："瑯邪臨沂人，祖僧達。"

一

明經：何曰："秀才科，始漢武元封五年。名臣文武欲盡，詔郡國察吏民，可爲將相及使絕域者，與明經殊，此連類策之，非本意。"②

二

置：六臣作"直"。

舄：五臣作"瀉"，舊音"赤"。

三

鍰：舊音"環"。徐邈《尚書音》："戶關反。"馬融《尚書注》："六鋝也。"

四首注

應劭曰鎔：下增"形容也作"四字。

---

① 文中"《通考》"或爲"（清）秦蕙田《五禮通考》（選舉典第十四）"。

② （清）何焯《義門讀書記》（卷四十九）："秀才之科，始自漢武帝元封五年。時名臣文武欲盡，乃詔令州郡，察吏民有茂材異等，可爲將相及使絕國者，與明經各殊，此連類及之，非本意矣。"【校】文中"秀才"後脫"之"字。"名臣"前脫"時"字。"詔郡國察吏民"應爲"乃詔令州郡，察吏民有茂材異等"。"與明經"後脫"各"字。"策之"應爲"及之"。"非本意"後脫"矣"字。

五

鄒説：良曰：“謂鄒衍説‘天五勝歷數’之事。”

十一年策秀才文

二

職、惰、卑：五臣作“位、情、畢”。

四首注

矩出：“出”改“步”。

則爲賤：“賤”改“賊”。

五

淮汴：《宋書·明帝紀》：“秦始二年十月，以郢州刺史沈攸之爲中領軍，與張永俱北討。十二月大敗，於是遂失淮北四州及豫州淮西地。”①

注 此單：“單”改“孽”。

天監三年策秀才文

一

彫斲：善作“斲彫。”

------

① （梁）沈約《宋書·明帝紀》：“丁卯，以郢州刺史沈攸之爲中領軍，與張永俱北討。……十二月己未，以尚書金部郎劉善明爲冀州刺史。……辛巳，以輔國將軍劉靈遺爲梁、南秦二州刺史。薛安都要引索虜，張永、沈攸之大敗，於是遂失淮北四州及豫州淮西地。”【校】文中“秦始二年十月”應爲“丁卯”。文中引用時有所概括。

三

蒲：五臣作"規"。

路絕：五臣作"絕路"。

表上

薦禰衡

孔文舉：《續漢書》："孔子二十四世孫,① 父宙，泰山都尉。"《後漢書》："孔子二十世孫，棄市，時年五十六，妻子皆被誅。"

並：五臣作"間"。

路粹：《典略》："陳留人。孔融有過，太祖使粹爲奏，承指數致融罪之。後人覵粹所作，無不嘉其才而忌其筆也。至十九年，粹轉爲秘書令，從大軍至漢中，坐違禁賤，請驢伏法。"《後漢·孔融傳》："曹操既積嫌怨，而郗慮復構成其罪，遂令丞相軍謀祭酒，路粹枉狀奏融。"②

掌伎：俞曰："范書作'臺牧'。注云：融集作'掌牧'，皆誤，當據此爲正。"

必無：善無"必"字。

注 興略："興"改"典"。

出師

諸葛孔明：《蜀志》："瑯琊陽都人。"

---

① 【校】"二十四"應爲"二十"。

② （南朝·宋）范曄《後漢書》（卷七十）："曹操既積嫌忌，而郗慮復構成其罪，遂令丞相軍謀祭酒，路粹枉狀奏融。"【校】文中"嫌怨"應爲"嫌忌"。

遇、恢：向曰："《蜀志》'遇'作'殊'，'遇恢'作'恢弘'。"

治：善作"理"。

亮、規、課：何曰："《蜀志》作'良、損、謀'。"

草廬：《漢晉春秋》："亮家在襄陽城西二十里，曰隆中。"①
《荊州記》："襄陽西北十許里，名爲隆中，有孔明宅。"

瀘：《沈黎志》："孔明南征，由今黎州路，黎州四百餘里至兩林蠻，自兩林南瑟琶部三程至寯州，十程至瀘水，瀘水四程至弄棟，即姚州也。"

戮允等：善作"責攸之、褘、允等咎"。

求自試　《魏略》："植雖上此表，猶疑不見用。"

虛受：何曰："王符《潛夫論》曰：'故明主不敢以私授，忠臣虛受。'"②

位竊：五臣作"竊位"。

受爵、西尚、簡良、鎮衛：何曰："《魏志》'受'作'授'，無'尚'字。'良'作'賢'，'衛'作'禦'。"

占：五臣作"纓"。

二臣：五臣有"者"字。

世俗、欲逞、伏以、宿兵、景鍾：何曰："《魏志》無'俗'字，'逞'下有'其'字，'伏'作'但'，'兵'作'將'，'景'作'鼎'。"

---

① （晉）習鑿齒《漢晉春秋》（卷二）："亮家於南陽之鄧縣，在襄陽城西二十里，號曰'隆中'。"【校】"亮家"後脫"於南陽之鄧縣"六字，"曰"前脫"號"字。

② （清）何焯《義門讀書記》無此注釋。出處應爲《後漢書》（卷四十九）《王充王符仲長統列傳》（第三十九）《貴忠篇》："故明主不敢以私授，忠臣不敢以虛受。"文中"忠臣"後脫"不敢以"三字。

志或：善無"志"字。

固夫：五臣無"固"字。

偏師：《魏志》、五臣"師"作"舟"。

朝榮：《魏志》"榮"作"策"。

趙：何曰："《秦本紀》：'蜚廉子季勝之後造父，幸于周穆王，以趙城封造父，造父族由此爲趙氏。蜚廉子惡來之後非子，以造父之寵，皆蒙趙城爲趙氏，然則秦當爲趙，不特爲同祖。'"①

楚、露：五臣作"秦、霧"。

螢：何曰："一作'熒'"。

注 當見宿："當"改"蒙"。

曰毛詩："曰"改"玄"。

今僕知伯樂知己也：六臣無。

《求通親親表》② 題注

自致："自"改"因"。

表、德之、周之、不爲之、何也、君者：五臣無三"之"字、"何也"字、"者"字。

咨、九親、永絕、退省、終向：何曰："《魏志》'咨'作

---

① （清）何焯《義門讀書記》（卷四十九）："《秦本紀》：'蜚廉子季勝之後造父，以善御幸于周穆王。穆王以趙城封造父，造父由此爲趙氏。蜚廉子惡來之後非子，以造父之寵，皆蒙趙城姓趙氏。周孝王以其栢翳後，邑之秦，使續嬴氏祀，號曰秦嬴。然則秦固嘗爲趙矣，不特爲其同祖也。'"【校】文中"幸于"前脱"以善御"三字，"由此"前衍"族"字。"皆蒙趙城爲趙氏"中"爲"字當作"姓"字。此句後脱"周孝王以其栢翳後，邑之秦，使續嬴氏祀，號曰秦嬴"一句。"然則秦當爲趙"中"當"應爲"嘗"字，句末脱"矣"字。"同祖"後脱"也"字。

② 應爲《求通親表》。

‘資’，‘親’作‘族’，‘永’作‘乖’，‘省’作‘唯’，無‘終’字。”

問塞：《陳思王傳》詔報曰：“本無禁錮諸國通問之詔也。矯枉過正，下吏懼譴，以至於此耳。”①

歲得再通：《陳思王傳》詔報曰：“已刺有司，如王所訴。”②

蓁莪：何曰：“太皇太后四年崩。”

文子：馬總《意林》：“《范子》③云：‘計然者，姓辛，字文子。’”

慺：舊音“婁”。

讓開府 《羊祜傳》：“後加車騎將軍，開府如三司之儀，祜上表固讓，不聽。”④

羊叔子：傅暢《晉諸公贊》：“太山平陽人。”

昨出、先人、而令：五臣無“出”字、“令”字，“人”下有“之”字。

小人：五臣作“輕小”。

臣等：何曰：“《晉書》無‘等’字。”

李喜：《晉諸公贊》：“上黨銅鞮人，累遷光禄大夫，特進贈太保。”

注 領職、服謂、之事也：《周禮》：“‘領’作‘頒’、‘注’‘服’下有‘事’字，‘謂’下有‘爲’字，‘之’作‘服’，

---

① （晉）陳壽《三國志·魏志·陳思王植傳》（卷十九）：“本無禁固諸國通問之詔也。矯枉過正，下吏懼譴，以至於此耳。”【校】文中“錮”字應爲“固”。

② 出處同上一條。【校】文中“刺”應爲“敕”。

③ 應是《范子計然》。

④ 内容出自《晉書·羊祜傳》，文中脫“祜上表固讓曰”中内容。

'也'作'者'。"

陳情

李令伯：《晉書》本傳："師事譙周，周門人方之游夏。"

題注 令伯： 六臣下有"犍爲武陽人"五字。

表、躬親： 善本"親"作"見"。

會： 何曰："《蜀志注》作'命'。"

特爲尤甚： 何曰："《晉書》作'厄羸之極'。"

僞朝：《丹鉛總錄》："嘗見佛書引此文，僞朝作荒朝，蓋密之初文也。'僞朝'字蓋晉改之以入史。"

報： 善作"養"。何曰："《晉書》作'報養'，《蜀志注》同。一無'養'字。"①

謝平原　《晉書》："宣帝穆張皇后生平原王幹。"②

内史：《通考》："漢制郡爲諸侯王國者，置内史以掌太守之任。"

官成： 何曰："官，一作'宦'。"

齊王同：《陸機傳》：③"趙王倫將篡位，以爲中書郎。倫之誅也，齊王同以機職在中書，九錫文及禪詔疑機與焉，遂收機等九人付廷尉。賴成都王穎、吳王晏並救理之，得減死徙邊，遇赦而止。"

---

① （清）何焯《義門讀書記》無此注釋。

② （唐）房玄齡《晉書》（列傳第八）："宣帝九男，穆張皇后生景帝、文帝、平原王幹。"【校】"宣帝"後脱"九男"二字，"生"後脱"景帝、文帝"四字。

③ 出自（唐）房玄齡《晉書》（列傳第二十四）。

廷尉正：《文士傳》："顧榮歷廷尉正，趙王倫篡位，其子爲中領軍，逼用榮爲長史。"

震悼：何曰："方氏《韓文舉正》云：'《説文》悼，懼也。'陳楚謂'懼'曰'悼'，引'五情震悼'。然顔魯公《祭姪文》'震悼心顔'，只作'悲悼'用。"①

注駿議："議"改"誅"。

可樂："樂"改"量"。

斐豹：何曰："'斐'字從《廣韻》，今本《左傳》作'斐'。"

勸進

艱禍：五臣作"禍難"。

仍、首之望：何曰："《晉書》'仍'誤'乃'，'望'作'勤'。"②

重耳：善有"以"字。

夫符、敢考、辟閻、軍關：五臣無"夫"字、"敢"字，"辟"字作"薛"，"軍"下有"事"字。

陽九：洪邁《容齋續筆》："史稱百六陽九爲厄會，以歷志考之，其名有八。初入元百六曰陽九，次曰陰九；又有陰七、陽七、陰五、陽五、陰三、陽三，皆謂之災歲。大率經歲四千五百六十，而災歲五十七。以數計之，每及八十歲，則值其一。今人但知陽九之厄，云經歲者，常歲也。"

---

① （清）何焯《義門讀書記》（卷四十九）："方氏《韓文舉正》云：'《説文》悼，懼也。'陳楚謂'懼'曰'悼'，引'五情震悼'句爲證。然顔魯公《祭姪季明文》'震悼心顔'，只作'悲悼'也。"【校】"五情震悼"後脱"句爲證"三字，"用"字應爲"也"。

② （清）何焯《義門讀書記》無此注釋。

兼左長史右司馬臣溫嶠：五臣無“兼”字、“臣”字。虞預《晉書》：“嶠，太原祁人。爲司空劉琨左司馬。琨聞元皇受命，嶠以左長史奉使勸進。”①

注 曰緣：上增“注”，下增“民”字。

無繫：“繫”改“繼”。

表下

求爲諸孫置守塚人　何曰：“按：《堅傳》：‘還葬曲阿，不知何以吳令請之。’又曰：《吳主傳》‘太元元年秋八月，吳高陵松柏斯拔’，在吳無疑。”②

題注 晉陽春秋：“春”字删，後注《晉陽春秋》並同。案：孫盛《晉陽秋》蓋避簡文宣太后諱阿春，取春夏爲陽之義，改“春”爲“陽”。《舊唐書·經籍志》作《晉陽春秋》，蓋同《文選注》，誤不足證，選注‘春’字非衍。

表 三王、並：五臣“王”作“代”，“並”作“普”。

---

① 虞預《晉書》：“溫嶠，字太真，太原祁人。少標俊清徹，英穎顯名，爲司空劉琨左司馬。是時二都傾覆，天下大亂。琨聞元皇受命中興，忼慷幽、朔，志在本朝。使嶠奉使。嶠喟然對曰：‘嶠雖乏管、張之才，而明公有桓、文之志。敢辭不敏，以違高旨？’以左長史奉使詣建康勸進。”【校】文中“嶠”前脱“溫”字。“嶠”後脱“字太真”三字。“太原祁人”脱“少標俊清徹，英穎顯名”一句。“爲司空劉琨左司馬”後脱“是時二都傾覆，天下大亂。琨聞元皇受命中興，忼慷幽、朔，志在本朝。使嶠奉使。嶠喟然對曰：‘嶠雖乏管、張之才，而明公有桓、文之志。敢辭不敏，以違高旨？’”等句。

② （清）何焯《義門讀書記》（卷四十九）：“按：《堅傳》云‘還葬曲阿。不知何以吳令請之。’後讀《吳主傳》大書：‘太元元年秋八月大風，吳高陵松栢斯拔’，其在吳無疑。”【校】文中“《堅傳》”後脱“云”字。“又曰”應爲“後讀”二字，“《吳主傳》”後脱“大書”二字。“在吳無疑”前脱“其”字。

美：善作“義”。

讓中書令

庾元規：《晉陽秋》：“穎川鄢陵人。”

題注 晉書：六臣無。

表 撿、客、財：何曰：“《晉書》作‘珠、容、或’。”

既、歌、惶、之愚：五臣無“既”字，“歌”作“美”，“惶”作“懼”，“愚”下有“誠”字。

六姓：何曰：“六姓並馬氏，言馬光亦自殺。”①

爲寒：善本“爲”作“謂”。

薦譙元彥 《譙秀傳》：“桓溫疏薦，朝廷以秀年在篤老，兼道遠，故不徵，遣使敕所在四時存問。”②

桓元子：《桓溫別傳》：“譙國龍亢人，漢五更桓榮後也。”《續晉陽秋》：“溫尚明帝女，南康長公主。”五臣作“桓子元”。

太、園：五臣作“大、袁”。

斯有：五臣無“斯”字。

庶、相、豸：何曰：“《晉陽秋》作‘廉、仍、狼’。”③

解尚書 《晉書・殷仲文傳》：“轉尚書，抗表自解，詔不許。”

---

① （清）何焯《義門讀書記》（卷四十九）：“六姓並馬氏言之，章德桓思本一姓也，馬光亦自殺。”【校】文中“馬氏”後“言之”二字。“馬光”前脱“章德桓思本一姓也”一句。

② 出自（唐）房玄齡《晉書》（列傳第六十四）。

③ （清）何焯《義門讀書記》無此注釋。

題注 道鸞：下增“續”字。

表 林無静柯：郭璞《幽思詩》：“林無静樹，川無停流。”

寔所：《晉書》：“‘寔’下有‘非’字。”

廻、忘、佇：五臣作“逗、以、抒”。

錫文：《殷仲文傳》：“元九錫，仲文之辭。”

全：何曰：“《晉書》誤‘令’。”①

求加贈劉前軍　何引少章云：“與穆之《本傳》多異同，此據季友本集。”

將軍：五臣無。

劉：善無。

讓宣城郡公　《梁書·任昉傳》：“齊明帝既廢鬱林王，始封宣城郡公，使昉具表草，帝惡其辭斥，甚惼昉，由是終建武中，位不過列校。”②

鸞：《南齊·明帝紀》：③“帝諱鸞，字景栖。”

開封：六臣“封”作“府”。

刺：五臣作“長”。

高皇帝：《南齊·高帝紀》：“諱道成，字紹伯，蕭何二十四

---

① （清）何焯《義門讀書記》無此注釋。

② （唐）姚思廉《梁書》（卷第十四）：“齊明帝既廢鬱林王，始爲侍中、中書監、驃騎大將軍、開府儀同三司、揚州刺史、録尚書事，封宣城郡公，加兵五千，使昉具表草。其辭曰：‘臣本庸才，智力淺短。……’帝惡其辭斥，甚惼昉，由是終建武中，位不過列校。”【校】文中“鬱林王”後脱“始爲侍中、中書監、驃騎大將軍、開府儀同三司、揚州刺史、録尚書事”一句，“郡公”後脱“加兵五千”四字。“表草”後脱“其辭曰”中内容。

③ 應是《南齊書·明帝本紀》。

世孫。"①

嗣君：《南齊書》："鬱林王昭業字元尚，文惠太子長子。文惠薨，立爲皇太孫，世祖崩，即位。"②

不造：何曰："《梁書》作'之亂'。"③

注 驃騎將軍：案：《漢書百官表》④《霍去病傳》不言驃騎將軍位在三公上。《續漢志》曰："明帝以東平王蒼爲驃騎將軍，以王故，位在公上，言以王故即非驃騎將軍，本在公上。"《東觀漢記》曰："驃騎將軍位次公。"蔡質《漢官》、沈約《宋志》⑤並云："位次丞相。"韋昭《辨釋名》曰："秩本二千石。"《晉志》⑥曰："位從公。"《齊志》曰："驃騎將軍，加'大'字，位從公。"⑦遍檢衆書，知善書古今本異。

---

① （梁）蕭子顯《南齊書》（卷一）："諱道成，字紹伯，姓蕭氏，小諱鬥將，漢相國蕭何二十四世孫也。"【校】文中"字紹伯"後脱"姓蕭氏，小諱鬥將，漢相國"等内容，句末脱"也"字。

② （梁）蕭子顯《南齊書》（卷四）："鬱林王昭業，字元尚，文惠太子長子也。小名法身。世祖即位，封南郡王，二千户。永明五年十一月戊子，冠於東宮崇政殿。其日小會，賜王公以下帛各有差，給昭業扶二人。七年，有司奏給班劍二十人，鼓吹一部，高選友、學。十一年，給皂輪三望車。詔高選國官。文惠太子薨，立昭業爲皇太孫，居東宮。世祖崩，太孫即位。"【校】文中"太子長子"後脱"也。小名法身。世祖即位，封南郡王，二千户。永明五年十一月戊子，冠於東宮崇政殿。其日小會，賜王公以下帛各有差，給昭業扶二人。七年，有司奏給班劍二十人，鼓吹一部，高選友、學。十一年，給皂輪三望車。詔高選國官"等内容。"薨"前脱"太子"二字。"立"後脱"昭業"二字。"皇太孫"後脱"居東宮"三字，"即位"前脱"太孫"二字。

③ （清）何焯《義門讀書記》無此注釋。

④ 應是《漢書·百官公卿表》

⑤ 應是蔡質《漢官典儀》、沈約《宋書》。

⑥ 應爲《晉書》。

⑦ 即"驃騎大將軍"。

讓吏部封表

吏部尚書：《梁書·范雲傳》：“天監元年，高祖受禪，柴燎於南郊，雲以侍中驂乘，是日遷散騎常侍、吏部尚書。”①

霄城縣：《南齊·州郡志》：“郢州竟陵郡有霄城縣。”五臣“霄”作“宵”。

薏苡：《馬援傳》：“援在交趾，嘗餌薏苡實，用能輕身省慾，以勝瘴氣。南方薏苡實大援，欲以爲種，軍還，載之一車，時人以爲南土珍怪，權貴皆望之。及卒後，有上書譖之者，以爲前所載還皆明珠文犀。”②

赭衣：《南史·范雲傳》：“遷廣州刺史時，江祏姨弟徐藝爲曲江令，祏深以托雲。有譚儼者，縣之豪族，藝鞭之，儼以爲恥，至都訴雲，雲坐徵還下獄，會赦免。”③

---

① （唐）姚思廉《梁書》（卷第十三）：“天監元年，高祖受禪，柴燎於南郊，雲以侍中參乘。禮畢，高祖升輦，謂雲曰：‘朕之今日，所謂懍乎若朽索之馭六馬。’雲對曰：‘亦願陛下日慎一日。’高祖善之。是日，遷散騎常侍、吏部尚書。”【校】文中“驂乘”應爲“參乘”。“是日”前脫“禮畢，高祖升輦，謂雲曰：‘朕之今日，所謂懍乎若朽索之馭六馬。’雲對曰：‘亦願陛下日慎一日。’高祖善之”等內容。

② （南朝·宋）范曄《後漢書·馬援列傳》：“援在交趾，常餌薏苡實，用能輕身省慾，以勝瘴氣。南方薏苡實大援，欲以爲種，軍還，載之一車。時人以爲南土珍怪，權貴皆望之。援時方有寵，故莫以聞。及卒後，有上書譖之者，以爲前所載還，皆明珠文犀。”【校】文中內容出自（南朝·宋）范曄《後漢書·馬援列傳》。“權貴皆望之”後脫“援時方有寵，故莫以聞”一句。

③ （唐）李延壽《南史》（卷五十七）：“遷廣州刺史，平越中郎將至任遣使祭孝子南海羅威唐頌蒼梧丁密頓琦等墓時，江祏姨弟徐藝爲曲江令，祏深以託雲。有譚儼者，縣之豪族，藝鞭之，儼以爲恥，至都訴雲，雲坐徵還下獄，會赦免。”【校】文中“刺史”後衍“時”字，脫“平越中郎將至任遣使祭孝子南海羅威唐頌蒼梧丁密頓琦等墓時”等內容。

接閈：《梁書》：“雲與高祖接里閈。”①

金章：濟曰：“趙王倫爲亂，謠曰：‘金章盈箱尚不可長，言小人在位者衆。’”

玄平：《范汪別傳》：“汪，字玄平，穎陽人。”《梁書·范雲傳》：“晉平北將軍汪六世孫。”

乏者：五臣“者”作“非”。

注 南潯：“潯”改“海”。

生孺：“生”改“僧”。

正隱：六臣“正”作“王”。

薦士

議：五臣作“義”。

王暕：簡。《南史·王暕傳》：“弱冠選尚，淮南長公主拜駙馬都尉，歷秘書丞。齊明帝詔求異士，始安王遙光薦暕，除騎從事中郎。天監中，歷侍中、吏部尚書左僕射，領國子祭酒卒。”②

望：何曰：“《梁書》作‘首’。”

李公不亡：《南史》：“暕年數歲，風神警拔，有成人之度。時

① （唐）姚思廉《梁書》（卷十三）：“初，雲與高祖遇於齊竟陵王子良邸，又嘗接里閈。”【校】文中句首脫“初”字，“雲與高祖”後脫“遇於齊竟陵王子良邸”等內容，“嘗接里閈”前脫“又”字。

② （唐）李延壽《南史》（卷二十二）：“弱冠選尚，淮南長公主拜駙馬都尉，歷秘書丞。齊明帝詔求選士，始安王遙光薦暕及東海王僧孺，除騎從事中郎，天監中，歷位侍中、吏部尚書。領國子祭酒，門貴，與物隔，不能留心寒素，頗稱刻薄。後爲尚書左僕射，領國子祭酒卒。”【校】文中“異士”應爲“選士”，“薦暕”後脫“及東海王僧孺”六字。“歷”脫“位”字，“吏部尚書”後衍“左僕射”三字。“領國子祭酒”後脫“門貴，與物隔，不能留心寒素，頗稱刻薄。後爲尚書左僕射，領國子祭酒”等內容。

父儉作宰相，賓客盈門，見楝曰‘公才公望復在此矣’。”

王僧儒：①《梁書》：“魏衛將軍蕭八世孫。仕齊晉安郡丞侯官令，建武初舉士，始安王表薦除尚書儀曹郎。”

傭書：《梁書》：“僧孺好學，家貧，常傭書以養母，所寫既畢，諷誦亦通。”

注 宋書·序："宋"改"晉"。

生導：《野客叢書》善注謂："覽生導，非也。"按：《晉書》："覽生裁，裁生導。"

在貧賤：下增"雖仁賢"三字。

爲褚咨議蓁讓代兄襲封

向曰："蓁，南康郡公褚淵嫡子。少出外，繼有庶兄賁襲爵。蓁既長，賁上表歸封，天子許焉。"《南齊書》："褚淵長子賁，永明六年上表稱疾，讓封與弟蓁。七年，賁卒。蓁改封巴東郡。侯明年，表讓封還賁子霽。"

求立太宰碑

述作：《南齊書》："竟陵王子良所著，内外文集數十卷。"

得而、山頂：五臣無"而"字，"山頂"作"立峴"。

注：策論語：六臣無"語"字。

上秦始皇

《新序》："斯在逐中，道上上諫書，始皇使人逐至驪邑，得還。"②

---

① 【校】應爲"王僧孺"。

② （南朝·宋）裴駰《史記集解》（卷八十七）："新序曰：‘斯在逐中，道上上諫書，達始皇，始皇使人逐至驪邑，得還。’"【校】文中"道上上諫書"後脫"達始皇"三字。

蹇叔：《括地志》：“岐州人，時游宋。”①

公孫支：《括地志》：“岐州人，游晉。”

三十、之氣：《史記》“三”作“二”，“氣”作“器”。

成皋：《郡縣志》：“河南府汜水縣，古東虢國，鄭之制邑，漢之成皋。”②《地理通釋》：“漢河南之縣，故虎牢。”③

鼄：《索隱》④ 音“竈”。

後可、采所、非所：五臣無“可”字，二“所”字作“可”。

敢西：何曰：“《史記》下有‘向’字。”

《上書吳王》題注

不指：“不”字删。

書 所以：五臣無。

新垣：何曰：“《漢書》下有‘平’字。”

注 子襄王：“襄”改“哀”。

獄中上書

而燕 穴巖、下者：五臣無“而”字、“者”字，“穴巖”作“巖穴”。

箕子：《索隱》⑤：“司馬彪曰：‘箕子，名胥餘。’”

---

① （清）孫星衍《括地志》：“岐州人。”【校】文中衍“時游宋”三字。

② （唐）李吉甫《元和郡縣志》：“河南府汜水縣，古東虢國，鄭之制邑，漢之成皋縣。”【校】文中出處應爲《元和郡縣志》。文中“汜水縣”前衍“河南府”三字。文中“漢之成皋”後脱“縣”字。

③ （宋）王應麟《通鑑地理通釋》（卷十四）：“本東虢國，鄭爲制邑，有故虎牢城，漢爲成皋縣，屬河南。”【校】文中出處應爲《通鑑地理通釋》。

④ 應爲《史記索隱》的省稱。

⑤ 同上條。

接輿：《高士傳》：“楚人陸通，字接輿。”

白頭：孟康注：“初相識，至白頭不相知。”

誠有：善本“誠”作“成”。

中山：善無下“中山”二字。何曰：“善曰：‘言白圭拔中山而尊顯，而人短於文侯。’”①

摺：舊音“拉”。

申徒狄：韋昭《音義》：②“六國時人。”

子冉、立彊、帷墻：文穎注：“冉音任。”何曰：“《史記》‘冉’作‘罕’，‘立’作‘兵’，‘墻’作‘容’。”

鑠金：《鄧析子》：“古人有言：衆口鑠金，三人成虎。”

於陵子仲：《列士傳》：“楚於陵子仲。”

陶鈞：崔浩《漢書音義》：“以鈞制器萬殊，故如造化之，運轉裁成也。”

而不留富貴之樂：何曰：“《漢書》無。”

注 文穎曰子：“穎”改“子”。

至尚、助臣：“高”改“曾”，“助”改“族”。

諫獵

欘：徐廣《音義》：③“巨月反。”周遷《輿服志》：“鈎逆上者爲欘，欘在銜中，以鐵爲之，大如雞子。”

垂堂：師古注：“垂堂者，近堂邊外，自恐墜墮耳，非畏櫩瓦。”

---

① （清）何焯《義門讀書記》中無此注釋。
② 應是《漢書音義》。
③ 應爲《史記音義》。

諫吳王

滄:《漢書》作"滄"。鄭氏注:"音'愴'。"

紭:綆。

抓:"蚤、操"二音。

注 臣改計:"臣"字删。

橡樟:"橡"改"豫"。

重諫

莋:昨。六臣作"筰"。舊音"昨"。

下聞:何曰:"《漢書》'下'作'子'。"①

山東:《漢書》作"東山"。

《詣建平王》題注

書即:《梁書》下有"曰"字。

書、臺:五臣作"堂"。

墊:郭忠恕《佩觿》《干禄書》以缺字從壀旁,其不典有如此者。

退則、二子:何曰:"《梁書》'退'作'次','子'作'才'。"

鵠:善作"鴻"。

注 内史:六臣下有"相"字。

啓

《文心雕龍》:"魏國箋記始云啓聞。奏事之末,或云'謹啓'。自晉來盛啓,用兼表奏。"

---

① (清)何焯《義門讀書記》中無此注釋。

奉答敕示七夕詩啓

性與：何曰："馮異上書世祖曰：'乃知性與天道，不可得而聞。'"①

詶：《元包經注》與"酬"同。

謝修卞忠貞墓

《六朝事迹》："晉尚書令卞壼葬吳冶城，今天慶觀乃其地也。後七十餘年，盜發其墓，尸僵如生，鬚髮蒼然，爪甲穿手背。安帝賜錢十萬封之，入梁復毀。武帝又加修治，李氏有江南建中正亭于其墓，慶歷中知府事葉清臣改亭名忠孝。又五十年，葉夢得來守是邦，即亭爲堂，圖公像列之常祀。"②

當賜：五臣無。

驃騎：《卞壼傳》③"贈侍中、驃騎將軍、開府儀同三司。"

---

① （清）何焯《義門讀書記》中無此注釋。應是出自《後漢書》（卷四十七《馮岑賈列傳第七》）。

② （宋）張敦頤《六朝事跡編類》（下卷）："晉尚書令贈侍中驃騎將軍卞壼諡忠正，蘇峻之亂與其二子力戰，死之，葬吳冶城。今天慶觀乃其地也。後七十餘年，盜發其墓，尸僵如生，鬚髮蒼然，爪甲穿手背。安帝賜錢十萬封之，入梁復毀。武帝又加修治，李氏有江南建中正亭于其墓，穿地得斷碑，公名存焉。徐鍇實爲之識。本朝慶曆中知府事龍圖閣直學士葉公清臣又封墓，刻石表之，改亭名曰忠孝，取其母之言曰：父爲忠臣子爲孝子也。又五十年，左丞葉公夢得来守是邦，即亭爲堂。圖公像列之常祀。"【校】文中出處應爲《六朝事跡編類》。文中"晉尚書令"後脱"贈侍中驃騎將軍"七字，"卞壼"後脱"諡忠正，蘇峻之亂與其二子力戰，死之"等內容。"建中正亭于其墓"後脱"穿地得斷碑，公名存焉。徐鍇實爲之識"等內容。"李氏有江南建中正亭于其墓"後脱"穿地得斷碑，公名存焉。徐鍇實爲之識"等內容。"慶歷"應作"慶曆"，前脱"本朝"二字。"中知府事"後脱"龍圖閣直學士"六字。"葉清臣"應爲"葉公清臣"，後脱"又封墓，刻石表之"。"改亭名"後脱"曰"字。"忠孝"後脱"取其母之言曰：父爲忠臣子爲孝子也"一句。"葉公夢得來守是邦"前脱"左丞"二字。

③ 出自《晉書·卞壼傳》。

固辭奪禮

昉啓：濟曰："昉家集諱其名，但云君啓。"何曰："按六朝諸集書'啓'多作'君啓''君白'之語。呂説得之。"

昉：善作"君"。

酹：捋。

注 哀祭："哀"改"喪"。

彈曹景宗

蝐：舊音"謂"。

三關：《郡縣志》：①"申州，古申國。魏文帝分置，義陽縣有三關之塞，故平靖關城在縣南七十六里，武陽、黄峴二關在安州應山縣界。"

指縱：六臣"縱"作"蹤"。

注：狄：六臣"狄"作"耿"。

彈劉整

娬：同"嫂"。

氾：善音"凡"。

是以：五臣無。

斟：俗"斗"字。

箔：薄。

失物、及母：五臣無"物"字、"及"字。

之意：六臣下有"整"字。

寅亡：善作"亡寅"。

測：《隋書·刑法志》："梁武帝制：凡繫獄者，不即答欵，應

---

① 應爲《元和郡縣志》。

加測罰，不得以人事爲隔。若人事犯罰，違扜不款，宜測罰者，先參議牒啓，然後科行。斷食三日，聽家人進粥二升。女及老小，一百五十刻乃與粥，滿千刻而止。"①

茸：六臣作"茸"。

外收、以法：五臣無"收"字，"法"作"付"。

彈王源

婭：舊音"亞"。

爲婚：五臣無"爲"字。

注 齊穆："齊"改"楚"。

兄書："書"改"詩"。

賈逵曰宋：六臣"逵"作"子"。

答臨淄侯

楊德祖：《文士傳》："弘農人。"

自周：《魏志注》"自"作"目"。

修家：六臣本善注："'雄'與'修'同姓，故云'修家'。"②

何曰："雄姓揚，修家，子雲未知何據。"

不能宣備：吳曾《漫錄》書尾用"不宣"語起此。

與魏文帝

繁休伯：《三國志注》："繁音婆。"

---

① （唐）魏徵《隋書》（卷二十五至二十六）："梁武帝制：凡繫獄者，不即答款，應加測罰，不得以人士爲隔。若人士犯罰，違扜不款，宜測罰者，先參議牒啓，然後科行。斷食三日，聽家人進粥二升。女及老小，一百五十刻乃與粥，滿千刻而止。"【校】文中兩個"事"字皆應爲"士"字。

② 《六臣注文選》（卷四十）："'雄'字也與'脩'同姓，故云'脩家'。"【校】文中"雄'字後脱"也"字。

騹：善音"顛"。

朒："聏、納"二音。

注 亦律："亦"改"六"。

雜論："雜"作"新"。

答魏太子

保、誠：五臣作"報、試"。

注 延年：上增"田"字。

與魏太子

曜靈：皇甫謐《年歷》："日以晝明，名曰曜靈。"

沠：善音"脂"。

注 金鑑：六臣"金"下有"百"字。

漢曰："曰"上增"書"字。

勸晉王

《世説》："魏朝封晉文王爲公，備禮九錫，文王固讓不受。公卿將校當詣府敦喻。司空鄭冲馳遣信就阮籍求文。籍時在袁孝尼家，宿醉扶起，書札爲之，無所點定乃寫付使，時人以爲神筆。"

注 子有："子"改"予"。

辭隋王

歆：善注："與'烏'同。"

喝：邑。

抽：何曰："《南齊書》作'搜'。"①

---

① （清）何焯《義門讀書記》中無此注釋。

浮：五臣作“游”。

龍門：《江陵記》：“南關三門，其一名龍門。”

秋實：何曰：“用邢顒事。”

到大司馬記室

嘉：何曰：“《梁書》作‘清’。”①

挈：五臣作“契”。

言：善作“其”。

勸進今上 何曰：“《梁書·丘遲傳》以此牋爲遲作。”

增：何曰：“《梁書》《南史》並作‘贈’。”

王室：何曰：“《梁書》作‘臺閣’”。

氓：善作“萌”。

將：五臣無。

奏記 《兩漢博文》前書“鄭朋奏記於蕭望之”，奏記自朋始。

《詣蔣公》題注

雋而：六臣下有“俶儻爲志高問掾王默然後”十一字。

大怒：六臣下有“王默默懼與籍書勸説之”十字。

記、群英、吏之曰：何曰：“《晉書》‘群英’作‘英豪’，‘曰’作‘召’。”

答蘇武 《通考》：“東坡《答劉沔書》曰：‘《文選》李陵

---

① （清）何焯《義門讀書記》中無此注釋。

《與蘇武書》辭句儇淺，正齊間小兒所擬作，決非西漢文。'"①

側耳遠聽：《蘇武書》："側耳遠聽，不聞人聲。"

子歸：《蘇武書》："余歸漢室，子留彼國。"

每攘、得免、此功：善無"每、得、此"三字。

長歎、陵復：五臣無"長"字、"復"字。

茅土：何曰："蔡邕《獨斷》漢興，惟王子封爲王者，得受茅土。其他功臣以户數租入爲節，不受茅土，不立社。此云'當享茅土之封'，故是後人語也。況漢法非軍功不侯，丞相封侯始自公孫夷之恩澤。若夫定陵之侯，出自亂政，不容相難。"②

典屬國：向曰："今鴻臚卿。"

注 將之令："將"改"殺"。

---

① （南宋）馬端臨《文獻通考》（卷二百四十八）："東坡蘇氏《答劉沔書》曰：梁蕭統《文選》世以爲工，以軾觀之，拙於文而陋於識者，莫統若也。宋玉賦《高唐》《神女》，其初略陳所夢之。因如子虛、亡是公相與問答皆賦矣，而統謂之敘，此與兒童之見何異？李陵、蘇武贈別長安，而詩有'江漢'之語。及陵《與武書》辭句儇淺，正齊梁間小兒所擬作，決非西漢文。"【校】文中出處應爲《文獻通考》。"東坡"後脱"蘇氏"二字。"《答劉沔書》曰"後脱"梁蕭統"三字，《文選》後脱"世以爲工，以軾觀之，拙於文而陋於識者，莫統若也。宋玉賦《高唐》《神女》，其初略陳所夢之。因如子虛、亡是公相與問答皆賦矣，而統謂之敘，此與兒童之見何異？"等句。"李陵"後脱"蘇武贈別長安"六字，文中《與蘇武書》應爲《與武書》。《與武書》前脱"而詩有江漢之語及陵"等九字。"正齊"後脱"梁"字。

② （清）何焯《義門讀書記》（卷四十九）："蔡邕《獨斷》云：漢興，惟王子封爲王者得受茅土。其他功臣以户數租入爲節，不受茅土，不立社，此言'當享茅土之薦'，故是後人語也。況漢法非軍功不侯，丞相封侯始自公孫夷之恩澤，博望裂土事由導軍，茅土千乘之云，雅殊事實。燕王上書，亦以楊敞無勞爲搜粟都尉相提言之，可知武雖守節，無緣得侯。自唐以後，承用多誤。若夫定陵之侯，乃出亂政，不容相難也。"【校】文中"此云'當享茅土之封'"應爲"此言'當享茅土之薦'"。"恩澤"後脱"博望裂土事由導軍，茅土千乘之云，雅殊事實。燕王上書，亦以楊敞無勞爲搜粟都尉相提言之，可知武雖守節，無緣得侯。自唐以後，承用多誤"等句。"不容相難"後脱"也"字。

或失、忽責："或"改"惑"，"忽"改"急"。

顯居："顯"改"顧"。

報任少卿

司馬子長：向曰："《漢書》云'河内人'。"《史通》："馮翊，陽夏人。"

題注 爭寵："爭"改"尊"。

衛將軍：《史記》下有"舍人"二字。

書、賜書：五臣作"書賜"。

而用：善作"用而"。

悒：舊音"邑"。

誰與：何曰："《漢書》作'無誰'。"①

見笑、之符、之表：何曰："《漢書》'見'作'發'，'符'作'府'，'表'作'符'。"②

不測：《史記》："褚先生曰：'太子有兵事，任安爲北軍使者護軍，太子立車北軍南門外，召任安，與節令發兵，安拜受節入，閉門不出。武帝聞，下安吏，誅死。'"③

---

① （清）何焯《義門讀書記》中無此注釋。

② 同上條。

③ （漢）司馬遷《史記》（田叔列傳第四十四）："褚先生曰：太子有兵事，任安爲北軍使者護軍，太子立車北軍南門外，召任安，與節令發兵，安拜受節入，閉門不出。武帝聞之，以爲任安爲佯邪。不傅事，何也？任安笞辱北軍錢官小吏，小吏上書言之，以爲受太子節，言'幸與我其鮮好者'。書上聞武帝曰：'是老吏也，見兵事起，欲坐觀成敗，見勝者欲合從之，有兩心。安有當死之罪甚衆，吾常活之，今懷詐，有不忠之心。'下安吏，誅死。"【校】文中衍"褚先生曰：太子有兵事"等內容。"任安"前脫"是時"二字。"武帝"後脫"之"字，後脫"以爲任安爲佯邪。不傅事，何也？任安笞辱北軍錢官小吏，小吏上書言之，以爲受太子節，言'幸與我其鮮好者'。書上聞武帝曰：'是老吏也，見兵事起，欲坐觀成敗，見勝者欲合從之，有兩心。安有當死之罪甚衆，吾常活之，今懷詐，有不忠之心'"等句。

旬月：五臣無"月"字。

綱維：善作"維綱"。

門下：翰曰："謂同爲侍中官。"

半、傝之：何曰："《漢書》作'當、茸以'。"① 舊注："'傝'音'二'。"

人之死、俗又、次比：善無"之、俗、次比"四字。何曰："《漢書》無'次'字。"②

積威、赭衣：五臣"威"作"畏"，無"衣"字。

早裁：善本"早"下有"自"字。

磨：善作"手"。

負下：何曰："《漢書》作'貧下'，宋本《漢書》　'負下'。"③

注 會孺、詔效："會"下增"仲"字，"效"改"劾"。

哀公問：上增"魯"字。

政也："政"改"故"。

報孫會宗 濟曰："惲廢後，有日食之變，人告惲驕奢不悔過，日食之咎，此人所致。下廷尉按驗，又得與會宗書，宣帝惡之，遂腰斬。"④

---

① （清）何焯《義門讀書記》中無此注釋。

② 同上條。

③ 同上條。

④ 《六臣注文選》（卷四十一）濟曰："同善注。惲見廢內懷不服，其後有日之變。人告惲驕奢不悔過，日蝕之咎，此人所致。下廷尉按驗，又得與會宗書，宣帝惡之，遂腰斬之。"【校】文中"惲見廢內懷不服"一句前脫"同善注"三字。"惲廢後"應爲"惲見廢內懷不服"。"有日食之變"應爲"其後有日之變"。"遂腰斬"後脫"之"字。

題注 稱舉：六臣"舉"作"譽"。

書 杚行：五臣作"行杚"。

自守：何曰："《漢書》作'息乎'。"①

用此：五臣有"以"字。

終也、方糴、卿大：五臣無"也、方、卿"三字。

玄：六臣作"女"。

琴：五臣作"瑟"。

南山：《讀史管見》："楊惲之死以兩言曰：'南山蕪穢，縣官不足爲盡力。'"②

論盛孝章 濟曰："《會稽典録》云：盛憲，會稽人。初爲臺郎，路逢童子容貌非常，憲問之，答曰：'魯國孔融。'時年十餘歲，憲載歸與言，結爲兄弟，升堂見親也。"

題注 善憂：下增"其"字。

書 惟：善有"有"字。

復、是吾、溺：善無"復"字、"是"字，"溺"作"難"。

評：何曰："《三國志》作'平'，音'皮柄反'。"③

脛：同"脛"。

注 刑亡："刑"改"形"。

求至："求"改"未"。

---

① （清）何焯《義門讀書記》中無此注釋。

② （宋）胡寅《讀史管見》（二）："楊惲既失爵位，作詩曰：'田彼南山，蕪穢不治，種一頃豆，落而爲萁，人生行樂耳，須富貴何時！'或曰：'侯罪薄，有功，當復用。'惲曰：'有功何益，縣官不足爲盡力。'"【校】文中引述有所簡略。

③ （清）何焯《義門讀書記》中無此注釋。

與彭寵

朱叔元：翰曰："後爲大司空，坐事賜死。"

題注 皆引：下增"注"字。

太守：下增"彭寵"二字。

書 以施、讓：五臣無"以"字，"讓"作"議"。

之幼：善有"高"字。

與魏文

一夫、人、未有：善本"夫"作"人"，"人"作"夫"，"未"作"焉"。

不義而彊：六臣本善注："《左氏傳》叔向謂趙孟曰：'不義而彊，古今常有。'"①

睢渙：《述異記》："沮渙二水波文皆若五色，彼人多文章，故一名續水。"案："沮"通"睢"，"渙"字字書無，當即"渙"誤。

注 既皆：改"尤爲"。

鼓燥："燥"改"噪"。

書中

與孫權

亦、意、會也、大丈、冀取、無以、前好：五臣無"亦、也、大、取"四字。"意"作"氣"，"無以"作"似爲"，"好"下有"者"字。

---

① 《六臣注文選》（卷四十一）："《左氏傳》叔向謂趙孟曰：'不義而彊，其弊必速。'"【校】文中"古今常有"應爲"其弊必速"。

漢："巢、勳"二音。

之策：善有"漢"字。

大人：善本"人"作"仁"。

注 按輿："按"改"披"。

西河：改"河西"。本注："'西''河'同。"

五大、梁州："大"字删，"梁"改"涼"。

與朝歌令 何曰："漢朝歌屬河內郡，建安十年始割以益魏郡。"

二：善無。

彈棊：《典論》："余於他戲弄之事，少所喜。唯彈棊略盡其巧，少爲之賦。"《世說》："魏文帝於此戲特妙，用手巾角拂之，無不中。"

參、駕而：五臣"參"作"賓"，無"駕"字，"而"下有"敖"字。

與吳質

樂也、圖、間者、恐吾：五臣無"也、圖、者、恐"四字。

箕山：何曰："《先賢行狀》稱幹'篤行體道，不耽世榮'。魏太祖特旌命之，辭疾不就。後以爲上艾長，以疾不行。與箕山之云爲合。若《文章志》，則幹嘗出而仕矣。且文帝言其著《中論》二十餘篇，而《文章志》言二十篇，皆不足據。"①

---

① （清）何焯《義門讀書記》（卷四十九）："《先賢行狀》稱幹'篤行體道，不耽世榮'。魏太祖特旌命之，辭疾不就。後以爲上艾長，又以疾不行。與箕山之云爲合，若《文章志》之云，則幹嘗出而仕矣。且文帝言其著《中論》二十餘篇，而《文章志》止言二十篇，皆不足據。" 【校】文中"若《文章志》"脫"之云"二字，"而《文章志》"脫"止"字。

案：《魏志》注引《先賢行狀》但言"以疾休息"，不言"辭疾不就"。《魏志》亦言"幹爲司空軍謀祭掾屬"。① 五官將文學與《文章志》合。

與鍾大理 銑曰："穎川長社人。"

美玉、比也：五臣無"美"字、"也"字。

肪：善音"方"。

注 正部論：何曰："'正'改'玉'。《山海經》《郭氏傳》引此謂'王子靈符'。"②

荀宏：何曰："《魏志·荀彧傳》注中作'閎'。"

與楊德祖

此魏、佳惡、非要：何曰："《典略》'此'作'大'，'惡'作'麗'，'非'作'此'。"③

妄：善作"忘"。

未之：善作"之未"。

呰：舊音"紫"。

魯連：《魯連子》："有徐劫者，其弟子曰：'魯仲連，年十二，號千里駒。'往請田巴曰：'臣聞堂上不奮，郊草不芸，白刃交前，不救流矢，急不暇緩也。今楚軍南陽，趙伐高唐。燕人十萬，聊城不去，國亡在旦夕，先生奈之何？若不能者，先生之言有似梟鳴，出城而人惡之，願先生勿復言。'田巴曰：'謹聞命矣。'巴

---

① （晉）陳壽《魏志》（卷二十一）："幹爲司空軍謀祭酒掾屬。"【校】文中"幹爲司空軍謀祭"後脫"酒"字。

② （清）何焯《義門讀書記》中無此注釋。

③ 同上。

謂徐劭曰：‘先生乃飛兔也，豈直千里駒！’巴終身不談。”

歁：善無。

共、則將：五臣無“共”字、“則”字。

與吳季重

常調：惠松崖師《精華録訓纂》謂：“官之常調也。”

簫笳：五臣作“笳簫”。

無由：善作“久無”。

夫文：五臣“夫”作“言”。

夫君子：五臣無此二句。

正：善無。

注 謂物也：“謂”改“爲”。

趨告、而勸：“告”改“造”，“勸”改“動”。

答東阿王

虛、燿：五臣作“欞”“光”。

嫫母：舊音“模”。何承天《纂文》：“醜人也，黃帝愛幸。”

注 陳富、三牸：“陳”改“速”，“三”改“五”。

與滿公琰

璩：“渠、居”二音。

注 御史：下增“大夫大”三字。

與廣川長

龍：《神農求雨書》：“土龍致雨之法，甲乙日不雨，命爲青龍，東方小童舞之；丙丁日不雨，命爲赤龍，南方壯者舞之；

戊己不雨，命爲黄龍，中央壯者舞之；庚辛不雨，命爲白龍，西方老人舞之；壬癸不雨，命爲黑龍，北方老人舞之。"

泥人：《續漢書》："求雨立土人。"

重：五臣作"既"。

與從弟

扶：善音"膚"，五臣作"膚"。

發於、鉤：五臣"發"上有"每"字，無"於"字，"鉤"作"釣"。

郅：舊音"質"。《潛夫論》："周先姞氏封於燕，河東有郅都，汝南有郅君。章音與古'姞'同，而其字異。"

令：善無。

注 考史："史"改"考"。

盛矣、功成："矣"改"也"，"成"改"臣"。

絶交

莊周：李石《續博物志》："莊周其字不傳，或云字'子休'。"①

執鞭：何曰："鄭康成解《論語》云：'雖執鞭之賤職，吾亦为之。'邢叔明引《周禮·秋官》條：'狼氏掌執鞭，以趣辟條，狼氏下士，故云賤職。'"②

---

① 李石《續博物志》（卷四）："莊周其字不傳，或云軻，字子輿。周字子休，皆後人以意取之耳。"【校】文中"或云"後脱"軻"字，"子休"前脱"字子輿周字"等内容。"子休"脱"皆後人以意取之耳"一句。

② （清）何焯《義門讀書記》（卷四十九）："鄭康成解《論語》云：'雖執鞭之賤職，吾亦爲之。'邢叔明引《周禮·秋官》條：'狼氏掌執鞭，以辟趨條，狼氏下士，故云賤職。'"【校】文中"以趣辟條"應爲"以辟趨條"。

吾每、瞿、得志、此足、自試：五臣無"吾"字，"瞿"作"懼"，"得"作"其"，"此"作"似"，"試"下有"必"字。

少加：何曰："《晉書》作'加少'。"①

男：六臣本善注："晉諸公譜曰'康子劭'。"

嬲：善注："與'嬈'同。"

黃門：何曰："不男者，《癸辛雜識》引佛書甚詳。"②

注 素嬴："嬴"改"贏"。

與孫皓

興、疇、王也、具聞：五臣"興"作"生"，"疇"作"酬"，無"也"字，"聞"下有"也"字。

馮陵：六臣本善注："《左氏傳》子產曰：'今陳介恃楚衆，馮陵敝邑。'"

盤桓、遂隆、先主：何曰："《晉書》'盤桓'作'游盤'，'遂隆'作'以降'，'主'作'祖'。"③

三十：《括地志》："魏少帝平蜀得二十郡。"《通典》："蜀全制巴蜀，置梁、益二州，有郡二十二。"案：《晉書》六臣同"三十"。

通流：五臣作"流通"。

注 可命："可"改"司"。

桓公："公"改"侯"，本注"桓公"同。

與嵇茂齊

安：翰曰："干寶《晉紀》云：'呂安，字仲悌，東平人。時

---

① （清）何焯《義門讀書記》中無此注釋。

② （清）何焯《義門讀書記》（卷四十九）："黃門不男也，《癸辛雜識》引佛書甚詳。"【校】文中"不男者"應爲"黃門不男也"，脫"黃門"二字、"也"字。"《癸辛雜識》"應爲"《癸辛雜志》"。

③ （清）何焯《義門讀書記》中無此注釋。

太祖逐安于遠郡，在路作此書與嵇康。'"

獨遊、翅：五臣"遊"作"逝"，"翅"作"六"。

注 帝宮：六臣"宮"作"京"。

曰遐邁："曰"改"日"。

與陳伯之 《梁書·陳伯之傳》："天監四年，太尉臨川王宏率衆軍北討，宏命記室丘遲私與伯之書。伯之乃於壽陽擁衆八千歸。"《南史·陳伯之傳》："濟陰睢陵人。"

棄鷰雀之小志：《梁書》："伯之幼有膂力，年十三四，好著獺皮冠，帶刺刀，候伺鄰里稻熟，輒偷刈之。及年長，在鍾離數爲劫盜，嘗授面覘人船，船人斫之，獲其左耳。"①

開國：《南史》："梁起兵，伯之與衆軍俱下建康城，平封豐城縣公。"②

擁旄：《梁書·陳伯之傳》："以爲安東將軍、江州刺史，建康

---

① （唐）姚思廉《梁書》（卷第二十）："陳伯之，濟陰睢陵人也。幼有膂力。年十三四，好著獺皮冠，帶刺刀，候伺鄰里稻熟，輒偷刈之。嘗爲田主所見，呵之云："楚子莫動！"伯之謂田主曰："君稻幸多，一擔何苦？"田主將執之，伯之因杖刀而進，將刺之，曰："楚子定何如！"田主皆反走，伯之徐擔稻而歸。及年長，在鍾離數爲劫盜，嘗授面覘人船，船人斫之，獲其左耳。"【校】文中"幼有膂力"衍"伯之"二字，脫"陳伯之，濟陰睢陵人也"一句。"輒偷刈之"脫"嘗爲田主所見，呵之雲："楚子莫動！"伯之謂田主曰："君稻幸多，一擔何苦？"田主將執之，伯之因杖刀而進，將刺之，曰："楚子定何如！"田主皆反走，伯之徐擔稻而歸"等內容。

② 文中引述全文具體如下：（唐）李延壽《南史》（卷六十一）："梁武起兵，東昏假伯之節，督前驅諸軍事、豫州刺史，轉江州，據尋陽以拒梁武。郢城平，武帝使說伯之，即以爲江州刺史。子武牙爲徐州刺史。伯之雖受命，猶懷兩端，帝及其猶豫逼之，伯之退保南湖，然後歸附，與衆軍俱下。建康城未平，每降人出，伯之輒喚與耳語。帝疑其復懷翻覆，會東昏將鄭伯倫降，帝使過伯之，謂曰：'城中甚忿卿，欲遣信誘卿，須卿降，當生割卿手腳。卿若不降，復欲遣刺客殺卿。'伯之大懼，自是無異志矣。城平，封豐城縣公，遣之鎮。"

平，遣還之鎮。”

此將：善無“此”字。

剆：戙。

注 涿邪：删“涿”字。

漢王：六臣“漢”作“蕭”。

謝承：六臣“承”作“沉”。

改稱：下增“魏王”二字。

寶融：下增“自”字。

袁宏、勤兵：“宏”改“暐”，“勤”改“勒”。

望西：下增“河”字。

重答劉秣陵　何曰：“此似答書之序。”案：《孝標集》題曰《追答劉沼書》，蓋同《選》誤。

劉孝標：劉孝標《自序》：“余禍同伯道，永無血胤。”何曰：“本名法武，在魏不能自存，與母兄皆僧尼，後反服南奔。”

重有斯難：《梁書·劉峻傳》：“峻著《辨命論》，成，中山劉沼致書以難之。凡再反，峻並爲申析答之。”

電謝：《御覽》：“李康《遊仙序》曰：‘人生天地之間，若流電之過户牖。’”

蓋：舊音“合”。

注 必死、之期：“死”改“使”，“之”上增“知之”。

文選音義卷八

吳郡　余蕭客（仲林）輯著
同郡　顏紹統（厚餘）、顏紹緒（繹堂）參定

讓太常博士　《後漢・賈逵傳》："逵奏曰：'建平中，侍中劉歆欲立《左氏》，不先暴論大義，而輕移太常，恃其義長，詆挫諸儒，諸儒內懷不服，相與排之。孝哀皇帝重逆衆心，故出歆爲河內太守。'"

七十、痛也、望於：五臣"十"下有"二"字，無"也"字、"於"字。

內外：何曰："內謂陳發秘藏，外謂桓公、貫公、庸生之學。"①

注 百世：何曰："'世'改'出'，从《容齋三筆》。"②

北山移文　向曰："鍾山在都北，其先周彥倫隱此山。後應詔出爲海鹽縣令，欲却過此山，孔乃假山靈意移之，使不得至。"③

---

① （清）何焯《義門讀書記》（卷四十九）："內謂陳發秘藏，外謂民間桓公、貫公、庸生遺學。"【校】文中"桓公、貫公、庸生之學"應爲"桓公、貫公、庸生遺學"。

② （清）何焯《義門讀書記》中無此注釋。

③ 《六臣注文選》（卷四十三）向曰："鍾山在都北，其先周彥倫隱於此山。後應詔出爲海鹽縣令，欲却過此山。孔生乃假山靈之意移之，使不許得至。"【校】文中"隱此山"應爲"隱於此山"，脱"於"字。"孔乃假山靈意移之"應爲"孔生乃假山靈之意移之"，脱"生"字、"之"字。"使不得至"應爲"使不許得至"，脱"許"字。

孔德璋：《南齊書》：“會稽山陰人。”

雪、雲：五臣“雪”作“雲”，“雲”作“霄”。

脫：《韻補》叶“退”。

延瀨：向曰：“蘇門先生游於延瀨，見一人採薪，謂之曰‘子以終此乎？’採薪人曰：‘吾聞聖人無懷，以道德爲心，何怪乎？而爲哀也。’遂爲歌二章而去。”

《檄豫州》題注

惡：下增一“惡”字。

可不：“可”改“得”。

檄 非常：何曰：“《後漢書》無‘非常’，《六語》《魏氏春秋》同。”①

顯融：五臣作“融顯”。

悺：舊音“綰”。

父嵩：郭頒《魏晉世語》：“嵩夏侯氏，惇之叔父。”

鼎司：何曰：“范書《宦者傳》：‘嵩靈帝時貨賂中官，及輸西園錢一億萬，故位至太尉。’”

鋒協：何曰：“《魏氏春秋》‘協’作‘俠’。”②

蹴：何引少章云：“《後漢書》作‘就’。”

惟疆、楊彪：五臣“惟”作“推”，“楊”作“揚”。

榜楚：五臣作“楚榜”。《魏志·滿寵傳》：“爲許令時，故太尉楊彪收付縣獄，尚書令荀彧、少府孔融等並屬寵‘但當受辭，勿加考掠’。寵一無所報，考訊如法。數日，求見太祖

---

① （清）何焯《義門讀書記》中無此注釋。

② 同上。

曰：'楊彪考訊無他辭語。'太祖即日赦出彪。"①

掩襲：何曰："《後漢注》引《獻帝春秋》云'操引軍渡河，托言助紹，實圖襲鄴，以爲瓚援，會瓚破滅，紹亦覺之，以軍退屯於敖倉。'"②

熪：《禮記音義》："如悦反。"

熛：摽。

何不：五臣有"消"字。

注 董卓：上增"魏志曰"三字。

高翰："翰"改"幹"。

檄吳

子：翰曰："發檄時也。"《日知録》："日者，初一、初二之類；子者，甲子、乙丑之类。漢人未有稱夜半爲子時者，翰注誤矣。"③

---

① （晉）陳壽《三國志》（卷二十六）："爲許令時，故太尉楊彪收付縣獄，尚書令荀彧、少府孔融等並屬寵：'但當受辭，勿加考掠。'寵一無所報，考訊如法。數日，求見太祖，言之曰：'楊彪考訊無他辭語，當殺者宜先彰其罪。此人有名海內，若罪不明，必大失民望，竊爲明公惜之。'太祖即日赦出彪。"【校】文中"求見太祖"後脫"言之"二字。"楊彪考訊無他辭語"後脫"當殺者宜先彰其罪。此人有名海內，若罪不明，必大失民望，竊爲明公惜之"等句。

② （清）何焯《義門讀書記》（卷四十九）："《後漢書》注引《獻帝春秋》云：操引軍渡河，託言助紹，實欲襲鄴，以爲瓚援，會瓚破滅，紹亦覺之，以軍退屯于敖倉。"【校】文中"《後漢》"應爲"《後漢書》"。"實圖襲鄴"應爲"實欲襲鄴"。

③ （清）顧炎武《日知録》（卷二十）："日者，初一、初二之類是也；子者，甲子、乙丑之類是也。《周禮·職內》注曰：'若言某月某日某甲詔書，或言甲，或言子，一也。'《文選·陳琳〈檄吳將校部曲文〉》：'年月朔日子。'李周翰注曰：'子發檄時也。'漢人未有稱夜半爲子時者，誤矣。"【校】文中"子者甲子乙丑之類是也"脫"《周禮·職內》注曰：'若言某月某日某甲詔書，或言甲，或言子，一也。'《文選·陳琳〈檄吳將校部曲文〉》：'年月朔日子。'李周翰注曰：'子發檄時也。'"等句。"誤矣"前衍"翰注"二字。

何曰："疑'守'字之訛。"① 案:《孔氏雜説》《輟耕録》並從翰注，然《宋書·禮志》:'外上事，内處報，下令書儀。''年月朔日甲子尚書令'，'某甲'下則此'子'字，當爲'甲子'無疑。

下愚、名者、鷙鳥、之擊:善無"下、者、之、擊"四字，"鷙"作"擊"。

齊斧:《虞喜志林》:"齊，側皆切。"《太平御覽》:"'齊斧'音'齊'"。

不拔、而悖、千萬、約之、退也、剪扞、尚則、熛俱、以應:五臣"拔"下有"也"字，無"而以"二字，"千"作"十"，"之"作"支"，"扞"作"刊"，"則"下有"尚"字，"熛"作"煙"，"應"作"膺"。

散關:《通志》:"在鳳翔府寶雞縣城南，通褒斜大路，屬漢中府。"

陽平:五臣作"平陽"。《周地圖記》:"褒谷西北有古陽平關。"《通典》:"在興元府褒城縣西北。"

朴、濩:《三國志注》音"浮、護"。

樛:善音"留"。

叔英:何曰:"《後漢·黨錮傳》:'魏朗，字少英，會稽上虞人，當是叔英。'"②

文繡:何曰:"虞仲翔，父名歆，爲日南太守。"

泰明:何曰:"周昕字。"

---

① （清）何焯《義門讀書記》中無此注釋。
② （清）何焯《義門讀書記》（卷四十九）:"《後漢書·黨錮傳》:'魏朗，字少英，會稽上虞人，當是叔英也。'"【校】文中"《後漢·黨錮傳》"應爲"《後漢書·黨錮傳》"。"是叔英"應爲"當是叔英也"。

周榮：何曰："《會稽典録》作'周林'。《吳夫人傳》注中引《典録》名'騰'，《吳範傳》及注作'滕'。"① 案：《吳志注》曰："《典録》滕字周林，祖父河内太守朗"，則魏滕乃魏朗孫，與本篇堂構折薪不合，又叔英、少英、周林、周榮不同，故善注从缺。

连、鷦：舊音"窄、寧"。

竿：同"算"。

注 李湛："湛"改"堪"。

亡也：下增"其自亡"三字。

立雀：何曰："湯校'立'作'工'。"

檄蜀

鍾士季：翰曰："《魏志》云：'穎川長社人，繇之少子。'"

我太、新野、聞也：五臣無"我"字、"也"字，"新"作"朔"。

戎車、蜀侯、各具：何曰："《魏志》'車'作'重'，'侯'作'相莊'。'各'上有'其詳擇利害自求多福'九字。"②

段谷：《通典》："秦川上邦縣有段谷水，姜維爲鄧艾破於此。"

注：有九伐："有"改"以"。

難蜀父老

濊：薈。

虓：龙。

---

① （清）何焯《義門讀書記》中無此注釋。
② 同上。

笮、褆：善音"鑿、支"。

略斯榆，舉苞蒲：五臣無。鄭氏《漢書注》："'斯'音'曳'。"《索隱》："斯如字。"

蓋聞、記已、氏㦬、之宇：五臣無"聞、氏、之、宇"四字，"已"作"也"。

腠：舊音"奏"。

胘：《徐廣音義》音"魁"。

修誦：何曰："《漢書》'修'作'循'。"①

呟：鄧展注："今'宏'字。"

昒：舊音"晦"，《索隱》音"妹"。

減五：虞喜《志林》："相如欲減五帝之一，以漢盈之。"

視乎：善無"乎"字。

注 兩祖："祖"改"祖"。

對楚王問 何曰："此文見《新序》。"

鯤：善作"鱗"。

獨處：善有"夫"字。

答客難

勝記、道之、能備、夫天、時者：五臣"記"作"數"，"之"下有"無"字，"備"下有"也"字，"夫"作"方"，今無"也"字。

行邪：善本"邪"作"也"。

---

① （清）何焯《義門讀書記》中無此注釋。

侍郎：何曰："《漢書》上有'常'字。"①

時雖不用：何曰："《漢書》無。"②

蠡：舊音"羅"。

䗖蝀：《服虔音訓》音"蹤蚼"。如淳注："䗖音精。"

咋：窄。

解嘲序

創：何曰："《漢書》無。"③

解嘲卿：叶"怯羊切"。

細、立談、藺：五臣"細"作"纖"，"談"下有"間"字，"藺"下有"先"字。

往者：善本"者"作"昔"。

坏：胚。蘇林注："音'陪'。"

遁：巡。

連：師古注："音'輦'。"

椒：何曰："《漢書》作'陶'"。師古注："有作'椒'者，流俗所改。"

熾、霸、存：《字典》叶"處、布、前"三音。

噤：《集韻》音"傑"。

傅：敷。

擁篲：何曰："《漢書》作'擁帚篲'。"

卷、同：何曰："《漢書》作'宛、固'。"顏注："固，閉也。"

---

① （清）何焯《義門讀書記》中無此注釋。
② 同上。
③ 同上。

蝘:《毛詩音義》音"偃"。

蜓:殄。

膽:何引少章云:"《漢書》作'贍',夏侯湛《東方朔贊》有'贍智宏才'之語。"李善引《解嘲》作注,則"膽"字刊本誤。

注 侯嬴:"嬴"改"嬴",本條"嬴"字同。

答賓戲

黔:叶"强"。

矕:《字典》:"蠻,上聲。"

緪:如淳注:"音'亘'。"

世利:《漢書》"世"作"勢"。

雪煜:《漢書》作"煜雪"。晉灼注:"雪音'暈'。"師古注:"'煜'音'育'。"

三術:翰曰:"謂帝王霸。"①

坴、灆:韋昭《音義》音"旌、檻"。

敦:堆。服虔《音訓》音"頓",謝嶠《爾雅音》如字。

氿:服虔《音訓》音"軌"。

周:叶"真"。

神聖:《漢書》作"聖神"。

淵:《漢書》作"耽",五臣作"潛"。

聽之:何曰:"袁板'聽'下注:善本作'聖'字。"

應、昊:五臣作"膺、皓"。

---

① 《六臣注文選》(卷四十五)翰曰:"三術謂帝道、王道、霸道。"【校】文中"帝王霸"應爲"帝道、王道、霸道"。

據：徐廣《史記注》音"戟"。善注："與'據'同。"

注 師古曰：何曰："採顏注恐後人妄加。"

亥出："亥"改"仄"。

秋風辭 何曰："《湛淵静語》云：'武帝祠后土者六，五幸河東。一幸高里，幸河東皆在三月，獨始立祠睢上，乃元鼎四年十一月也。以詞中物色考之，曰木落鴈南，蓋其時當循秦舊，以亥爲正，十一月即夏正八月也，詞作於此時無疑。時方有事于五嶽四瀆，而文中子以爲樂極哀来，乃悔心之萌，何也？《史記》《漢書·藝文志》皆不載。'"① 案：《漢書·高紀》② 師古注："凡諸月號，皆太初正歷之後記事者追改之，非當時本稱。則'元鼎四年十一月'已爲'夏正十一月'。"

佳人：何曰："延濟注'謂群臣也'。"

注 答子：下增"妻"字。

歸去來 洪邁《容齋五筆》："案陶集載此辭，自有序，曰：'余家貧，耕值不足以自給。彭澤去家百里，故便求之。及少日，眷然有歸歟之情。何則？質性自然，非矯厲所得。饑凍雖切，違己交病。悵然慷慨，深媿平生之志。猶望一稔，當斂裳

---

① （清）何焯《義門讀書記》（卷四十九）："《湛淵静語》云：武帝祠后土者六，五幸河東。一幸高里，幸河東皆在三月，獨始立祠睢上。乃元鼎四年十一月也。以詞中物色考之，曰木落雁南，蓋其時尚循秦舊。以亥爲正，十一月即夏正九月。詞作于此時無疑。時方有事于五嶽四夷，而文中子以爲樂極哀來，乃悔心之萌，何也？《史記》《漢書·藝文志》皆不載。"【校】"十一月即夏正八月也"應爲"十一月即夏正九月"。"八月"應爲"九月"，文中句末衍"也"字。"五嶽四瀆"應爲"五嶽四夷"。"

② 應是《漢書·高帝紀》。"

宵逝。尋程氏妹喪于武昌，情在駿奔，自免去職。在官八十餘日。'觀其語意，乃以妹喪而去，不緣督郵。所謂'矯屬違己'之説，疑必有所屬，不欲盡言之耳。詞中正喜還家之樂，略不及武昌，自可見也。"①

田園：何曰："《宋書》作'園田'。"②

將、盈：何曰："《宋書》作'荒、停'。"

眄：何曰："《朱子語録》載張以道曰：'讀如'俛'，讀作'盼'者非。'"③

矯、孤、舟、尋：何曰："《晉書》'矯'作'翹'。《南史》'孤'作'扁'，'尋'作'窮'，《宋書》同'窮'。"

退：五臣作"游"。

孤松：《容齋三筆》："淵明詩文率皆紀實，雖寓興花竹間亦然。《歸去來辭》云'撫孤松而盤旋'。其《飲酒詩》二十首中一篇云：'青松在東園，衆草没其姿，凝霜殄異氣，卓然見高枝，連林人不見，獨樹衆乃奇。'所謂孤松者是已，此意蓋

---

① （宋）洪邁《容齋五筆》（卷一）："案陶集載此辭，自有序，曰：'余家貧，耕值不足以自給。彭澤去家百里，故便求之。及少日，眷然有歸歟之情。何則？質性自然，非矯勵所得。饑凍雖切，違己交病。悵然慷慨，深愧平生之志。猶望一稔，當斂裳宵逝。尋程氏妹喪于武昌，情在駿奔，自免去職。在官八十餘日。'觀其語意，乃以妹喪而去，不緣督郵。所謂'矯勵違己'之説，疑必有所屬，不欲盡言之耳。詞中正喜還家之樂，略不及武昌，自可見也。"【校】文中二"屬"字皆應爲"勵"字。

② （清）何焯《義門讀書記》中無此注釋。

③ （清）何焯《義門讀書記》（卷四十九）："《朱子語録》載張以道曰：'眄庭柯以怡顔，眄讀如俛，讀作盼者非。'此説甚異當更考之。秦少游詩'昔同裴博士，酌酒俛庭柯'。"【校】文中"眄讀如俛"前脱"《朱子語録》載張以道曰：眄庭柯以怡顔"等句。"讀作盼者非"後脱"此説甚異當更考之。秦少游詩'昔同裴博士，酌酒俛庭柯'"等句。

以自況也。"①

西疇：何曰："即農服先疇之畝畝也。'西''先'古通用。"②

秄：舊叶"兹"。

序上

毛詩序

關雎：陸德明《音義》舊説云："起此至'用之邦國焉'，名《關雎序》，謂之《小序》。自'風，風也'迄末，名爲《大序》。今謂此序止是《關雎》之序，總論《詩》之綱領，無大小之異。"

風風：沈重《音義》："上風是《國風》，下風即是'風伯鼓動'之'風'。"

得失：五臣作"失得"。

注 發、猶：盡本條皆鄭玄毛詩箋，下四條同。

尚書序

孔安國：《經典·序録》：③"字子國，孔子十二世孫，受詩于

---

① （宋）洪邁《容齋三筆》（十六則）："淵明詩文率皆紀實，雖寓興花竹間亦然。《歸去來辭》云：'景翳翳以將入，撫孤松而盤旋。'其《飲酒詩》二十首中一篇云：'青松在東園，衆草没其姿，凝霜殄異類，卓然見高枝，連林人不見，獨樹衆乃奇。'所謂孤松者是已，此意蓋以自況也。"【校】文中"撫孤松而盤旋"前脱"景翳翳以將入"一句。"凝霜殄異氣"應爲"凝霜殄異類"。

② （清）何焯《義門讀書記》（卷四十九）："西疇之'西'，當讀爲'先'，即農服先疇之畝畝也。'西'與'先'古通用。"【校】文中"即農服"前脱"西疇之'西'，當讀爲'先'"一句。文中"西"後脱"與"字。

③ 爲《經典釋文·序録》的省稱。

魯申公，官至諫大夫。”

先君：向曰：“孔子即安國十一代祖。”案：世家本十一代。

覽之者不一：何曰：“《匡謬正俗》云‘晉宋時書皆云“覽者之不一”。’”

坑儒：衛宏《古文奇字序》：“秦改古文以爲篆隸，國人多誹謗。秦患天下不從，而召諸生，至者皆拜爲郎，凡七百人。又密令冬月種瓜于驪山硎谷之中温處，瓜實，乃使人上書曰‘瓜冬有實’。有詔博士諸生説之，人人各異，則皆使往視之，而爲伏機。諸生方相論難，因發機，從上填之以土，皆終命也。”

用藏：《家語》：“孔騰，字子襄，畏秦法峻急，藏《尚書》《孝經》《論語》于夫子舊堂壁中。”《漢記》：“孔鮒所藏。”《隋經籍志》：“孔子末孫惠所藏。”向曰：“孔子藏於壁中。”

伏生：《紀年》：“字子賤。”《經典・序録》名“勝”。

二十：《漢書・藝文志》：“秦燔書禁學，濟南伏生獨壁藏之。漢興亡失，求得二十九篇。”

科斗：陸德明《音義》：“蝦蟆子，書形似之。”孔穎達《正義》：“形多頭麤尾細狀，腹團圓似水蟲之科斗。”釋適之《金壺記》：“顓頊，高陽氏，狀科斗之形，作科斗之文，亦曰篆文。”吾衍①《學古編》：“科斗書者，蒼頡觀三才之文及意度爲之，乃字之祖，即今之偏傍是也。”

隸古：陸德明《音義》：“謂用隸書寫古文。”陸遊《筆記》②：“隸爲隸書，古爲科斗。蓋前一簡作科斗，後一簡作隸書釋之，以便讀誦。”

---

① 應爲吾丘衍。

② 應爲《老學庵筆記》。

二十五：惠松崖《古文尚書考》："《藝文志》：'《古文尚書》出孔壁中，孔安國悉得其書，以考二十九篇，得多十六篇。'内九共九篇，故分之爲二十四，合之爲十六。今梅氏增多篇，數分之爲二十五，合之爲十九，與《藝文志》不合。"

舜典：閻若璩《尚書古文疏證》："古文《舜典》別自有一篇，與今安國書析《堯典》而爲二者不同。"

益稷：《古文尚書考》："馬、鄭、王合《益稷》于《皐陶謨》，以《益稷》爲《弃稷》，謂別有《弃稷》之篇。"

五十八篇：劉向《別録》："《古文尚書經》五十八篇。"《古文尚書考》："梅氏分《堯典》爲《舜典》、《皐陶謨》爲《益稷》，以合《別録》之數。"

巫蠱：《漢·藝文志》：[①]"《古文尚書》孔安國獻之，遭巫蠱事，未列于學宮。"

左氏傳序

杜預：六臣作"杜元凱"。王隱《晉書》："位至征南大將軍，開府。"[②]《晉書》："京兆杜陵人。"

簡：孔穎達《正義》："單執一札爲簡，連編諸簡爲策。"

牘：向曰："木板。"

受經：《嚴氏春秋》："孔子將修《春秋》與左丘明乘如周，觀書於周史，歸而脩《春秋》之經，丘明爲之傳。"

---

① 應爲《漢書·藝文志》。

② （東晉）王隱《王隱晉書》（卷六）："祜爲征南大將軍，開府辟召，儀同三司。"【校】文中"位至"二字應爲"祜爲"，余蕭客錯將"羊祜"記成"杜預"，"征南大將軍"應是羊祜而非杜預，羊祜在臨終前舉薦杜預自代。"開府"後脱"辟召儀同三司"等字。

有所：善本“有”作“其”。

景伯：《後漢·賈逵傳》：“字景伯，扶風平陵人，九世祖誼。”

潁子嚴：何曰：“賈逵父徽，字元伯，授業於劉歆，作《春秋》條例。逵傳父業作《左氏傳》訓詁。許惠卿，名淑，魏郡人。潁子嚴，名容，陳郡人。皆見《正義》。”

爲部：何曰：“《正義》云：‘事同則爲部，小異則附出。’又曰：‘經不及例者聚于終篇，故云相與爲部。’”

素玉：①陸德明《音義》：“王，于况反。”董仲舒《對策》：“孔子作《春秋》先正王而繫萬事，是素王之文焉。”賈逵《春秋序》：“孔子覽史，就是非之説，立素王之法。”鄭玄《六藝論》：“孔子既西狩獲麟，自號素王。”《正義家語》：“稱齊太史子餘歎美孔子云‘天其素王之乎！’素，空也。言無位而空王之也。彼子餘美孔子之深，原天意爲此言，非自孔子自號。先儒蓋因此而謬，遂言《春秋》立素王之法。”

黜周：何休《公羊傳注》：“繫宣榭於成周，使若國，文黜而新之，從爲王者後。”

王魯：《公羊注》：“惟王者然後改元立號，《春秋》托新王受命於魯，故因以録即位。”

五靈：《正義》：“‘麟’‘鳳’與‘龜’‘龍’‘白虎’，出《尚書緯》。”

句者、則春：善無“者”字、“則”字。

即魯：五臣“即”作“則”。

致麟：服虔《左傳注》：“夫子以哀十一年自衛反魯而作《春秋》，約之以禮，故有麟應而至。”

---

① 應是“素王”。

三都賦序 何曰："按《世說注》：'此序及劉注即太冲所自爲。'"①

題注：朝郡：六臣同。案："郡"當作"那"。

序、紐、詩曰、客主：五臣"紐"作"貫"，無"曰"字、"主"字。

思歸引 謝希逸《琴論》："箕子作《離拘操》。"《樂府古題要解》："《思歸引》，一曰《離拘操》。"

序 清渠：石崇《金谷詩序》："余有別廬在河南縣界金谷澗中，或高或下。有清泉茂林，衆果、竹柏、藥草之屬，莫不畢備。"

習伎：《續文章志》："崇後房百數，皆曳紈綉，珥金翠，而絲之藝，盡一世之選。"

播於：五臣無"於"字。

注 志慧："志"改"智"。

序下

豪士賦序

循、微風、勢也、表者：五臣"循"作"脩"，"風"作"飇"，無"也"字、"者"字。

忘已：善本"忘"作"亡"。

注 物之爲：六臣"爲"作"與"。

---

① （清）何焯《義門讀書記》（卷四十九）："《世說注》此序及劉注即太冲所自爲，蓋托之勝流以重其價也。"

泥土、響來、還使："土"字删，"響"改"鄉"，"使"下增
"有司行事"四字。

三月三日　何曰："劉昭《續漢書·禮儀志補注》云：'自魏
不復用三日水宴，蓋此二會及右軍臨河敘皆一時偶修。'"
案：《宋書·禮志》："自魏以後，但用三日，不以巳。"

曲水詩·序（顏）

題注 徐肇、二女：何曰："《後漢·禮儀注》中'徐肇'作
'郭虞'，'二'作'三'。"①

隨流、曲水：何曰："《藝文》無'流'字，'水'下
'祠'字。"②

序、者也、旋、都内：五臣無"也"字，"旋"作"放"，
"内"作"會"。

上巳：蔡邕《月令章句》："《論語》'暮春浴乎沂'，洎上及
下，古有此禮。今三月上巳，祓於水濱，蓋出此也。"③《拾遺
記》："周昭王溺於江漢，二女延娟、延娛夾擁王身同没焉。
故江漢之人到今思之。至春上巳之日，褉集祠間，或以時鮮甘
味，采蘭杜包裹，以沉水中；或結五色紗囊盛食；或用金鐵之

---

① （清）何焯《義門讀書記》中無此注釋。
② 同上注。
③ （東漢）蔡邕《月令章句》："《論語》：'莫春者，春服既成。冠者五六人，
　童子六七人，浴乎沂，風乎舞雩，詠而歸。'自上及下，古有此禮。今三月上
　巳，被禊於水濱，蓋出於此。"【校】文中"暮春"應爲"莫春"。"暮春浴
　乎沂"應爲"莫春者，春服既成。冠者五六人，童子六七人，浴乎沂。風乎
　舞雩，詠而歸。""洎上及下"應爲"自上及下"，"被"後脱"禊"字。

器並沉水中，言蛟龍畏五色金鐵，則不侵此食也。"① 何曰：
"《亭林》云：'季春之月，辰爲建，巳爲除，故用三月上巳祓
除不祥。'《癸辛雜識》以爲'戊己之己'，非。按：古人上
丁、上辛皆取十干。《亭林》説本仲遠，疑非。"②

栢：五臣作"枒"，舊音"牙"。

曲水詩序

（王）者巳、奇幹、甌牘、緜：五臣"巳"作"也"，"幹"作
"翰"，"甌牘"作"軌躅"，"緜"作"錦"。

握機：何曰："建武《泰山石刻文》：'昔在帝堯，聰明密微，
讓與舜庶，後裔握機。'"

侮食：何曰："厚齋云'周書王會東越'，'海食'或誤爲

---

① （晋）王嘉《拾遺記》（卷二）："及昭王淪於漢水，二女與王乘舟，夾擁王
身，同溺於水。故江漢之人，到今思之，立祠於江湄。數十年間，人於江漢
之上，猶見王與二女乘舟戲於水際。至暮春上巳之日，褉集祠間。或以時鮮
甘味，採蘭杜包裹，以沉水中；或結五色紗囊盛食；或用金鐵之器並沉水中，
以驚蛟龍水蟲，使畏之不侵此食也。"【校】文中"周昭王溺於江漢"應爲
"及昭王淪於漢水"。"二女"後衍"延娟、延娛"二人名字，脱"與王乘
舟"四字，"同没焉"應爲"同溺於水"。"到今思之"後脱"立祠於江湄。
數十年間，人於江漢之上，猶見王與二女乘舟戲於水際"等句。"至春"兩
字中間脱"暮"字，應爲"至暮春"。"言蛟龍畏五色金鐵"應爲"以驚蛟龍
水蟲"一句。"則不侵此食也"應爲"使畏之不侵此食也"，"則"應爲"使
畏之"三字。

② （清）何焯《義門讀書記》（卷四十九）："《亭林》云：'季春之月，辰爲建，
巳爲除，故用三月上巳祓除不祥。'古人爲病愈爲巳，亦此意也。周公謹《癸
辛雜志》以爲'戊己之己'者，非。按：古人上丁、上辛皆取十干。《亭林》
之説疑非，亦本之仲遠。"【校】文中"祓除不祥"後脱"古人爲病愈爲巳，
亦此意也"一句。"《癸辛雜識》"前脱"周公謹"三字，"戊己之己"後脱
"者"字。"《亭林》説本仲遠疑非"應爲"《亭林》之説疑非，亦本之仲遠"
一句。

'侮食'。"

芳林：《南朝宮苑記》："芳林苑，一名桃花園，本齊高帝舊宅，在秦淮大路北。"王融《曲水詩序》"載懷平圃，乃睠芳林"，即此也。

注 長楸："楸"改"懋"。

秦后太："太"字删。

丁白："白"改"原"。

《十洲記》曰芳：何曰："《十洲記》書名疑有誤，或是《丹陽記》。"

王文憲集序

茂、幾：五臣"茂"下有"典"字，"幾"上有"庶"字。注曰："善無'典、庶'字。"

何工、以選：善無"工"字，"選"作"遷"。

志：《隋·經籍志》① 今書《七志》七十卷。《封演聞見記》：② "《七志》有《經典志》《諸子志》《文翰志》《軍書志》《陰陽志》《術藝志》《圖譜志》。"

皇太子：向曰："武帝太子名昭業。"

班劍：《唐開元禮》："漢制帶劍，晉代以木謂之班劍，宋齊謂之象劍。"

百數：《南史·王儉傳》："朝議舊典，晉宋來施行故事，撰次諳憶，無遺漏者。所以當朝理事，決斷如流。每博議引證，先儒罕有其例。八坐丞郎，無能異者。令史諮事，賓客滿席，儉

---

① 應爲《隋書·經籍志》。
② 應爲封演《封氏聞見記》。

應接銓序，旁無留滯。"

一盼：《梁書·任昉傳》："永明初，將軍王儉領丹陽尹，引爲主簿。儉雅欽重昉，以爲當時無輩。"①

見知：《南史·任昉傳》："王儉每見其文必三復曰：'自傅季友已來，始復見於任子。'於是令昉作一文，及見，曰：'正得吾腹中之欲。'乃出自作文，令昉點正，昉因定數字。儉拊几歎曰：'後世誰知子定吾文！'其見知如此。"②

古今集記：《隋·經籍志》："《喪服古今集記》三卷，齊太尉王儉撰。"

注卦郭："郭"改"成"。

荀季、德星："季"下增"和"字，"德"上增"于時"二字。

心緩："心"改"性"。

營部爲："營部"改"策劼"。

劉恢："恢"改"愰"。

杜徽："徽"改"微"。

子淮南：六臣"子"作"市"。

周人爲："爲"改"謂"。

---

① （唐）姚思廉《梁書》（卷十四）："永明初，衛將軍王儉領丹陽尹，復引爲主簿。儉雅欽重昉，以爲當時無輩。"【校】文中"將軍"前脫"衛"字。"引爲主簿"前脫"復"字。

② （唐）李延壽《南史》（卷五十九）："王儉每見其文必三復殷勤，以爲當時無輩，曰：'自傅季友已來，始復見於任子。若孔門是用，其入室升堂。'於是令昉作一文，及見，曰：'正得吾腹中之欲。'乃出自作文，令昉點正，昉因定數字。儉拊几歎曰：'後世誰知子定吾文！'其見知如此。"【校】文中"三復"後"曰"前脫"殷勤以爲當時無輩"等字。"始復見於任子"後脫"若孔門是用，其入室升堂"一句。

曹植祭橋玄文：何引少章云：“此是魏武祭橋公文，注誤。”

聖主得賢臣頌

唅：服虔《音訓》音“含”。

略陳、虎、籚：五臣“陳”下有“其”字，“虎”上有“故”字，“籚”作“號”。晉灼注：“‘籚’音‘遞’。”

杼、吐握、雲氣、谷風洌：何曰：“《漢書》‘杼’作‘抒’。顏注：猶‘泄’也。‘握’作‘捉’，無‘氣’字，‘谷風洌’作‘洌風至’。”①

齧膝：何曰：“孟康曰：‘良馬低頭，口至膝，故曰齧膝。’”

靶：晉灼注：“音‘霸’。”

嘔喻：舊音“吁俞”。

煦：舊音“吁”。

喬松：何曰：“《漢書》云：‘是時上頗好神仙，故褒對及之。’”②

注 韓哀侯：何曰：“世本無‘侯’字。宋衷曰：‘韓哀，韓文侯也。’”③

聲之不：何曰：“《漢書》‘聲’作‘擊’。”

龍髯：下增“龍髯”二字。

趙充國頌

零：鄭氏《漢書注》音“憐”。

---

① （清）何焯《義門讀書記》中無此注釋。
② （清）何焯《義門讀書記》（卷四十九）：“《漢書》：‘是時上好神仙，故褒對及之。’”【校】文中“《漢書》”後衍“云”字，“好神仙”前衍“頗”字。
③ （清）何焯《義門讀書記》中無此注釋。

雅：叶"郁五切"。

《出師頌》題注

漢陽：下增"使"字。

頌 楷：《字典》叶"起"。

鉉：徐邈《周易音》："古玄反。"舊叶"玄"。

勳：去。

酒德頌　《竹林七賢論》："伶未嘗措意文章，終其身，凡著《酒德頌》一篇而已。"

劉伯倫：《名士傳》："沛鄲人。"

鋒、豁：何曰："《晉書》作'烽悅'。"[①]

槽：曹。

利：五臣作"嗜"。

注 類之："之"改"也"。

功臣頌序　五臣無此序。

鄐：應劭《漢書音義》音"嵯"。文穎《漢書注》音"贊"。

曲逆：何曰："《孔氏雜說》載：'曲逆《漢書》無別音。'《文選》注：'曲，區句反。'逆，音'遇'。《漢書·曹參傳》顏注：'曲，音丘羽反；逆，音"顧"。'《文選》遂讀句爲'區句反'，誤'顧'爲'遇'。按：《郡國志》'章帝醜其名，改

---

① （清）何焯《義門讀書記》中無此注釋。

蒲蔭’，則當讀如本字審矣。”①

頌埯：《英華辯證》：“楚錦切，塵也。”

擠：舊音“濟”。

慮四、哭、作勞、退守、天地：五臣“慮”作“聲”，“哭”作“送”，“作”作“祚”，“守”作“宮”，“地”作“命”。

海、謀：《字典》叶“虎、暮”。

原：叶“岸”，平聲。

彥：叶“願”。

媼：襖。

注 要項羽：六臣“羽”作“伯”。

離沫：“沫”改“昧”。

罷蹶：“蹶”改“撥”。

忽然之：“之”上增“感”字。

東方朔畫贊

夏侯孝若：《文士傳》：“魏征西將軍夏侯淵曾孫。”《晉書》：“譙國譙人。”

序 厭次：舊注：“‘厭’音‘琰’。”何曰：“《地理志》：‘平

---

① （清）何焯《義門讀書記》（卷四十九）：“《孔氏雜說》載：‘曲逆’《漢書》無別音。’《文選》注：‘曲，區句反。逆，音遇。’當是五臣注也。按：‘《漢書·曹參傳》：‘西擊秦將楊熊軍于曲遇，破之。’小顏注：‘曲，音邱羽反。遇，音顒。’《文選》緣此遂讀‘曲’爲區句反，且忘‘遇’之爲‘顒’，而讀爲‘遇’，其失甚矣。又後書《郡國志》：‘章帝醜其名，改爲蒲陰。’則當讀如本字審矣。”【校】“逆，音遇”後脫“當是五臣注也”一句。“《漢書·曹參傳》”前脫“按”字。“《漢書·曹參傳》”後脫“西擊秦將楊熊軍于曲遇，破之”一句。“顏注”前脫“小”字。“《文選》遂讀句爲‘區句反’，誤‘顒’爲‘遇’”應爲“《文選》緣此遂讀‘曲’爲區句反，且忘‘遇’之爲‘顒’，而讀爲‘遇’，其失甚矣”一句。“按”字應爲“又後書”三字。

原郡富平縣。'應劭曰：'明帝更名厭次。'顏注：《本傳》云：'高祖功臣表有厭次侯爰類，是則厭次之名其來久矣，而説者乃云後漢始爲縣，于此致疑，斯未通也。'或漢初本命厭次，中更富平，至明帝乃復其故，中間曲折失其傳耳。厭，一涉反，又一琰反。"

貴、乃研：五臣"貴"作"樂"，"乃"作"不"。

跆：蘇林《漢書注》音"臺"。

棄俗登仙，神交造化：何曰："顏魯公書作'棄世登仙，神友造化'。"①

守此國：何引少章云："按潘岳《夏侯湛誄》云：'父守淮岱，治亦有聲。淮謂淮南，岱即謂樂陵也。'"

贊、處倫：何曰："魯公書作'處儉'。"②

旋、情：五臣作"游、精"。

《三國名臣序贊》題注

晉陽、爲東："晉"上增"續"字，删"爲東"，"至"末增"爲大司馬府記室參軍，稍遷吏部郎，出爲東陽太守，卒"二十一字。

序、美、既明：五臣"美"作"靡"，"明"下有"且哲"二字。

束物：五臣"物"作"拘"。何曰："一作'束手'。"

魏志九人：五臣無"魏志九人"至"字玄伯"一百五十字。

何曰："不及幼安，當以其不得而臣。"

---

① （清）何焯《義門讀書記》中無此注釋。
② 同上。

贊 大過：王肅《周易音》音"戈"。

二溟：銑曰："謂南溟、北溟，皆海也。"

亭、宇、由、贊：何曰："《晉書》作'停、岸、曲、贊'。"①

陛：上聲。

霿：蒙。善協"夢"。

棟：去。

世、出：五臣"出"作"生"。

注 王素："素"改"業"。

爲軍：下增"師"字。

仙俗：下增"豈"字。

封禪文

韶：《史記》、五臣作"昭"。

可得聞、逢涌：五臣無"可"字，"得"下有"而"字。"逢"作"燧"，舊音"蜂"。

閬澤：韋昭《音義》音"閬驛"。

餱、讌、炎、般般：舊"格、惠、焰、班"四音。

俙：希。

輝：徐廣《音義》音"魂"。

來：去。

煌：橫。

曰於：舊音"烏"。

---

① （清）何焯《義門讀書記》中無此注釋。

劇秦美新

爇、汎、韉：善注："爇，古'然'字。'洒'與'汎'同，'櫝'與'韉'通。"

功：善作"公"。

茒：《春秋穀梁音義》音"佩"。

宛葉：舊音"宛攝"。

表也：五臣無"也"字。

豈知：六臣"知"作"如"。

《典引》題注

蔡邕曰：六臣上"有并序"三字。

序 將見問意開寤耶：五臣無。

頓首：善又有"頓首"二字。

猶：六臣下有"樂"字。

潒：善作"滿"。

典引、玄聖：《春秋演孔圖》："孔子母徵在夢感黑帝而生，故曰玄聖。"

茲：善無。

台：五臣作"怠"字，兼有"嗣"字。

華而、宗配、用篤：何曰："《後漢》'華'作'偉'，'宗'下有'祀'字，'用'作'朋'。"

渝耳、僉爾、而有顒：五臣無"耳、而、有"三字，'爾'作'人'。

肉角：伏侯《古今注》："建初二年，北海得一角獸，大如麛，有角在耳間，端有肉。"

三足:《古今注》:“元和二年,三足烏集沛國。”①

嫠:“牟、母”二音。

恁:“飪、壬”二音。

七十有四:《後漢注》:“并武帝光武爲七十四。”

絣:《廣韻》音“崩”。

注 義曰昭:“曰”改“韋”。

左氏傳臧、禮記曰聖、孝經曰夫、巡靖、爾雅、曰祭、毛詩曰湛、楚辭曰鸞、尚書曰嚴、左氏傳薳、蔑輕也、伊維也、言前封、尚書曰夏: 十三條每條第一字上各增“善曰”二字。

皮懸:“皮”改“疲”。案:《爾雅》作“瘕縣”。

史論上

公孫弘傳贊

明: 何曰:“《漢書》作‘朋’。”②

晉紀論晉武帝

于令升: 六臣同。案:王應麟《姓氏急就篇注》:“于氏,吴越春秋干將,吴人晉有干寶,則‘于’當爲‘干’。”

隨時隨、則: 五臣無“時”字、“則”字。

① 《後漢書》(卷四十下)《班彪列傳》李賢注引《古今注》:“元和二年,甘露降河東,三足烏集沛國。”

② (清)何焯《義門讀書記》中無此注釋。

晉紀總論

而獨納、從善、綿也、八九、事而、之識：五臣無二"而"字、"從"字、"也"字，"九"下有"也"字，"事"作"爭"，"之"作"文"。

非群：六臣"非"作"排"。

天綱：善本"綱"作"網"。

庶桀、名儉、噬點、蕩蕩：何曰："《晉書》'桀'作'孽'，'儉'作'檢'，'點'作'黜'，'蕩蕩'作'放蕩'。"①

蕭杌：良曰："蕭然自放，杌爾無爲。"

注 北爲三："北"改"此"。

皇后紀論　案：《後漢書》此是卷首序，體非論下宫者。《逸民傳論》、沈約《宋書·恩倖傳論》並同，此誤。

女史：《周禮》："女史掌王后之禮，書內令，凡后之事以禮從。"② 鄭玄注："亦如太史之於王也。"

八品：《後漢》"八"作"九"。

華少：何曰："《後漢》作'少華'。"

十四：《後漢注》："婕妤一，娙娥二，容華三，充衣四，已上武帝置；昭儀五，元帝置；美人六，良人七，七子八，八子九，長使十，少使十一，五官十二，順常十三，舞涓、③ 共和、娛靈、保林、良娣、使夜者十四，此六官品秩同爲一

---

① （清）何焯《義門讀書記》中無此注釋。

② （戰國）許奕《周禮》（卷二）："女史掌王后之禮職，掌內治之貳，以詔后治內政。逆內宫，書內令，凡后之事以禮從。"【校】文中"女史掌王后之禮"後脫"職"字，脫"掌內治之貳，以詔后治內政。逆內宫"等句。

③ 《後漢書》是"無涓"。

等也。"

六宮：鄭玄《周禮注》："王后正寢一燕寢五，是爲六宮也。夫人以下①分居焉。"

貴人：《後漢》復出"貴人"二字。

澠：何曰："即'淄'字，今本《後漢》作'淄'。"②

注 喪禮："禮"改"紀"。

齊北汸：六臣"齊"作"濟"，"汸"作"濆"。

史論下

二十八將傳論

佐命：《易通卦驗》："黃佐命。"鄭玄注："黃者，火之子，佐命張良是也。"

士也：《後漢注》："已上皆華嶠之辭。"

兼、屠、戮、所加、未賢、故人：五臣無"兼"字，"屠"作"盜"，"戮"作"醢"，"加"下有"不過"二字，"未"作"非"，"人"下有"而"字。

數公：《後漢·賈復傳》："帝方以吏事責三公，故功臣並不用。是時，列侯唯高密、固始、膠東三侯與公卿參議國家大事。"

宦者傳論

閹者：何曰："閹人以墨者爲之，此據《詩》'昏椓靡共'。鄭

---

① "以下"應爲"已下"。

② （清）何焯《義門讀書記》中無此注釋。

箋云：'皆奄人也。'"①

寺：舊音"侍"。

勃貂：《後漢注》："即寺人披也，字伯楚。"

牖房闈、宮閨：何曰："今本范書'闈'作'閨'，'閨'作'闈'。"②

競恣、皆腐、然矣：五臣"競恣"作"恣極"，無"皆"字、"然"字。

以暴易亂：《魏志·袁紹傳》："紹既斬宦官所署司隸校尉許相，遂勒兵捕諸閹人，無少長，皆殺之。或有無鬚而誤死者，宦者或有行善自守而猶見及，其濫如此。"

注 提爲履貂："提""貂"並改"鞮"。

中尚書："尚"字刪，"書"下增"宦"字。

安帝年："安"改"殤"。

雅卿："雅"改"稚"。

薰骨："骨"改"胥"。

豎書："豎"改"堅"。

地詩：六臣"地"作"韓"。

諸長侍："長"改"常"。

張驤趙心："驤"改"讓"，"心"改"忠"。

逸民傳 五臣無"傳"字。

論、觀：五臣無。

---

① （清）何焯《義門讀書記》（卷四十四）："閹人本使墨者爲之，此以爲寺人。據《詩》'昏椓靡共'。鄭箋云：'皆奄人也。'"【校】文中"閹人以墨者爲之"應爲"閹人本使墨者爲之"，"以"應爲"本使"二字。

② （清）何焯《義門讀書記》中無此注釋。

介性：何曰：“《後漢》作‘性分’。”

嚴光：俞成《螢雪叢説》：“嚴子陵本姓莊，避顯宗諱，遂稱嚴氏。”《丹鉛續錄》：“《嚴光碣》略云：‘本新野人，其妻梅福季女也。少與光武同學，及長，避亂會稽。’”①

羞：善無。

注 炟：改“炟”。

謝靈運傳論

二班、扇、比、舛均：何曰：“《宋書》‘二班’作‘班固’，‘扇’誤‘振’，‘比’作‘綴’，‘舛’作‘互’，‘靈均’作‘騷人’。”②

多歷年代，雖文體稍精而：何曰：“今本《宋書》無。”③

匪由思至：范曄自序：“性別宮商，識清濁，斯自然也。觀古今文人，多不今了④此處。縱有會此者，不必從根本中來。”

注 子虛：“虛”改“雲”。

恩倖傳論

通：五臣無。

胡廣：周密《癸辛雜識・後集》：“胡廣以五月五日生，本姓黃，父母惡之，藏之葫蘆，棄之河流岸側，居人收養。及長，

---

① （明）楊慎《丹鉛續錄》（卷七）：“《嚴光碣》略云：‘光本姓莊，字子陵。本新野人，其妻梅福季女也。少與光武同學，及長，避亂會稽。’”【校】文中“略云”後脱“光本姓莊，字子陵”一句。

② （清）何焯《義門讀書記》中無此注釋。

③ 同上條。

④ 【校】“今了”應爲“全了”。

以爲托葫蘆而生，乃姓胡名廣。後登三司，有中庸之號。"①

何曰："當作'匡衡'，'伯始'亦當改'稚圭'。"②

郡縣：五臣"郡"改"都"。

吏、狎：何曰："今本《宋書》作'史、倖'。"

醴：曹。

述高帝紀③

首：《字典》叶"黍"。

同：五臣作"合"。

注：然之野民："然"改"秦"，"之"下增"分"字，删"民"字。

述成紀

光允：《漢書》、五臣"光"作"亦"。

---

① 周密《癸辛雜識·後集》："《西京雜記》：'胡廣以五月五日生，本姓黄，父母惡之，藏之葫蘆，棄之河流岸側，居人收養。及長，有盛名，父母欲取之。廣以爲背其所生則害義，背其所養則忘恩，而無所歸，托葫蘆而生也，乃姓胡名廣。後登三司，有中庸之號。'"【校】文中所引内容出處應爲《西京雜記》。"及長"後脱"有盛名，父母欲取之。廣以爲背其所生則害義，背其所養則忘恩，而無所歸"等句。"托葫蘆而生"前衍"以爲"二字，後脱"也"字。

② （清）何焯《義門讀書記》（卷四十九）："'胡廣累世農夫，伯始致位公相。''胡廣'當作'匡衡'。以前、後《漢書》考之可見，注家無改正者。若'伯始'，亦當作'稚圭'。"【校】文中句首脱原句"胡廣累世農夫，伯始致位公相"。"當作'匡衡'"前脱"胡廣"二字，"當作'匡衡'"後脱"以前、後《漢書》考之可見，注家無改正者"一句。"伯始"前脱"若"字。"當改"應爲"當作"。

③ 應爲《述高紀》。

光武紀贊

世祖：何曰："范書①作'光武'。"

先：善作"生"。

緯文：何曰："韓文，《刊誤補遺》② 云：《文選》作'緯天'，然以韻讀之。恐'天'字乃傳寫誤，《文選》亦作'文'也。"

論一

過秦

召、鏑：善音"紹、的"。何曰："《史記》'召'作'昭'。"③

佗、廖：舊音"駝、留"。

叩抗於：五臣"叩"作"仰"，無"於"字。

國家、頸：善無"家"字，"頸"作"頭"。

矜：張晏《漢書注》音"槿"。

招：蘇林《漢書注》音"翹"。

非有先生

東方曼倩：善本"倩"作"蒨"。④

臣不、治即：善無"臣"字，"治"作"理"。

將覽：何曰："《漢書》'覽'作'聽'。"⑤

---

① 指范曄《後漢書》。
② 應爲《兩漢刊誤補遺》。
③ （清）何焯《義門讀書記》中無此注釋。
④ 李善注《昭明文選》中爲"東方曼倩非有先生論"，"倩"字未作"蒨"。
⑤ （清）何焯《義門讀書記》中無此注釋。

空虛：五臣作"虛空。"

注 好色曰："曰"改"也"。

殺紂："殺"改"殷"。

立寢："立"改"士"。

時變："時"改"事"。

文王："王"改"子"。

四子講德

姆、嘽、釋、瞷：舊"母、闡、善、閑"四音。

倭：煨。

傀：荀子注："公回反。"

嶄、渫、匍匐、奉、而東、賓合、朝賀：五臣"嶄"作"斷"，"渫"作"世"，無"匍匐、而、賀"四字。"奉"作"俸"，"合"作"洽"。

怢：突。

宋寥、刻削、肌慄、先生曰：善本"寥"作"聊"，"削"作"峭"，"肌慄"作"飢栗"，"生"下有"夫子"二字。

彸：鍾。

憍：驕。

杭：何曰："《能改齋漫録》作'抗'。"①

結：舊音"計"。

燋：椒。翰曰："燋齒，黑齒也。"

黯："晻、奄、黯、飲"四音。

注 此藩：六臣"此"作"比"。

---

① （清）何焯《義門讀書記》中無此注釋。

故重贖："故"改"欲"。

儼集："儼"改"仍"。

史紀："史"改"宣"。

論二

王命

挨一：五臣作"一挨"。

力求、貪不：何曰："《漢書》'求'下有'也'字，'貪'上有'無'字。"①

並起：《漢書》李善無。

麼：《漢書》作"麿"，鄭氏注："音'麼'。"

今卒：善無"今"字。

宰相、由己、所處、同斯：五臣無"宰"字，"由"作"用"，"所"作"其"，"同"作"周"。

注 所謂貴："謂"改"爲"。

道德於："德"改"得"。

都洛陽："洛陽"改"長安"。

論文

不假：善無"不"字。

懾、則流、之大：五臣"懾"作"懼"，無"則"字、"之"字。

注 禹宗：何曰："《後漢書》'禹'作'尚'。"注云："《東觀

---

① （清）何焯《義門讀書記》中無此注釋。

漢記》《續漢書》並作'禹'。"①

更職："更"下增"吏"字。

六代 何曰："成武《語資篇》載元魏瑾曰：'九錫或稱王粲，六代亦云曹植'。"又曰："《晉書·曹志傳》：武帝嘗閱《六代論》，問志曰：'是卿先王所作耶？'志對曰：'先王有手所作目録，請歸尋。'按：還奏曰：'按録無此。'帝曰：'誰作？'對曰：'以臣所聞，是臣族父同所作。以先王文高名著，欲令書傳于後，是以假托。'帝顧謂公卿曰：'父子證明，足以爲審。'按：元恭好學，豈有先王所作？必待尋按目録，且素知元首假托，何必待帝再問，蓋緣此論于司馬氏後事有若燭照，方身立其廷，恐以先王遺訓致招猜忌，故遜詞詭對。"②

之歷、騁譎、弊將、尅薄、所安：五臣無"之、將、所"三字，"騁"作"馳"，"尅"作"刻"。

餘人、拔深、不能傾：何曰："《魏志》注：'人'作'成'，一本作'歲'；'拔'作'戊'，無'能'字。"

晁：善作"朝"。

---

① （清）何焯《義門讀書記》中無此注釋。
② （清）何焯《義門讀書記》（卷四十九）："段成式《語資篇》載元魏尉瑾曰：'九錫或稱王粲，六代亦言曹植。'按：元首不以文章名世，安得宏偉至此？意者，陳王感愴孤立，常著論欲上，以身屬親藩，嫌爲己地，至身没而元首以貽曹爽歟。《晉書·曹志傳》：武帝嘗閱《六代論》，問志曰：'是卿先王所作耶？'志對曰：'先王有手所作目録，請歸尋。'按：還奏曰：'按録無此'。帝曰：'誰作？'對曰：'以臣所聞，是臣族父同所作。以先王文高名著，欲令書傳于後，是以假托。'帝顧謂公卿曰：'父子證明，足以爲審，可無復疑。'按：允恭最稱好學，豈有先王所作？必待尋按目録，乃定是非，且素知元首假托，何不卽相證明？待帝再問耶？或緣此論于司馬氏後事有若燭照，方身立其廷，恐以先王遺訓致招猜忌，故遜詞詭對耳。"

注 四十餘："四"改"三"。

號謂："謂"改"爲"。

莽符："符"改"得"。

博① 《晉中興書》："殷紂所造。"

奕、蓋聞、於戰：善無"聞"字、"於"字。

之才：何曰："才，一作'賢'。"

而吳、翫、何暇、遇也：五臣無"而、暇、也"三字，"翫"作"習"。

柍：《方言注》音"評"。

罫：《集韻》音"拐"。

論三

養生 《隋經籍志》注："梁有《養生論》三卷，稽康撰，亡。"何曰："《晉書·阮种傳》云：'弱冠爲稽康所重。'康著《養生論》所稱：'阮生即种也。'今此文無之，殆不止一篇。"

夭妄、非能：六臣"夭"作"妖"，"非"作"所"。

請、之通、共知、内外、之日、目識、醇白：五臣無"請、之、共"三字，"内外"作"外内"，"日"下有"而"字，"目"作"自"，"白"作"泊"。

魚：寇宗奭《本草衍義》："《素問》言：'魚，熱中。'"

齒居晉而黃：《埤雅》世云："噉棗令人齒黃，齒居晉而黃，

---

① 應是《博弈論一首》的省稱。

食此故也。"《爾雅翼》:"晉人尤好食棗,蓋安邑千株棗比千戶侯,其人實之懷袖,食無時,久之齒皆黃。"

鬻:善注:"今'煮'字。"

注 蒜勿:"勿"改"多"。

運命

以遊:翰曰:"自'以遊於群雄'至'莫之逆'也。"善本無此一段。何引少章云:"按善注引《漢書》云云似不應無,或《漢書》一條後人所補。"

可援、屈厄、於室、不亂、飲河、賞、扱:五臣"援"下有"也"字,"屈"上有"受"字,無"厄"字、"於"字,"亂"作"辭","河"下有"水"字,"賞"作"災","扱"作"插"。"扱"音"銸"。

謗議:善作"誹謗"。

先友:銑曰:"老子,康之先也,與孔子友。故曰:'吾先友。'"

注 川謂:"謂"改"爲"。

公新:"公"改"譚"。

辨亡

上①

有如、機、耀於、樓玄:五臣"有"作"見","機"作"機","耀"作"輝","樓"作"婁"。

_____

① 指《辯亡論上》。

昭、西屠、離斐、之患：何曰："《晉書》'昭'作'公'，篇内及下篇同。'屠'作'界'，'離'上有'鍾'字。《三國志》五臣同，'患'作'志'。"①

嘗籍：善本"嘗"作"常"。

鄧塞：《郡縣志》：②"鄧塞故城在襄州臨漢縣東南二十二里，南臨宛水，阻一小山號曰鄧塞。昔孫文臺破黃祖于此山下，魏常於此裝治舟艦以伐吳。陸士衡表稱'下江漢之卒，浮鄧塞之舟'謂此也。"

卒散于陣，民奔于邑：五臣無。

注 毛其："其"改"得"。

陳忠："陳"改"閻"。

從諸車："從"改"促"。

後溺："後"改"沉"。

重積："積"改"迹"。

下③

怨矣、陋矣、粗脩、以長：五臣無二"矣"字、"以"字，"粗脩"作"粗精"。善注："粗，古'粗'字。"

劉公：何曰："《晉書》'公'作'翁'。"④

注 爲天下笑乎："爲"改"奈"，"乎"改"何"。

吳彦："吳"改"吾"。

---

① （清）何焯《義門讀書記》中無此注釋。
② 應爲《元和郡縣志》。
③ 指《辯亡論下》。
④ （清）何焯《義門讀書記》中無此注釋。

論四

五等諸侯

祚矣、禮不、具也、微積、共弊、宿疾、宣王、夜也：五臣無"矣"字、二"也"字、"微"字，"禮"作"體"，"積"下有"其"字，"弊"下有"而"字，"疾"作"侯"，"宣王"作"厲宣"。

中人、利圖：何曰："《晉書》'中'作'忠'，'利'作'吏'。"①

並賢、兩愚：何曰："合五等郡縣言。"②

注葉引："葉"改"典"。

夸州："夸"改"跨"。

辨命

則高、鶡、命體、號、吉、密微、抗、亭伯、相如、若使善：五臣無"則、若、使"三字，"鶡"作"褐"，"命體"作"體命"，"號"下、"吉"下並有"二"字，"密微"作"微密"，"抗"作"亢"，"亭伯"作"崔駰"，"相如"作"長卿"。

古則：何曰："向注以'則'字爲句，作'典則'解。"③

---

① （清）何焯《義門讀書記》中無此注釋。
② （清）何焯《義門讀書記》（卷四十九）："並賢、兩愚合五等與郡縣言之注失其意。"【校】文中"合五等郡縣言"應爲"合五等與郡縣言之注失其意"。"合五等"後脫"與"字，"郡縣言"後脫"之注失其意"五字。文中脫這五字，文意就完全改變了。
③ （清）何焯《義門讀書記》中無此注釋。《六臣注文選》（卷五十四）中向曰："兩賢瓛雄也。言因此兩賢不達，故言古之典則也。"

瓛、璡：舊音"桓、津"。《南齊·劉瓛傳》：①"晉丹陽尹惔六世孫。"

廻還、焉爾：何曰："《梁書》'廻還'作'循環'，'爾'作'余'。"

無饗：《南史·劉顯傳》："族伯瓛，卒無嗣。齊武帝詔顯爲後。"②

無形：何曰："《呂氏春秋》曰：'道也者，視之弗見，聽之弗聞。'"③

哆嗎：善注："'哆'音'侈'。"《淮南注》音"夸庱"。

敦：盾。

命也：善無"也"字。

生人：何曰："生，一作'小'，宋本作'生人'。"④

注 賦湘渚："賦"下增"投"字，"渚"下增"弔"字。

過謂："謂"改"問"。

太邱碑曰元方：何引少章云："蔡碑無此語，或有二碑，今逸其一。"

顏慼："慼"改"蹙"。

摯夷："摯"改"執"。

淄州、下策："州"改"川"，"策"下增"奏"字。

爾雅曰上：六臣"爾"作"小"。

勸給：何曰："給，一作'給'。"

---

① 爲《南齊書·劉瓛傳》的省稱。
② （唐）李延壽《南史》（卷五十）："族伯瓛儒學有重名，卒無嗣，齊武帝詔顯爲後。"【校】文中"族伯瓛"後脫"儒學有重名"五字。
③ （清）何焯《義門讀書記》（卷四十九）："《呂氏春秋》：道也者，視之不見，聽之不聞，不可爲狀。"【校】文中"聽之不聞"後脫"不可爲狀"四字。
④ （清）何焯《義門讀書記》中無此注釋。

論五

廣絕交 何曰：“文中子見此篇曰：‘惜乎，舉任公而毀也，任公於是乎不可謂知人矣。’他日又謂門人曰：‘五交三釁，劉峻亦知言哉。’”①

題注 劉漑：“劉”改“到”。

論 絕交論：《後漢注》：“朱穆與劉伯宗絕交，因此著論。”

捶：錐，上聲。

人靈、電薄：何曰：“《梁書》‘靈’作‘倫’，‘電’作‘雷’。”②

听：古“哂”字。

則利、埒、鳴哀、晚乎、惠莊：五臣無“則”字、“乎”字，“埒”作“將”，“鳴哀”作“哀鳴”，“惠莊”作“莊惠”。

王丹威子以檟楚：《東觀漢記》：“丹怒撻之五十。”

羊左：《烈士傳》：“羊角哀、左伯桃二人爲死友，欲仕於楚，道阻，遇雨雪不得行，飢寒，自度不俱生。伯桃謂角哀曰：‘俱死之後，骸骨莫收，内手捫心，知不如子。生恐無益而棄子之能，我樂在樹中。’角哀聽之，伯桃入樹中而死。楚平王愛角哀之賢，以上卿禮喪伯桃。角哀夢伯桃曰：‘蒙子之恩而獲厚葬，正苦荆將軍冢相近。今月十五日，當大戰以決勝負。’角哀至期日，陳兵馬詣其冢，作三桐人，自殺而下

---

① （清）何焯《義門讀書記》（卷四十九）：“文中子見此論曰：‘惜乎，譽任公而毀也。任公于是不可謂知人矣。’其旨可謂深遠，然他日又謂門人曰：五交三釁，劉峻亦知言哉，蓋雲雨翻覆，雖賢者，亦難以情恕理遣也噫。”【校】文中“舉任公”應爲“譽任公”。“不可謂知人矣”後脱“其旨可謂深遠”一句。“劉峻亦知言哉”後脱“蓋雲雨翻覆，雖賢者，亦難以情恕理遣也噫”等句。

② （清）何焯《義門讀書記》中無此注釋。

從之。”

注 仰而明：“明”改“鳴”。

南客：何曰：“客，一作‘容’。”①

劉洽：六臣“劉”作“到”。

攸然：“攸”改“悠”。

宰轂：“轂”改“穀”，下“宰轂”同。

連珠　《文章緣起》：“《連珠》，楊雄作。”

題注 賢、看：改“覽、覘”。

演連珠②

三

蒼：五臣作“倉”。

五

放、弊：五臣作“施、弊”。

七首注

秦密：“密”改“宓”。

二十一

貫、叟：五臣作“慣、史”。

---

① （清）何焯《義門讀書記》中無此注釋。

② 西晉陸機所寫《演連珠》五十首。

二十八

生民：五臣無"生"字，"民"下有"倫"字。

注 下愚：何曰："'下愚'上舊刻有'善曰'二字恐非是，此八句皆是。劉注自'按西以下'乃李善注。'善曰'二字疑當在'按'字上，'按西'二字，他本亦誤作'善曰'。"

三十三

斌珷：善作"武夫"。

三十四

傃：舊音"素"。

三十七首注

杜預：上增"善曰"。三十九首注《楚詞》曰衝"上、"《法言》"上、四十四首注"文子"上、四十八首注"淮南"上並同。

女史箴

既、戒：五臣作"始、式"。

封燕然山銘·序

曰車、鹿、茲可：五臣無"曰"字，"鹿"作"瀧"，"茲可"作"咨所"。

四分：翰曰："謂布於四面。"

橫徂：善本"徂"作"狙"。

冐：舊音"墨"。

銘崛：善注："與'碣'同。"《後漢注》叶"其例反"。

座右銘注

王蒼："王"改"三"。

石闕　《六朝事迹》：①"縣北五里有四石闕，在臺城之門南，高五丈，廣三丈六寸，梁武帝所造。"

銘序、昔在、而樊、審曲：五臣無"在"字、"而"字，"曲"下有"直"字。

於是龍：善無"於是"二字。

夏首：濟曰："謂薛元嗣守郢州。"②

泥首：《梁書·武紀》："魯山城主張樂祖、郢城主程茂、薛元嗣相繼請降。"

九：《梁書·武紀》："先是，東昏遣冠軍將軍陳伯之鎮江州，爲子陽等聲援。高祖乃謂諸將曰：'今加湖之敗，誰不弭服。陳獸牙即伯之子，狼狽奔歸，彼間人情，理當怕懼，我謂九江傳檄可定也。'因命搜所獲俘囚，得伯之幢主蘇隆之，厚加賞賜，使致命焉。伯之遣隆之反命，求未便進軍，高祖乃命鄧元起，率衆沿流。及高祖至，乃束甲請罪。"③

---

① 應是《六朝事迹編類》。

② 《六臣注文選》（卷五十五）濟曰："夏首水口也，謂薛天嗣守郢州。"【校】文中"薛元嗣"應爲"薛天嗣"。

③ 《梁書》（卷一）原文如下："先是，東昏遣冠軍將軍陳伯之鎮江州，爲子陽等聲援。高祖乃謂諸將曰：'夫征討未必須實力，所聽威聲耳。今加湖之敗，誰不弭服。陳虎牙即伯之子，狼狽奔歸，彼間人情，理當怕懼，我謂九江傳檄可定也。'因命搜所獲俘囚，得伯之幢主蘇隆之，厚加賞賜，使致命焉。魯山城主孫樂祖、郢城主程茂、薛元嗣相繼請降。初，郢城之閉，將佐文武男女口十餘萬人，疾疫流腫，死者十七八。及城開，高祖並加隱恤，（轉下頁）

注《周易》曰正："易"改"禮"。

裘褐："褐"改"褐"。

呴吠："呴"改"狗"。

圜丘：下增"若"字。

楚辭客："辭"改"孫"，刪"客"字。

銘、柱：上聲。

新刻漏銘序

布在：五臣作"有布"。

銘曰：六臣本善注："《集》曰：'銘一字，至尊所改，敕書辭曰故當云銘。'"

注 有赤："有"下增"水、而"二字。

長贏："贏"改"贏"。

銘 知、無：五臣作"遁、不"。

合昏：《花譜》："夜合花，葉似槐。朝開至暮復合，五月花開紅白色。"《群芳譜》："合驩，一名合昏，一名夜合。"

晨生：濟曰："蓂莢每晨生一葉。"

注 齊宣："齊"改"衛"。

禮來："來"改"永"。

（接上頁）其死者命給棺槨。先是，汝南人胡文超起義於潘陽，求討義陽、安陸等郡以自效，高祖又遣軍主唐脩期攻隨郡，並剋之。司州刺史王僧景遣子貞孫入質。司部悉平。陳伯之遣蘇隆之反命，求未便進軍。高祖曰：'伯之此言，意懷首鼠，及其猶豫，急往過之，計無所出，勢不得暴。'乃命鄧元起率衆，即日沿流。八月，天子遣黃門郎蘇回勞軍。高祖登舟，命諸將以次進路，留上庸太守韋叡守郢城，行州事。鄧元起將至尋陽，陳伯之猶猜懼，乃收兵退保湖口，留其子虎牙守盆城。及高祖至，乃束甲請罪。"引文有省略。

王仲宣誄序

痛：善作"庸"。

誄 統：五臣作"掌"。

蠻：古音"考"，叶"眠"。

郇：舊音"若"。

閭：舊協"太"。

輝輝：五臣作"輝耀"。

孤嗣：《魏志》："粲二子，爲魏諷所引，誅。後絕。"

越：《韻補》叶"俞芮切"。

頸：舊平聲。

注 子班："班"改"琛"。

楊荆州誄序

和、何：並叶"華"。

阿：叶"娃"。

誄 謂督：何曰："厚齋云'謂督勳勞'，引《左氏》'謂督不忘'。古字'督''篤'通用，即《微子之命》曰：'篤不忘。'以'督'爲'察'，非也。"①

廷：去聲。

---

① （清）何焯《義門讀書記》中無此段。文中出處應爲：（宋）王應麟《困學紀聞》（卷十七評文）："李善注《文選》，詳且博矣，然猶有遺缺。嘗觀《楊荆州誄》'謂督勳勞'，不引《左氏》'謂督不忘'；'執友之心'，不引《曲禮》'執友稱其仁'。'謂督不忘'，即《微子之命》曰：'篤不忘也。'古字'督'與'篤'通用。以'督'爲'察'，非也。"

楊仲武誄序

周、至：五臣作"同、志"。

夏：五臣無。

誄亂：王肅《家語注》：[1]"初覲反。"

劭：舊音"韶"。

母：某。

舅、枕：並上聲。

夏侯常侍誄

絢：《韻補》叶"須閏切"。

喜：《群經音辨》音"嬉"。

俗疵：何曰："《南史·殷景仁》舉此語作'世疵'。"

下：上聲。

愊：逼。翰曰："愊抑，哀憤也。"

馬汧督誄序

軍、墨、之誄：五臣"軍"作"車"，"墨"作"紫"，"之
誄"作"誄之"。

鞏：《方言注》音"拱"。

罚、闞、鐳、瓶：舊"的、掘、雷、武"四音。

柿：舊音"廢"。良曰："木札也。"案：今俗呼匠人治木所落
曰"柿"，音若'廢'，當用此字。毛萇詩傳曰："許許，柿
貌。"《釋文》："柿，孚廢反"。《後漢·楊由傳》注："柿，
孚廢反，並與此'柿'字義同。"

---

① 應爲《孔子家語注》。

梠：六臣作“梠”，舊並音“吕”。

偵：檉。

噤：《楚辭補注》：“巨蔭切。”

注 木火：“木”改“朱”。

可枲：“枲”改“羅”。

段頻：“頻”改“熲”。

誄 霜：舊協去聲。

掊：丁公著《孟子音》：“薄侯切。”

稈：舊音“幹”。

瞯：《集韻》：撊音“僩”。善注：“‘撊’與‘瞯’同。”

師：案：吕延濟注“將帥也”，則字當爲“帥”。汲古、六臣本並誤。

街：五臣“街”作“巷”，“巷”作“街”。

注 太尉應：“尉”下增“掾”字。

小息：何曰：“一本無。”

孫獲：“獲”改“玃”。

智伯智：“伯”下增“軍”字。

陽給事誄·序

劘、卒：舊注：“‘劘’音‘摩’。”五臣作“摩、率”。

誄 甄：堅。

題子：何曰：“陽州地名，與‘陽’無與。”

廢：善作“發”。

凉、氣：五臣作“嚴、器”。

喜：徐邈《周易音》：“許意反。”

注 賭公：“賭”改“滕”。

陶徵士誄序

區外：五臣作"外區"。

絢：舊音"匊"。

元嘉四年：《紹陶録》："《栗里譜》：'元嘉四年丁卯，君年六十三，有《自祭文》云：律中無射。'《擬挽歌》詩云'嚴霜九月中，送我出遠郊'，當是抄秋下世。"

注 探井："探"改"操"。

誄 兩非、違、榮、述靖：五臣"兩"上有"而"字，無"非"字，"違"作"達"，"榮"作"勞"，"靖"作"清"。

痁：《唐書釋音》："始廉切。"《唐書注》："式贍切。"《顏氏家訓》："有熱痁也。"《方書》："多日之瘧曰痁。"

占：舊去聲。

窆："砭、貶"二音。

睱：去。

誰箴：陸遊《筆記》：[1]"顏延年作《靖節徵士誄》云：'徵音遠矣，誰箴予闕？'王荆公用此意作《別孫少述》詩：'子今去此來何時，後有不可誰予規？'青出於藍者也。"

注 睦姻：姻改婣。

根荄：下增"淺"字。

宣貴妃誄

《南史》："殷淑儀薨，謝莊爲哀策文，帝臥覽讀，起坐流涕曰：'不謂當今復有此才。'都下傳寫，紙墨爲

---

① 出自（宋）陸遊《老學庵筆記》（卷八）。

之貴。"①

序　庇：五臣作"妣"。

誄　素里：《南史》："或云貴妃是殷琰家人入義宣家，義宣敗入宫。"何曰："殷淑儀當時傳爲義宣之女，此言毓德素里，諱之。"②

贊軌堯門：《宋書·謝莊傳》："前廢帝即位，以爲金紫光禄大夫。初，世祖寵姬殷貴妃薨，莊爲誄云'贊軌堯門'。廢帝在東宫，銜之。至是遣人詰責莊曰：'卿昔作殷貴妃誄，頗知有東宫否？'將誅之。或説帝曰：'死是人之所同，政復一往之苦，不足爲深困。莊少長富貴，今且繫之尚方，使知天下苦劇，然後殺之未晚也。'帝然其言，繫於左尚方。太宗定亂，得出。"

輴：椿。

注　夏女："女"改"禹"。

鞠衣：下增"展衣"二字。

———————

① （唐）李延壽《南史》（卷十一）原文如下："殷淑儀，南郡王義宣女也。麗色巧笑。義宣敗後，帝密取之，寵冠後宫。假姓殷氏，左右宣泄者多死，故當時莫知所出。及薨，帝常思見之，遂爲通替棺，欲見輒引替覩屍，如此積日，形色不異。追贈貴妃，謚曰宣。及葬，給輼輬車、虎賁、班劍。鑾輅九旒、黄屋左纛、前後部羽葆、鼓吹，上自於南掖門臨，過喪車，悲不自勝，左右莫不掩泣。上痛愛不已，精神罔罔，頗廢政事。每寢，先於靈牀酌奠酒飲之，既而慟哭不能自反。又諷有司奏曰：'據《春秋》，仲子非魯惠公元嫡，尚得考别宫。今貴妃蓋天秩之崇班，理應創新。'乃立别廟於都下。時有巫者能見鬼，説帝言貴妃可致。帝大喜，令召之。有少頃，果於帷中見形如平生。帝欲與之言，默然不對。將執手，奄然便歇，帝尤哽恨，於是擬《李夫人賦》以寄意焉。謝莊作哀策文奏之，帝臥覽讀，起坐流涕曰：'不謂當今復有此才。'都下傳寫，紙墨爲之貴。"

② （清）何焯《義門讀書記》（卷四十九）："殷淑儀當時傳爲義宣之女，此言毓德素里，蓋諱之也。"

彪漢："彪"下增"續"字。

城闕："闕"改"内"。

哀永逝

惉惶：善作"章偟"。"惉偟"音"章黄"。

醉：捋。

髳：費。

夢：舊平聲。

注 武軍："軍"改"庫"。

元皇后哀策文序①

六日大、遷座：五臣"六"作"八"，無"遷"字，"座"作"瘞"。

長寧陵：《建康實録》："宋文帝元嘉三十年葬長寧陵。"②《六朝事迹》："宋元嘉十七年，葬元皇后袁氏于長寧陵，即文帝陵也。"③

軨、褕：舊音"邛、揺"。

綍：《禮記釋文》音"弗"。

淪：何曰："《宋書》作'想'。"④

注 又曰司："曰"改"内"。

① 應是《宋文皇帝元皇后哀策文序》的省稱。
② 《建康實録》中無此記載。（梁）沈約《宋書》（卷五）有相關記載："九月壬子，葬元皇后於長寧陵。"文中出處或爲此。
③ （宋）張敦頤《六朝事迹編類》（卷下）："宋元嘉十七年葬先皇后袁氏于長寧陵，長寧陵即文帝陵也。"【校】"《六朝事迹》" 應爲《六朝事迹編類》"。文中"元皇后"應爲"先皇后"，"即文帝陵也"前脱"長寧陵"三字。
④ （清）何焯《義門讀書記》中無此注釋。

策、絢：叶音見《夏侯常侍誄》。

勳：六臣作"載"。

司化：五臣"化"作"造"。

沴：如淳《漢書注》音"戾"。

殣：劉昌宗《儀禮音》音"四"。

夕：舊音"夕"。

唱：五臣作"喝"。

注 管周："管"改"歌"。

縮縮：下"縮"字改"懦"。

易曰九："易"改"禮"，"九"改"凡"。

書儀："書"改"舊"。

敬皇后哀策文序①

祔：善無。

善：上聲。

注 寧寓："寓"改"寓"。

禮曰司："曰"改"内"。

策 道：五臣作"臨"。

所謁：善本"所"作"在"。

注 身毒寶鏡：何曰："於時佛法未入中國，安得身毒寶鏡爲甲觀之珮？明是六朝人附會之書也。'撫鏡'當引明帝覿陰后鏡奩中物事。"②

---

① 應是《齊敬皇后哀策文序》的省稱。

② （清）何焯《義門讀書記》（卷四十九）："按：于時佛法未入中國，安得身毒寶鏡爲甲觀之珮？明是六朝人附會之書也，'撫鏡'當引明帝覿陰后鏡奩中物事。"【校】"甲觀之珮"應爲"甲觀之佩"。

郭有道碑 《續漢書》:"郭泰卒,蔡伯喈爲作碑曰:'吾爲人作銘,未嘗不有慚容,唯爲郭有道碑頌無愧耳。'"

蔡伯喈:范曄《書》:①"陳留圉人。"

序郭:《急就篇》注:"虢公醜奔京師,遂姓郭氏。郭者虢聲之轉也。"

孝:謝承《後漢書》:"泰遭母憂,歐血發病,歷年乃瘳。"

勤誨:范曄《書》:②"黨事起,知名之士多被其害,惟林宗及汝南袁閎得免。遂閉門教授,弟子以千數。"

融:六臣本善注:"毛萇詩傳曰:'融,長也。'"

四方同好:謝承《書》:"泰卒,自弘農函谷關以西,河内湯陰以北,二千里負笈荷擔彌路,柴車葦裝塞塗,蓋有萬數來赴。"③

聞:善作"問"。

碑操:去。

高:《春秋左氏音義》:"古報反。"

招:《字典》叶"照"。

陳太邱碑文序

彬彬、大將軍弔:五臣"彬彬"作"斌斌",無"大"字。

八十有三,中平三年:案:本傳"中平四年,年八十四,卒于

---

① 指范曄《後漢書》。
② 同上條。
③ 《後漢書》(卷六十八):"謝承《書》:'泰建寧二年正月卒,自弘農函谷關以西,河内湯陰以北,二千里負笈荷擔彌路,柴車葦裝塞塗,蓋有萬數來赴。'"【校】文中出處應爲《後漢書》。"泰卒"應爲"泰建寧二年正月卒",脱"建寧二年正月"六字。

家”，與此異。①

留葬所卒：良曰：“謂遺命葬於所卒之地，不歸本屬。”②

嘉謚：《先賢行狀》：“何進遣官屬弔祠爲謚？”

書曰：五臣無。

文爲德表，範爲士則：何曰：“《魏志·鄧艾傳》作‘文爲世範，行爲士則’，非是。”

种：舊音“蟲”。

褚淵碑文

《梁書·陶季直傳》：“褚彦回爲尚書令，與季直素善，頻以爲司空司徒主簿，委以府事。彦回卒，季直請尚書令王儉爲立碑。”③

序 成章、場、人言、之分、率不、龕、書事、趨：五臣無“成、人、率、事”四字，“場”作“圃”，“分”作“介”，“龕”作“戡”，“趨”作“超”。

音徽與春雲等潤：《丹鉛總録》：“《文選·褚淵碑》：‘風儀與秋月齊明，音徽與春雲等潤。’庾信《馬射賦》：‘落花與芝蓋

---

① （宋）趙明誠《金石録》（卷十八）：“集仲弓三碑，皆邕撰。其一碑云：中平三年秋，八月丙子卒。而三碑皆云：春秋八十有三。《後漢書·仲弓傳》以爲‘中平四年，年八十四，卒于家’者，疑傳誤。”

② 《六臣注文選》（卷五十八）良曰：“謂遺令葬於所卒之地，不歸本屬。”【校】文中“遺命”應爲“遺令”。

③ 《梁書》（卷第五十二）：“齊初，爲尚書比部郎，時褚淵爲尚書令，與季直素善，頻以爲司空司徒主簿，委以府事。淵卒，尚書令王儉以淵有至行，欲謚爲文孝公，季直請曰：‘文孝是司馬道子謚，恐其人非具美，不如文簡。’儉從之。季直又請儉爲淵立碑。”【校】文中“褚彦回爲尚書令”應爲“時褚淵爲尚書令”，此句前脱“齊初，爲尚書比部郎”一句。“彦回卒”應爲“淵卒”，後脱“尚書令王儉以淵有至行，欲謚爲文孝公，季直請曰：‘文孝是司馬道子謚，恐其人非具美，不如文簡。’儉從之”等句。

齊飛，楊柳共春旗一色。’隋長壽寺舍利碑：‘浮雲與嶺松張蓋，明月與巖桂分叢。’王勃《滕王閣序》語本此。然王勃之語何嘗青出於藍？雖曰前無古人，可也。”

丁所生母憂：《南齊書》：“淵遭庶母郭氏喪，有至性，數日中，毀頓不可復識。惟沾淚處乃見其本質焉。”①

撝：鄭玄《周易注》讀爲“宣”，《九經字樣》“麾、撝”同。

脈、恇：舊音“慎、匡”。

令之：六臣作“今”。

野：善作“杍”，五臣作“序”。案：善注“野”當爲“杍”，古“序”字也。則善本未嘗作“杍”，六臣本舊注謬。

謚曰文簡：《梁書·陶季直傳》：“褚彥回卒，王儉以彥回有至行，欲謚爲文孝公，季直請曰‘文孝是司馬道子謚，恐其人非具美，不如文簡’。儉從之。”

注 立檄：“立”下增“劉歆”二字。

碑誘：上聲。

黎：叶“來”。

遞：《字典》叶“迭”。

頭陀寺碑文

王簡棲：濟曰：“《姓氏英賢録》云：‘齊朝起家郢州，從事後爲輔國録事參軍。’”

題注 王巾：“巾”改“中”，本注同。《説文通釋》：“王‘中’音‘徹’，俗作‘巾’，非。”

---

① （梁）蕭子顯《南齊書》（卷二十三）：“遭庶母郭氏喪，有至性，數日中，毀頓不可復識。期年不盥櫛，惟泣淚處乃見其本質焉。”【校】“毀頓不可復識”後脫“期年不盥櫛”一句。

碑 學地：五臣作"識智"。

殉肌膚於猛鷙：翰曰："《稜伽經》云：'自在天王化身爲鴿，釋提桓因是諸天王，化身作鷹逐此鴿，鴿來投我，稱己身肉與鷹代鴿也。'"

方丈：《高僧傳》："顯慶中，王元策使西域，至昆邪離成有維摩石室，以手板縱橫量之，得十笏，故云方丈。"

諱誼：何曰："《南史》作'暄'，後爲領軍東昏殺之，作文時暄尚在趙德，夫跋樊敬西嶽碑曰'生而稱諱，見於石刻者甚衆'。"

庀：六臣本善注："匹婢切。"

式揚：善本"式"作"戒"。

柣：屑。

注 後漢田：漢下增"書"字。

寶璐："璐"改"塔"。

步中武象：何曰："二語檢《禮記》不得，今所見又非唐初之本。"

人中："人"改"子"。

安陸昭王碑文①

立行、殷負、莫重、圍、下機、領衛：五臣"行"作"身"，"負"作"阜"，"重"作"固"，"圍"作"圉"，"下"作"不"，無"領"字。

舊吳：《南齊·安陸昭王緬傳》：②"出爲輔國將軍、吳郡太守，少時大著風績。竟陵王子良與緬書曰：'竊承下風，數十年来

---

① 應是《齊故安陸昭王碑文》的省稱。
② 應是《南齊書·安陸昭王緬傳》。

未有此政。’”

衡巫：良曰：“二山名。”

鄸、蠑：舊音“憂、緣”。

注 漢書儀：“書”改“舊”。

但用：下增“蒲鞭”二字。

兒富：“富”改“當”。

久遺：六臣“久”作“又”。

表安：“表”改“袁”。

夏侯稚：“稚”改“權”。

居平、魯魏：“平”改“乎”，“魯”改“象”。

墓誌 《聞見記》：“王儉所著《喪禮》云：‘施石誌于壙裏，禮無此制。魏侍中繆襲改葬父母，制墓下題版文。原此旨將以千載之後，陵谷遷變，欲後人有所聞知，其人若無殊才異德者，但紀姓名、歷官、祖父、姻媾而已。若有德業，則爲銘文。’”①《演繁露》：“《西京雜記》杜子夏葬長安，臨終作文，及死，命刊石埋于墓側，則墓之有誌不起南朝王儉。”②案：《演繁露》“儉”字誤，當爲“琳”。③

---

① （唐）封演《封氏聞見記》（卷六）：“儉所著《喪禮》云：‘施石誌于壙裏，禮無此制。魏侍中繆襲改葬父母，制墓下題版文。原此□，將以千載之後，陵谷遷變，欲後人有所聞知。其人若無殊才異德者，但紀姓名、歷官、祖父、姻媾而已。若有德業，則爲銘文。’”【校】“《聞見記》”應爲“《封氏聞見記》”。“王儉所著《喪禮》云”應爲“儉所著《喪禮》云”，衍“王”字。“原此旨”衍“旨”字，原處爲空字。

② （宋）程大昌《演繁露》（卷十二）：“《西京雜記》：‘杜子夏葬長安，臨終作文曰云云，及死，命刊石埋于墓側，則墓之有誌不起南朝王儉。’”【校】“臨終作文”後脫“曰云云”三字。

③ 【校】《演繁露》中並無此誤。

劉先生夫人墓誌

聞：五臣作“間”。

注 負載：“載”改“戴”。

相遵：“遵”改“導”。

行狀

《野客叢書》：“《吳志》：‘周條等甄別行狀上疏云云，此行狀之名，所由始也。’”何曰：“《漢書·高紀》求賢詔云：‘詣相國府，署行、義、年。’蘇林云：‘行狀，年紀也。’此行狀所自始，後則太常議謚、史官紀事，皆取之。首行必書年幾歲，猶其遺也。《柳河東集》中此體僅存，韓、李爲人所刊削盡矣。”①

竟陵文宣王行狀②

幾庶：五臣作“庶幾”。

左軍、其四昃、外施、策授、道冠：五臣無“左”字，“其”作“於”，“昃”作“景”，“施”作“馳”，“策”作“榮”，“道”作“首”。

邵陵王友：《南齊書》本傳：“轉邵陵王友，王名友，尋廢此官。”③《南史》本傳：“仕宋爲邵陵王友，時宋道衰謝，諸王

---

① （清）何焯《義門讀書記》（卷四十九）：“《漢書·高紀》求賢詔書曰：‘詣相國府署行義年。’蘇林云：‘行狀，年紀也。’此行狀所自始，後則太常議謚、史官紀事，皆取之。首行必書年幾歲，猶其遺也。《柳河東集》中此體僅存，韓、李爲人所刊削汩亂也。”【校】“所刊削盡矣”應爲“所刊削汩亂也”。

② 應爲《齊竟陵文宣王行狀》。

③ （梁）蕭子顯《南齊書》（卷四十）：“轉主簿，安南記室參軍，邵陵王友，王名友，不廢此官。”【校】“轉”字後“主簿，安南記室參軍”八字，“尋廢此官”應爲“不廢此官”。

微弱，故不廢此官。”

允歸、遵衿：善本“歸”作“師”，“遵”作“導”。

負圖：《南齊書》：“世祖遺詔，使子良輔政。”①

大官：六臣“大”作“太”。銑曰：“太官，掌食之官。”《南齊》：“太官令一人，屬起部。”②

輼輬：舊音“溫凉”。

繡：紵。

治葺：六臣本善注：“杜預《左氏傳》注曰：‘葺，覆也。’”

四部要略：《南齊書》本傳：“移居雞籠山邸，集學士抄五經、百家，依《皇覽》例撰《四部要略》千卷。”

净住子：《唐書·藝文志》：“蕭子良《净住子》二十卷。”

注 君子之：“子之”改“之子”。

五段：“段”改“殺”。

郅鄆：“鄆”改“惲”。

王叔：何曰：“‘叔’當是‘升’字之譌，今本作‘王斗’，字相近也。吳師道曰《文樞鏡要》作‘王升’。”③

迎入：“迎”改“延”。

太子、世祖：“子”下增“子”字，“祖”下增“長”字。

---

① （梁）蕭子顯《南齊書》（卷四十）：“世祖暴漸内外惶懼，百僚皆已變服，物議疑立子良，俄頃而蘇，問太孫所在，因召東宫器甲皆入。遺詔使子良輔政，高宗知尚書事。”【校】“世祖”後脱“暴漸，内外惶懼，百僚皆已變服，物議疑立子良，俄頃而蘇，問太孫所在，因召東宫器甲皆入”等句。

② （梁）蕭子顯《南齊書》（卷十六）：“太官令一人，丞一人；太醫令一人，丞一人；内外殿中監各一人；内外驊騮廄丞各一人；材官將軍一人，司馬一人；屬起部，亦屬領軍。”【校】“《南齊》”應爲“《南齊書》”。文中“屬起部”前脱“太醫令一人，丞一人；内外殿中監各一人；内外驊騮廄丞各一人；材官將軍一人，司馬一人”等句。

③ （清）何焯《義門讀書記》中無此注釋。

户集："集"改"席"。

弔屈原文序

長沙王：《索隱》："誼爲傅是吳芮之玄孫差襲長沙王之時也。"①

文 沙：襄。

蹻：脚。李奇注："跖，秦大盜也。楚之大盜为莊蹻。"《丹鉛餘録》："《韓非子》曰：'莊王欲伐越。'杜子諫曰：'莊蹻爲盜於境内，而吏不能禁，此政之亂也。蹻蓋在莊王時。'"

故：《韻補》叶"攻乎切"。

苦：《漢書》五臣作"若"。

汩：舊音"昧"。

偭：蘇林注："音'面'。"

蟂：《服虔音訓》音"梟"。

蛭：《索隱》音"質"。

螑：寅。

般：蘇林注："音'槃'。"孟康《音》："音'班'。"

弔魏武帝文序

今乃、皆著、八尺：五臣無"乃"字、"皆"字，"八"作"六"。

機答之曰：五臣無。

牀：六臣下有"張"字。注曰："善無。"

---

① （唐）司馬貞《史記索隱》（卷十二）："誼爲傅是吳芮志玄孫襲長沙王之時也。"【校】"《索隱》"應爲"《史記索隱》"。"玄孫"後衍"差"字。

西陵：《鄴中故事》：“魏武帝遺命諸子曰：‘吾死之後，葬于鄴之西崗。’”

文臻：箋。

文昌：何曰：“操所自記，吾其爲周文王也。”①

憤西夏：何曰：“此言操以西征無功，發憤疾作，與《魏志》不同，蓋諱之也。諸葛武侯《正議》曰：‘孟德舉數十萬之師救張郃于陽平，勢窮慮悔，僅能自脱，旋還。未至，感毒而死。’”②

貞忿：何曰：“‘貞’謂持法，‘忿’謂小忿怒、大過失。”③

廣念：五臣作“家人”。

貯：善注：“與‘貯’同。”

薄葬：劉昌宗《周禮音》：“葬，才郎反。”何曰：“《魏志》建安二十三年六月令曰：‘古之葬者，必居瘠薄之地。其規西門豹祠西原上爲壽陵，因高爲基，不封不樹。’”④

---

① （清）何焯《義門讀書記》（卷四十九）：“文昌即操所自謂，吾其爲周文王也，注非。”【校】文中“自記”應爲“自謂”。“吾其爲周文王也”後脱“注非”二字。

② （清）何焯《義門讀書記》（卷四十九）：“此言操以西征無功，發憤疾作，與《魏志》不同，蓋諱之也。諸葛武侯《正議》云：‘孟德以其譎勝之力，舉數十萬之師救張郃于陽平，勢窮慮悔，僅能自脱，辱其鋒鋭之衆，遂喪漢中之地，深知神器不可妄獲，旋還。未至，感毒而死。’以此互證，知武侯之言也信。”【校】“曰”應爲“云”。“孟德”後脱“以其譎勝之力”六字。“僅能自脱”後脱“辱其鋒鋭之衆，遂喪漢中之地，深知神器不可妄獲”等句。

③ （清）何焯《義門讀書記》（卷四十九）：“‘貞’謂持法，‘忿’謂小忿怒、大過失，注非。”【校】文中“小忿怒、大過失”後脱“注非”二字。

④ （清）何焯《義門讀書記》（卷四十九）：“《魏志》建安二十三年六月令曰：‘古之葬者，必居瘠薄之地，其規西門豹祠西原上爲壽陵，因高爲基，不封不植。’”【校】文中“不封不樹”應爲“不封不植”。《魏志》爲“不封不樹”，應是何焯引述錯誤。

祭古冢文序

瓣：善注："與'練'通。"

文畚：善音"本"。

鍤：通"插"。

沘：善作"而"。

遺、俑：五臣作"餘、槶"。

齊：齋。

嗚呼哀哉：五臣無。

祭顔光禄　　《宋書·顔延之傳》："世祖登祚，以爲金紫光禄大夫。"①

揚：郭璞《三蒼解詁》音"盈"。

敬陳奠饋：五臣作"敬奠于饋"。

---

① （梁）沈約《宋書》（卷七十三）："世祖登阼，以爲金紫光禄大夫。"【校】文中"登祚"應爲"登阼"。

附　錄

《文選音義》八卷（安徽巡撫採進本）

　　國朝余蕭客撰。蕭客有《古經解鉤沉》《採掇舊詁》，最爲詳核，已別著錄。此書則罅漏叢生，如出二手，約舉其失，凡有數端。

　　一曰引證亡書，不具出典。如李善進《文選注表》，“化龍”引《晉陽秋》，“蕭成”引王沈《魏書》，“筊”字引徐邈、李順《莊子音》。如斯之類，開卷皆是。舊籍存佚，諸家著錄可考。世無傳本之書，蕭客何由得見。此輾轉稗販，而諱所自來也。

　　一曰本書尚存，轉引他籍。如《西都賦》“火齊”，引龐元英《文昌雜錄》“《南史》中天竺國說火齊”云云，何不竟引《南史》也！《逸民傳論》引宋俞成《螢雪叢説》：“嚴子陵本姓莊，避顯宗諱，遂稱嚴氏。”此説果宋末始有耶？

　　一曰嗜博貪多，不辨真僞。《海賦》“陰火”引王嘉《拾遺記》“西海之西，浮玉山巨穴”云云，與木華所云“陰火”何涉？盧諶《覽古詩》“和璧”引杜光庭《錄異記》“歲星之精，墮於荆山”云云，是晉人讀《五代書》矣。《飲馬長城窟行》“雙鯉魚”引《玄散堂詩話》“試鶯以朝鮮厚繭紙作鯉魚”云云，此出龍輔《女紅餘志》。案：錢希言《戲瑕》明言《嫏嬛記》《女紅餘志》諸書皆桑懌依托，則《女紅餘志》已屬僞本，所引《玄散堂詩話》更僞中之僞，乃據爲實事，不亦慎耶？

一曰摭拾舊文，漫無考訂。如《閒居賦》"櫻"字引《鬼谷子》"崖蜜，櫻桃也"。案：此惠洪《冷齋夜話》之文，《鬼谷子》實無此語。蕭客既没惠洪之名，攘爲己有，又不知宋人已屢有駁正。《吳都賦》"欖檎"引李周翰注，以爲鯨魚目精，此因《博物志》"鯨魚死，彗星出"之文而加以妄誕。陸機《贈從兄詩》"言樹背與襟"引《謝氏詩源》"堂北曰背，堂南曰襟"，亦杜撰虛詞，不出典記。《歸去來詞》"西疇"引何焯批本曰："即'農服先疇'之意，'西''先'古通用。"案："西"古音"先"，非義同"先"也，"西疇"正如詩之"南畝"，偶舉一方言之耳。如是穿鑿，則本詞之"東皋"，何以獨言東耶？凡斯之類，皆疏舛也。

一曰疊引瑣説，繁複矛盾。如《三都賦序》"玉樹"引顏師古《漢書注》，謂左思不曉其義。《甘泉賦》"玉樹"又引王楙《野客叢書》謂師古注甚謬。劉琨《重贈盧諶詩》下注引《蔡寬夫詩話》曰："秦漢以前，平仄皆通，魏、晉間此體猶存。潘安詩'位同單父邑，愧無子賤歌，豈敢陋微官，但恐忝所荷'是也。"潘岳《河陽詩》下又注曰："《國語補音》'負荷'之'荷'，亦音'何'。"兩卷之中，是非頓異，數頁之後，平仄迴殊，將使讀者何從耶？

一曰見事即引，不究本始。如《蜀都賦》"琥珀"引曹昭《格古要論》，不知昭據《廣韻》"楓"字注也。《飲馬長城窟行》引吳兢《樂府解題》"或云蔡邕"，不知兢據《玉臺新詠》也。《尚書序》"伏生"引《經典敘録》云"名勝"，不知《晉書·伏滔傳》稱遠祖勝也。至於凡注花草，必引王象晉《群芳譜》，益不足據矣。

一曰旁引浮文，苟盈卷帙。首引何焯批本稱："《塵史》：

宋景文母夢朱衣人攜《文選》一部與之，遂生景文，故小字選哥。」已爲枝蔓，又沿用其例，於顏延年《贈王太常詩》「玉水記方流」句下注曰：「王定保《唐摭言》：白樂天及第，省試‘玉水記方流’詩。」此於音義居何等也？

曰抄撮習見，徒溷簡牘。如《賢良詔》「漢武帝」下注：「向曰：《漢書》云諱徹，景帝中子。」《洛神賦》「曹子建」下注：「翰曰：武帝第三子。」世有不知漢武帝、曹子建而讀《文選》者乎？至於八言詩見東方朔本傳，蕭統序所云「八字」，正用此事，乃引呂延濟注，以八字爲魏文帝樂府詩，已爲紕繆，又引何焯批本，蔓引「三言」至「五言」，獨遺「八字」，挂漏者亦所不免。惟《魏都賦注》「廣蒼」一條，效曹子建題注。孫巖《宋書》一條，並引《隋書‧經籍志》爲證。《洞簫賦注》「顏叔子」一條，引《毛萇詩傳‧巷伯篇》爲證。《曲水詩序》「三月三日」一條，引《宋書‧禮志》爲證。《東京賦注》「偷字協韻」一條，引沈重《毛詩音義》爲證。糾何焯批本之誤，爲有考正耳。蓋蕭客究心經義，詞章非所擅長，強賦六合，違才易務，其見短也宜矣。

（《四庫全書總目提要》卷一百九十一《集部》四十四《總集類》存目一）

圖書在版編目（CIP）數據

文選音義／（清）余蕭客著；曹守平，曹煒點校.
—上海：上海古籍出版社，2023.5
（余蕭客文集）
ISBN 978-7-5732-0703-6

Ⅰ.①文… Ⅱ.①余… ②曹… ③曹… Ⅲ.①《文選
》-訓詁-研究 Ⅳ.①I206.2②H131.6

中國國家版本館 CIP 數據核字（2023）第 079885 號

余蕭客文集

文選音義

（清）余蕭客　著

曹守平　曹煒　點校

上海古籍出版社出版發行

（上海市閔行區號景路 159 弄 1-5 號 A 座 5F　郵政編碼 201101）

（1）網址：www.guji.com.cn

（2）E-mail：guji1@guji.com.cn

（3）易文網網址：www.ewen.co

浙江臨安曙光印務有限公司印刷

開本 890×1240　1/32　印張 12.5　插頁 3　字數 281,000

2023 年 5 月第 1 版　2023 年 5 月第 1 次印刷

ISBN 978-7-5732-0703-6

H·259　定價：68.00 元

如有質量問題，請與承印公司聯繫